新 潮 文 庫

逃げろ逃げろ逃げろ！

チェスター・ハイムズ
田 村 義 進 訳

逃げろ逃げろ逃げろ！

主要登場人物

マット・ウォーカー………白人警官
ジミー・ジョンソン………レストランの夜間清掃員
リンダ・ルー・コリンズ…歌手、ジミーの恋人
ルーク・ウィリアムズ……ジミーの同僚
ファット・サム……………〃
エヴァ・モジェスカ………ウォーカーの愛人
ジェニー……………………〃　姉
ピーター・ブロック………殺人課の部長刑事、ウォーカーの義兄
ベイカー……………………〃　警部補

I

十二月二十八日、酔いはまだ覚めていない。というか、いつも以上に酔っぱらっている。

身を切るように冷たい風が五番街を吹き抜け、トレンチコートの前をはだけさせ、胸をえぐっている。それでもボタンをかけようとはしない。そんなことはどうだっていいくらい酔っぱらっている。

吹きつける風のなかを、ぶつくさ言いながら、北に向かって三十七番通りのほうへ千鳥足で歩いていく。尖《とが》った鷹《たか》のような顔は、冷たい風にさらされて赤らんでいる。薄く青い目はぎらついている。虚空《こくう》に向かって毒づくさまには、ぞっとするような気味の悪さがある。

三十七番通りにやってくると、さっきと様子がちがっていることに気づいた。そのさっきがいつだったかは思いだせない。時間を見れば何かわかるかもしれないと思って、腕時計にちらっと目をやる。午前四時三十八分。通りに誰もいないのは当たりまえだ。まともな人間なら、自分の家のベッドで可愛《かわい》い女を抱いて寝ているだろう。

通りの角のシュミット&シンドラー軽食堂の明かりは消えている。いつだったか覚えていないが、さっき通ったときは誰かが掃除をしていた。天井の明かりもついていた。それがいまは消えている。

なんとなく怪しい。通りの角に面したガラスドアを押す。だが、ドアには錠がおりている。正面のガラス窓に顔を押しつける。ロード&テイラー百貨店のクリスマスツリーの明かりが、ステンレスの什器《じゅうき》や樹脂製のカウンターに反射している。店内を見まわす。ピカピカのコーヒーポット、スチーマー、グリル、トースター、ミルクやジュースの容器、業務用冷蔵庫、カウンターの両側のリノリウムの床。人けはどこにもない。

力まかせにドアを叩《たた》き、ノブを揺する。「ドアをあけろ、糞《くそ》ったれ！」

誰も出てこない。

よろけながら角を曲がって、三十七番通りぞいの通用口に向かう。

そこにひとりの黒人がいた。目が合う。コットンの青い作業服の上に黄褐色のキャンバス地の上っぱり、白い軍手、フェルト地の黒い帽子という格好。片方の手に何かを持っている。

その男が清掃員であることはすぐにわかった。と同時に、黒人を見たことで、自分の車は見つからないのではなく、盗まれたのだという考えが頭に浮かんだ。なぜかわからないが、それは間違いのないことのように思えた。

トレンチコートの内側に右手を突っこみ、よろよろと前に進みでる。

黒人の反応も同じように唐突だったが、頭に浮かんだことはちがっていた。酔っぱらった白人が近づいてくるのを見たとたん、反射的に思った。まずい。通りにゴミを出そうとすると、いつも馬鹿《ばか》丸だしの白人の酔っぱらいが難癖をつけにやってくる。

まわりに仲間はいない。相棒のジミーは地下室でゴミバケツを昇降機に積みこんでいる。もうひとりの相棒ファット・サムは厨房《ちゅうぼう》の冷蔵室に入って、仕事明けにみんなで食べるフライドチキン用の鶏肉《とりにく》をあさっている。たとえ換気扇がまわっていなかったとしても、助けを呼ぶ声はそこまで届かない。地下室にいるジミーにもやはり何も聞こえないはずだ。いま、この白人野郎はアラバマの保安官のように早くも拳銃《けんじゅう》にものを言わせようとしている。仲間がやってくるころには、冷たい死体になっているかもしれない。

金属製のスイッチボックスについている太いケーブルを手首に一巻きして、それを身を守るための武器にする。この白人野郎がおれに拳銃を向けたら、顔面をミミズ腫《ば》れだらけにしてやる。

ふたたびその男を見たとき、別の考えが頭に浮かんだ。ここで白人野郎に銃で脅されるのはこれで三度目だ。今回この場を無事に切り抜けることができたら、仲間たちといっしょに店内で働ける職場に変わろう。おれの名前がルーク・ウィリアムズであるように、それ以外に選択の余地はない。

この白人の男はヤバい。威勢がいいだけのへなちょこな白人の酔っぱらいとはちがう。いかにもタチが悪そうだ。お楽しみのために黒人を殺しかねない。中折れ帽を浅くかぶり、額にブロンドの髪をたらりと垂らしている。離れたところからでも、顔が赤らみ、うつろな目にまがまがしい光が宿っているのがわかる。

白人の男はよろよろと前に進みでて、至近距離で立ちどまった。脚を大きく広げ、身体《からだ》を前後に揺すっている。手はコートの内側に突っこんだままだ。一言もしゃべらない。うつろな目でじっとこっちを見つめている。半開きの口からウィスキーの臭《にお》いが漂ってくる。

薄い上っぱりしか着ていないのに、汗がじわりと滲《にじ》みでてくる。二十年間夜勤の仕事をしてきて、深夜のダウンタウンで黒人がどんな目にあってもおかしくないことはよくわかっている。

「いいかい、できれば厄介ごとは避けたいんだ」ルークは嚙《か》んで含めるように言った。「動くな」しゃがれたダミ声だ。「動いたら殺す」

「わ、わかった」

「その手に持っているのはなんだ」

「なんでもない。昇降機のスイッチだよ」

白人はコートの内側からリボルバーをゆっくり取りだし、ルークの腹に銃口を向けた。官給の三八口径ポリス・スペシャルだ。

ルークの声にうろたえの色が混じりはじめる。「おれがここにいるのは、地下室のゴミを昇降機で外に出すためだ。これはその安全スイッチだ」

白人の男は足もとの両開きの鉄の蓋《ふた》にちらっと目をやり、それからまた前を向いた。

ルークはゆっくり壁のさしこみ口を指さした。

「動くな！」

ルークは身をこわばらせた。恐ろしくて、まばたきもできない。

「それを地面に落とせ」

背中に鳥肌が立つ。この上なく慎重に手首からケーブルをはずし、スイッチを鉄の蓋の上に落とす。鋭い金属音が神経にビリビリ響く。

「どてっ腹に一発ぶちこんでやる、この薄汚い盗《ぬす》っ人《と》野郎」ドスのきいた声だ。

ルークは夜勤の清掃員が強盗に撃たれたところを見たことがある。腹に三発。撃たれた清掃員は両手で腹を押さえ、とつぜん痙攣《けいれん》を起こしたように身体をふたつに折りまげ……目がしらに汗が入る。膝《ひざ》ががくがくし、脚が震えだす。まだ撃たれていないのに、もうすでに撃たれたみたいに。

「金はない。本当だよ、ミスター」涙声になりかけている。「店にも金は置いてない。売りあげは九時に店を閉めるときに持っていくので――」

「黙れ、このクソ野郎」白人は遮った。「おれが何を言っているかよくわかってるはずだ。おまえは一時間前にここに来て、見張り役をしていた。そのスイッチをいじってるふりをしながら、おまえの仲間がおれの車を盗んでるときに」

「あんたの車を盗んだって！」びっくりして、声が裏がえる。「ちがうよ、ミスター。冗談じゃない」

「だったら、ゴミはどこにある」

この男は本気でものを言っている。こっちも言葉には充分に気をつけなきゃ。「地下にいる相棒が昇降機にゴミバケツを積みこんでいるんだ。危険防止のために、全部積みこんだという合図が来てから、ケーブルをつないで、スイッチを押すことになってる」

「嘘《うそ》つけ。おまえはまえからずっとここにいたはずだ」

「いいや、ミスター。神に誓って本当だ。今夜はいままで一度も外に出てない。あんたの車は見てもいない」

「おまえたち夜勤の清掃員が何をしてるか、おれが知らないと思ってるのか。おまえたちはハーレムの盗っ人どもと結託して、情報を流したり見張りに立ったりしているんだ。ちがうか」

「頼むよ、ミスター。警察に電話して訊いてみてくれ。そうしたら、ここの清掃員はみんな正直者だとわかるから」

白人の男はズボンの左のポケットに手を入れ、ベルベットの縁取り付きの革のホルダーを取りだした。そのなかに警察のバッジが入っていた。

「よく見ろ。おれは警官《おまわり》だ」

「まいったな」ルークはうめいた。「もしかしたら、あんたが車をとめたのは三十五番通りか三十九番通りじゃないのかい。どっちもこの通りとそんなに変わらない。間違えたって不思議じゃない」

「自分が車をとめた場所くらいわかってる。この通りのあっち側だ。おまえはその車がどうなったか知ってるはずだ」

「いいかい、ボス。もしかしたらファット・サムが何か知っているかもしれない。ファット・サムっていうのはモップがけの仕事をしている男でね」ファット・サムならこの酔っぱらいのお巡《まわ》りをうまくいなせるかもしれない。アンクル・トムばりに腰が低く、口達者なので、自分のような瘦《や》せっぽちの黒人の言うことは信じない者とでも、たいていは巧みに折りあいをつけることができる。「窓際《まどぎわ》の床にもモップをかけてたから、もしかしたら何か見たかもしれない」とにかく、店のなかに入れて、熱いコーヒーを飲ませよう。そうしたら少しは冷静になるだろう。

「そのファット・サムはどこにいるんだ」刑事は胡散臭《うさんくさ》げに尋ねた。

「冷蔵室だよ。そこのドアから入って、厨房を横切ったところにある。冷蔵室のドアは閉まっているかもしれないけど、ファット・サムはそのなかにいるはずだ」

刑事はルークを一睨《ひとにら》みした。ハーレムでは〝ファット・サムを通せ〟が〝死んでこい〟を意味する隠語であることは知っている。だが、この怯《おび》えておどおどしている男がこんなところで冗談を言えるとは思えない。それでそっけなく言った。「そいつが何か知ってればいいんだがな」

2

厨房の壁には白いエナメル塗装が施され、床には赤煉瓦《あかれんが》が敷きつめられている。そこには、入れかわり立ちかわりやってきて、さっさと食事をすませて帰っていく大勢の客をさばくために、最新の什器がぎっしりと、だが、店の外や地下室あるいは客席への出入りに支障をきたさないよう巧みに配置されている。

ガラスや磁器の食器が並ぶ高さ八フィートのキャスター付きの棚。毎朝工場から届く調理ずみの食品を入れるための、だがいまは何も入っていない、高さ六フィートに積み重ねられたブリキのトレイ。洗浄ずみのナイフやフォークが置かれた分厚い金属製のトレイ。その横にあるカトラリーの洗浄機。すべてが整然としていて、朝食の大忙しの準備の時間が始まるのを待っている。

そこには、病院のような清潔さと秩序がある。それは夜間の清掃を終えたニューヨークのどの店舗や事務所にも共通するものだ。もしかしたら自分は間違っているのかもしれないと思いながら、刑事は赤煉瓦の床を静かに横切って冷蔵室のほうへ歩いていった。

冷蔵室の閉ざされたドアの上には、なかにひとがいることを示す赤色灯がともっている。そこで一瞬立ちどまったとき、やはり勘ちがいではないかという思いがさらに強くなり、踵《きびす》をかえして立ち去ることも考えたが、ここまで来たのだからやはりひとこと言っておくことにした。そのほうがやつらのためだ。いまは悪さをしていないかもしれないが、これからのことがある。ドアをあける。

青いデニムの作業服を着た太った黒人の男が、びっくりして飛びあがった。手に持っていたフライ用の鶏肉が生きているように宙を舞う。目がまん丸になっている。しばらくして気持ちが落ち着くと、苦々しげに言った。「やれやれ、白人の旦那《だんな》、びっくりさせないでくれよ」

「なんでそこまでびっくりしなきゃならないんだ」

「癖なんだよ」ファット・サムは照れ笑いをしながら答えた。「チキンを手に持ってるときに不意打ちを食うと、いつも飛びあがる」

「ふざけるな。やましいことがあるから飛びあがったんだろ」

ファット・サムは背筋をのばし、表情を引きしめた。「やましいこと？　いきなり店に入ってきて、ひとを悪党呼ばわりするなんて、あんたはいったい何者なんだい」

「おまえは三十七番通りに面した店内の床にモップをかけていたそうじゃないか。だったら、そこで何が起きたか一部始終を見てたはずだ」

「それがあんたになんの関係があるんだ」ファット・サムは床に落ちた鶏肉を拾いながら言った。「ああ。たしかに見てたよ。店のなかでのことも含めて全部。あんたはこの店の経営者のスパイなのか」

刑事はわざとらしくゆっくりバッジを取りだし、相手の表情に後ろめたさがないかどうか見極めようとした。

が、ファット・サムはしれっとしている。「なるほど。同業者ってわけか。いったいおれが何をしたって言うんだ。おれが店のものを盗んだと思ってるのか」

「通りの向い側にとめてあった車が、おまえが店の床掃除をしているあいだに盗まれたんだ」

ファット・サムはくすっと笑い、哀れむような目を刑事に向けた。「それで、おれが車を盗んだと言うのか。それで、おれが車をこの冷蔵室に隠したと言うのか。だったら、なかに入って見てみなよ、ホームズの旦那。ここには生もの以外何もない。肉、牛乳、卵、レタス、トマト、スープ種、料理の残り。それに、おれも。みんな生ものだ。車はない。あんたは虫めがねに頼りすぎだ、ホームズ先生。あんたが見ているのは車じゃない。ゴキブリだよ。アッハッハ」

刑事の顔にヒマシ油を飲んだような表情が一瞬浮かぶ。「おまえは笑い上戸《じょうご》か。きっと死体安置所でも笑ってるんだろうな」

「いやいや。こんなところに車を探しにくるってこと以上に笑えるものはないよ」

「どうやってやったかはわかってる」その声はしわがれ、かすれている。「おまえは店の前からここに戻ってきた。そして、通りに面したドアのそばの電話を使った。ほかの者は仕事をしていて何も気づかなかった」その目には剣呑《けんのん》な色が浮かんでいる。

「おまえはハーレムにいる仲間に電話をかけて、車を盗みにこいと言った。ちがうか、糞ったれ」

驚きのあまり言葉が出てこない。おれは全部お見通しだ、とこの馬鹿は思いこんでいるようだ。

「盗んだやつの名前を言え」

こいつは本気だ。縮れた短い髪の下の頭皮に冷たい汗が滲みでてくる。

「ハーレムだろうとどこだろうと、そんな男はひとりも知らないよ」

「おまえはモップがけをしながら、パトカーが見えたらすぐに合図を送れるように、カウンターの前のほうを向いて五番街と三十七番通りを見ていたはずだ」自白を迫ろうとしているようなまくしたて方だ。

ファット・サムはそれとなく刑事の顔を観察した。高い頬骨の上に赤い斑点《はんてん》が浮きでている。額に垂れた髪は曲がった角のように見える。目の色は青みがかった灰色だが、血走っていて、燠《おき》を宿しているように見える。どんなに馬鹿げていてありえないようなことでも、そこに黒人がかかわっていれば、白人は一も二もなく信じてしまう。

噛んで含めるように言って聞かせる。「落ち着けよ、刑事さん。熱いコーヒーをいれるから、それを飲んで、よく考えてくれ。そうしたら、思いちがいだったとわかるはずだ。おれが自動車泥棒とはなんの関係もないってことがわかるはずだ」

「いいや、そんなことはない」怒鳴り声で、理屈もへったくれもない。

ふたりは同じくらいの背丈で、六フィート強。刑事の目には、残忍さと悪意が満ちている。

「神に誓って、おれは何も……」

刑事は遮った。「アンクル・トムのまねをしても駄目だ。おまえは説教師か」

それは聞き捨てのならない言葉だった。「説教師だったらいけないのか。おれがいままでずっと清掃員をしていたと思うのか」

「説教師でもなんでも、チキンを盗みもすれば自動車泥棒の手引きもする」

「説教師だったからといって、チキンや車を盗んだことにはなるまい」

「だったら、その手に持ってるのはなんだ」

「チキンだよ。でも、盗んだんじゃない。持っていくだけだ。盗むのと持っていくのはちがう。食うものはなんでも持っていっていいことになってるんだ。チキンを持っていって、ここのグリルでフライにする。その何が悪い」

刑事はコートの内側に手を入れ、官給のリボルバーを取りだした。そして、ゆっくりとファット・サムの腹に銃口を向けた。

「車を盗んだのが誰か言え。でないと、二度とフライドチキンを食えなくなるぞ」

ファット・サムは胃にさしこみを覚えた。獰猛《どうもう》な犬をなだめるような口調で言う。

「いいかい、刑事さん。神に誓って、おれは赤ん坊のように何も悪いことはしてない。あんたが酒をあおってるあいだに、あんたの管轄区《かんかつく》で誰かが車を盗んだ。それで、あんたはカッカしている。でも、よくあることだ。あんたの知ったことじゃない」

「いいや、知ったことだ。盗まれたのはおれの車なんだ」

「あれま」笑いをこらえようとしたが、我慢できない。全部の歯が見えるくらい大きく口をあけ、太鼓腹を揺すって笑う。「あっは！　あっはっは！　ニューヨーク市警が誇るシャーロック・ホームズばりの刑事が、クリスマスのお祭り気分で酒を飲み、浮かれ騒いでいるあいだに、自分の車を盗まれたってわけか。あっはっは！　それで車を探しているとき、たまたま黒人に出くわした。黒人だから犯人だってわけだ。あっはっは！　言っとくけど、そういう考えはこのご時世じゃフラッパーガール以上に通用しないよ。頭を冷やしな、刑事さん。そうすりゃ、あんたは自分が最後の無知な白人の差別主義者だってことがわかるはずだ。あっはっは！」

大笑いされて、白人の刑事はたじろいだ。この野郎の黄ばんだ大きな歯を見ているだけでムカムカしてくる。黒んぼをビビらせるどころか、逆に笑いものにされているのだ。

「おれの車を盗んだやつを見つけたら、ただじゃおかん。目にモノを見せてやる。目だけじゃなく、身体にも、命にもモノを見せてやる。おまえがもしそれにかかわっていたら、おまえも生まれてきたことを後悔することになる」

そんな脅しなど怖くもなんともないと言いたかったが、いまはやめておいたほうがいい。刑事はふたたび我を忘れ、何かに取りつかれたように逆上している。自分の身体を持ちあげようとしているみたいに肩をいからせている。

「だいじょうぶだよ、刑事さん。車はきっと見つかる。なにも命を奪われたわけじゃないんだから、そんなに大騒ぎすることはない」

刑事はゆっくりと拳銃をホルスターに戻した。ファット・サムはほっと一息ついたが、安堵《あんど》したのも束《つか》の間《ま》だった。今度はトレンチコートのポケットから別の拳銃を取りだした。それを見て、喉《のど》が狭まり、唾《つば》を呑《の》みこむこともできなくなる。冷たい汗の下から熱い汗が噴きだし、肌がむずがゆい。だが、恐怖のあまり掻《か》くことはできない。目を大きく見開いて刑事を見つめる。

「見ろ、これを」刑事は言って、拳銃を振ってみせる。

サイレンサー付きの三二口径だが、フロンティア・コルトくらいに大きく見える。「死んだギャングが持っていた拳銃だ」刑事は奇妙に冷静な声で言った。「製造番号は削りとられている。登録もされていない。つまり、この拳銃は存在しないってことだ。おれはおまえを殺し、おれの車を盗んだやつを殺し、そのあとどこかの店に入って一杯飲む。誰がおまえたちを殺したかは永遠にわからない。凶器は見つからない。この拳銃は存在していないんだから。わかったな、黒んぼ」

震える手から鶏肉が滑り落ちる。艶《つや》やかな黒い肌が土気色に変わる。脅《おび》えた小さな声で言う。「あんたはいったい何を考えてるんだ」

「待ってろ。すぐにわかる。まずはおまえを叩きのめす」刑事は怒りにまかせて派手に身振り手振りをまじえながら吠《ほ》えた。「それから、蹴《け》りを入れて、歯を折り、顎《あご》を砕き、目玉を飛びださせる」

ファット・サムは我を忘れて荒れ狂う刑事を呆気《あっけ》にとられて見つめている。

「それから、タマを蹴りつぶして去勢する。犬ころと同じだ。手間はかからない」刑事はうろうろと動きまわりながら、食いしばった歯のあいだから声をしぼりだしている。唾が泡になって唇の両端にたまっている。

ここまでいかれた白人を見たことはない。相手が黒人だからというだけで、ここまでトチ狂う者がいるとは思わなかった。これまでなら、そんなことは信じられなかっただろう。何かの冗談だと思っていただろう。だが、いまは人種のちがいゆえに猛《たけ》りたっている白人を目《ま》のあたりにして、やはりこれまでは信じていなかった悪魔と出会ったような恐怖を覚えている。

「そうしておいて撃つ。腹から内臓が出てくるまでな」ぞっとするほどの怒りに満ちた声だ。

三回立てつづけに、車の冷えたエンジンが咳《せ》きこむような音が響く。

ファット・サムはゆっくりと目を大きく見開いた。あまりの驚きに、信じられないといった口調で言う。「本当に撃ちやがった」

力の抜けた指から鶏肉がひとつまたひとつと落ちていく。

泡を食っているという点では刑事も同じだった。手に持った拳銃を見おろすと、銃口から薄い煙が立ちのぼっている。狭く冷たい部屋に無煙火薬《コルダイト》の臭いが充《み》ちていく。

「まずいな。やっちまった」呆然《ぼうぜん》として、怯えたような声でぼそっと言う。

ファット・サムは身体を支えるためにトレイの取っ手をつかんだ。腹からべとっとしたものが流れでているのがわかる。

「な、なんてことを……」

トレイが棚から滑り落ち、ファット・サムは前のめりに倒れ、ホイップクリームの五ガロン缶とレタスの三つの木箱のあいだに、胎児のような格好でうずくまる。縮れた頭髪の上に、三日前につくった七面鳥の冷たいグレービーソースがどろりとこぼれ落ちる。

「主よ、お慈悲を」その声はほとんど聞きとれないくらい小さい。「救急車を呼んでくれ、刑事さん。撃たれなきゃならないようなことは何もしてないんだ」

「もう遅い」刑事の声は石のように冷たい。

「そんなことはない」ファット・サムは消えいりそうなかぼそい声で頼んだ。「お願いだから……」

「撃とうとして撃ったんじゃない。でも、そんなことは誰も信じない」

「おれは信じる。だから……」ファット・サムは最後の望みを託そうとしたが、もう声は出なかった。

刑事はふたたび拳銃をかまえ、グレービーまみれの頭に狙《ねら》いをつけて引き金をひいた。

拳銃がまたくぐもった音を立てる。ファット・サムの身体がかすかに引きつり、そして動かなくなる。

刑事はかがみこみ、床に嘔吐《おうと》した。

3

車の音がしたので、刑事は注意をそちらに向けた。身体に戦慄《せんりつ》が走り、急に寒けを感じた。どんな車か知るために聞き耳を立てる。最初は警察のヴァンかと思ったが、そう思ったのは自分の罪悪感のせいで、そうでないとわかって、少し安心した。

油圧リフトのモーター音に似ている。だとしたら、地下の昇降機の音か。いや、ちがう。動力は電気なので、その音はここまで届かないはずだ。

一瞬、誰かが後ろに立って自分を見ているような気がして、パニックの荒波に襲われる。開いたままのドアのほうを向き、撃鉄を起こした拳銃をかまえる。そこに誰かがいたら、かまわず撃ち殺すつもりだ。

そのとき、外のゴミ収集車の音だとわかった。間違いない。こわばった唇から息が小さな音を立てて漏れる。

拳銃をポケットに入れ、素早く厨房に戻る。見たところ誰もいない。通りに面したドアの前へ急いで行って、内側から錠をおろす。脚に力が入らないが、もうよろけはしない。目に汗が入り、顔が燃えるように熱い。身体は冷えきっているのに、脇《わき》の下には汗がたまっていて、脇腹を滑りおちてくる。

厨房のカトラリーの研磨機の横にモップ用の流しがあるのに気づき、帽子を脱いで、頭と顔に冷たい水をかけ、流しの脇に広げて置かれていた布巾《ふきん》で拭《ふ》く。

それで気持ちが少し落ち着いた。

まったくツイてない。

冷蔵室のドアを閉めるためにまたそこに戻る。まわりには無煙火薬《コルダイト》の臭いが残っていて、床の上にたまっているゲロからウィスキーの異臭が立ちのぼっている。とつぜん胃の調子がおかしくなり、また吐きそうになる。

グレービーまみれの死体に目がとまる。頭がくらくらする。自分が殺した男には奇妙な哀れみしか感じない。

かわいそうに。グレービーにまみれて死ぬなんて。

ドアの横のスイッチを押して冷蔵室の明かりを消し、棺《ひつぎ》のふたを閉めるように静かにドアを閉める。

いかにも太っちょの黒んぼらしい死に方だ。

息は荒い。だが、それをどうにかしようとする気は起きない。力は尽きている。ミルクを飲みたい。ミルクは店内のピッチャーに入っているが、そのことを知るよしはない。ミルクは冷蔵室のなかだとばかり思っている。冷蔵室のドアをもう一度あける気にはなれない。

ふいに空腹を感じた。また吐き気に襲われるかもしれないが、何か食べなければならない。厨房を横切り、壁ぞいに積みあげられたフードトレイをあさる。半身の冷たいローストチキンが見つかったので、それをむさぼり食う。ファット・サムがフライドチキン用の鶏肉を両手に抱えていたことを思いだす。生きていたときの姿がまぶたに浮かぶ。ギョロ目の太った黒人。好人物だったのかもしれない。いっしょに食卓に着き、フライドチキンを食べながら、世間話をすることができたかもしれない。女のことをよく知っていたにちがいない。陽気な男だったにちがいない。陽気な男は女にもてる……

頭のなかでダイナマイトが爆発したように、自分が何をしでかしたかにとつぜん理解が及ぶようになった。撃つつもりはなかった。なのに、頭のネジがはずれて殺してしまった。頭にとどめの一発を撃ちこみさえしなければ、なんとか言い逃れができたかもしれないのに。しかも、使ったのは違法の銃だ。言い逃れはできない……

これまでの人生で味わったことのない大きな恐怖を感じる。みずから遵守《じゅんしゅ》すると誓った法律がいまは恐ろしい。法廷で裁かれるのが恐ろしい。裁判の単純で明快なプロセスが恐ろしい……それでも、先ほどのパニックはすでに収まっている。死んだのは黒人だ。自分はまだ生きている。うまく立ちまわれば、何も起こらない。目撃者はいないのだから。凶器は存在しないのだから。

神経は張りつめ、頭は冴《さ》え、高速でまわりはじめている。いましなければならないことはひとつ。現場の後始末をし、過去を消しさることだ。

店内からゴミ収集車の見えるところに行く。そこには二枚の大きなガラス窓があり、カウンター席に空きが出るのを待つ客のために、クッションを敷いた細長いベンチが置かれている。だが、そこにはすわらず、外を見ることができる、だが外からは見えない奥の暗がりのなかに立つ。

ゴミ収集車がバックして道路わきに斜めにとまり、ふたりの清掃員が亜鉛メッキのゴミバケツを昇降機から引っぱりだしている。ひとりはルークだが、もうひとりははじめて見る顔だ。

ゴミ収集車のエンジンは大きな音を立てている。それで少し安心した。このあたりの住民は騒音を気にしていない。何が起きても知らぬ顔をしているにちがいない。

運転手は車の後ろの歩道に立って、清掃員から受けとったゴミバケツの中身を積みこみ口に放りこんでいる。しばらくして、積みこみ口がいっぱいになると、レバーを引く。すると大きなスティールのプレートが上からおりてきて、ゴミの水けをしぼりとり、ゴミをトラックの奥に押しこむ。ゴミ収集車の作業員はこの男だけのようだ。

大きくて、背が高い。ゆっくりした身のこなし。年は六十前後。皺《しわ》の多い褐色の肌。薄汚れた帽子の下から白髪まじりの縮れ毛がのぞいている。重いゴミバケツを軽々と扱っていて、かなりの力の持ち主であるように見える。

刑事は無意識のうちにゴミバケツの数をかぞえた。全部で十五。この程度の規模の店にしては、ずいぶんな量だ。

ゴミバケツが終わると、次は木のコンテナで、そのなかのブリキの空き缶を同じように積みこみ口に放りこむ。その次はダンボールの箱。それを平らにつぶして、別の積みこみ口に投げいれる。

おそらく製紙工場に売りとばすつもりだろう。こんなふうにして仕事以外の副収入にありつくのはべつに珍しいことではない。

三人は仕事をしながら談笑しているが、何を言っているかはわからない。二番目の清掃員に目を向ける。三人のなかでいちばん若く、ほかの連中とちがって知的な雰囲気がある。ほかのふたりと同じように笑っているが、話はもっぱら聞き役だ。

積みこみが終わると、ルークは運転手にサンドイッチの箱を渡した。廃棄する決まりになっている残りもののサンドイッチだが、余所者《よそもの》の刑事にそういったことを知るよしはない。その口もとに訳知り顔の笑みが浮かんでいるのは、清掃員が運転手にサンドイッチを売ったと思っているからだろう。

運転手は車に乗りこみ、手を振って、走り去った。それを見て、刑事はほっと一息ついた。清掃員がいっしょにコーヒーを飲もうと言って、運転手を店のなかに連れてはいるのではと一瞬思ったのだ。そうならなくてよかった。

いまファット・サムのことで覚えているのは、殺した理由とかすかな罪悪感だけだった。怯えはほぼ完全に消えていた。そのかわりに、悲しみを感じていた。食べ物があふれた場所でひとを殺すのは悲しい。これには皮肉という言葉以上にふさわしいものはない。

ふたりの清掃員は空のゴミバケツを昇降機に積みこんでいる。空気は冷たく、ふたりが吐く息は白い。若いほうの清掃員が空のゴミバケツを抱えて昇降機に乗りこみ、ルークがスイッチボックスを拾いあげて、〝ダウン〟のボタンを押す。昇降機は下におりていき、清掃員の頭がゴミバケツといっしょに見えなくなる。昇降機のアーチ屋根の上で分厚い鉄の蓋がゆっくり閉まり、歩道と同じ高さになると、ボタンから指を離して、ケーブルをさしこみ口から引き抜く。

刑事は急いで厨房に戻り、通りに面したドアの錠をあけて、その横に立った。店のなかに入ってきたルークを外に出さないようにするためだ。右手をトレンチコートのポケットに入れる。

ルークはドアをあけた。その横に先ほどの刑事が立っている。いやな予感がして、身体がこわばる。刑事の顔にはぞっとするような表情が浮かんでいる。さっきは、ジミーとゴミ収集車の運転手に言ったように、酔っぱらって車がないと騒いでいた。まさかこんなおっかない顔でドアの横に立っているとは思わなかった。ファット・サムとなごやかに話しながら、コーヒーを飲んだりサンドイッチを食べたりしているものとばかり思っていた。

「どうだった、刑事さん。ファット・サムはあんたの車のことを知ってたかい」開いたドアの前で、ルークは手に持ったケーブルをぶらぶらさせながら、ためらいがちに訊《き》いた。なかに入るのはためらわれた。

「いいや、何も知らなかったよ、ジョージ。どうやらおれの勘ちがいだったようだ」

意外な返事に、ルークは刑事の顔を二度見した。青白い顔に赤い大きな斑点が浮きでているが、酔いはだいぶ覚めたようだ。サムがとりなしてくれたにちがいない。ほっとして、特大の笑みを浮かべ、店内に入って、ケーブルをドアの横のフックに引っかける。

「よくある話さ。ところで、おれの名前はルークだ。ジョージじゃない」

刑事はポケットから右手を出して顔を拭《ぬぐ》った。「そうだな、ルーク。たしかによくある話だ。どんな優秀な刑事だって間違えることはある」

ルークは探るような目でまた刑事を見た。この男の態度の変わりようには驚きを禁じえない。同じ人間だとは思えないくらいだ。悲しそうにさえ見える。ファット・サムが聖書の一節を聞かせたのかもしれない。

「おれは自分のことをそれなりに優秀な刑事だと思っていた。なんであんな間違いをしたのかわからない」

刑事はゆっくりと言った。疲れた声だ。

「気にすることはないさ。コーヒーを飲んで酔いが覚めたら、車をとめた場所を思いだすってことはわかっていたよ」

「車のことを言ってるんじゃない。ここでおまえたちに難癖をつけたことを言ってるんだ。みな自分たちの持ち場で自分たちの仕事をしていただけなのに」

ルークは目を丸くした。サムがよほどうまくとりなしてくれたにちがいない。ニューヨーク市警の刑事が伝道集会で改心した信者みたいに話している。

「いいんだよ、刑事さん。なんにも気にすることはない。こういったことには慣れてるから。白人は酔っぱらうと、すぐに黒人に何かを盗まれたんじゃないかって考える。あんたは南部出身かい」

「まさか。生まれも育ちもロングアイランドのジャクソンハイツだよ。ニューヨーク以外で暮らしたことは一度もない。もちろん、黒人に偏見を持ってるわけでもない。なんでおまえたちを疑ったのかわからない。きっと焦《あせ》っていたせいだろう」

ルークは目をしばたたいた。なんと答えていいかわからない。この男はどうも付きあいにくい。黒人だから疑ったということを認めたくないのだろう。だが、少なくともいまは冷静さを取り戻している。あえて余計なことを言う必要はない。

「まあいい。とにかく、あんたは自分の間違いを認めたんだからえらい。並の白人なら、決してそんなことはしないだろう」と、口では言ったものの、それでも不安だった。おのれの非をあっさり認める白人には慣れていない。「おのれの非を認めることができるのが真の男ってものさ」言葉のはずみで付け加えたが、考えてみれば、このろくでなしを励ましてやらねばならない筋あいは何もない。さっさと店の奥に入りたかったが、刑事が前に立ちはだかっている。「ちょっと通してくれないかい。ファット・サムがどうしてるか知りたいんだ」

　だが、刑事はその場を動こうとしない。

「悪いけど、ルーク、今夜どうしてこんなことになっちまったか話を聞いてくれないか。そのことを話すのはおれの義務だと思うんでな」ため息をついて、「自分の持ち場のタイムズ・スクェアを見てまわっていたときのことだ。ブロードウェイの自販機食堂《オートマット》で、ちょっとした騒動が持ちあがっていた。酔っぱらった男が通りで拾った女に金を盗まれたらしい。おれは四十七番通りの角でその女を捕まえて、男に確認をとり、それから考えた。本当はしょっぴかなきゃいけないんだが、いい女だし、この機会を利用しない手はない。それで、盗んだ金をかえして一発やらせてくれるんなら、見逃してやってもいいと言った。そのときには、もうすでに酔っぱらってたんだ。でなきゃ、そんなことは言わない」

　刑事は右手でふたたび顔を拭い、ルークは恐怖が募るのを感じた。この白人刑事の話には、まがまがしいものがある。たぶん、白人の男が黒人に向かって白人の女のことを話す口調のせいだろう。普通、白人は黒人にこんな話し方はしない。ここは作り笑いでもして、自分の感情を表に出さないようにしなければならない。

刑事は何も気づかずに話を続けた。「その女とバーを何軒かはしごした。車は取締まりに引っかからないよう裏通りにとめておくことにした。そのあと、女の部屋に行って、ボトルを半分空けた。それから先の記憶はない。気がついたら、五番街にいて、車がなくなっていた。どの通りにとめたかさえわからなかった。女の部屋に戻って車をとめた場所を訊くこともできなかった。どんな建物だったかも、どんな通りだったかも思いだせない。可能性は三十五番通りから三十九番通りまである。女の名前も思いだせない。そのあと財布を見たら、なかに入っていた百二十ドルをそっくり盗まれていた」

ルークは求められている表情で口笛を吹いて驚いてみせた。だが、本当はこの男にこんな話をしてもらいたくはなかった。なぜかわからないが、自分に何かの責任があるような気がしてならない。それでも、話の腰を折るのは避けたほうがいい。「だとしたら、八つ当たりしたくなるのも無理はないね。さっきはわからなかったが、カッカするのも当然だ。そんなことがあったんじゃ、おれも同じように感じていただろう。だけど、誓ってもいい。あんたの車が本当に盗まれたんだとしても、ここの連中はそれとはなんの関係もない」

「いまならよくわかる」

ルークはまた奥に入ろうとしたが、刑事はどうしてもそうさせたくないみたいだった。

「待て、ルーク。もうひとつだけ聞いてくれ。おれは自分のキャリアを棒に振った。ポキンと折っちまった。こんなふうに」そう言って、指をパチンと鳴らす。

「いや、そこまでのことはしていないよ」ルークは自分を疑った男を励ますように言った。そうするのが義務であるかのように。自分はなにもこの男を落ちこませたいわけではない。「いまあんたが滅入《めい》っているのは、ドジを踏んだのと二日酔いのせいだ。二日酔いだと、どんなことでも実際より悪く思えるものさ」

「いや、もうおしまいだ。この先仕事を続けるとしても、これまでと同じ気持ちにはなれない。自信を完全に失ってしまった。いいか、ルーク。おれは三十二歳で、独身だ。女癖も悪い」

「それがどうしたっていうんだい。若い警官はみんな女好きだよ。何もおかしなことじゃない。普通のことだ。まわりには女がわんさといる。みんなただで手に入る」

「おれの名前はマット・ウォーカー」刑事はだしぬけに言って、手をさしだした。

「マットと呼んでくれ、ルーク」

ルークはさしだされた手を見つめた。それから、その手を握らなければならないことに気がついた。もっともらしく力をこめて握り、試すように言った。「マット」

「そう、マットだ。だけど、さっきのは思いちがいだ、ルーク。女のことだ。自分を責めてるのは女癖の悪さのせいじゃない。いいかい。おれはニューヨーク市立大学を出てるんだ。バスケのチームではガードとして鳴らし、プロになる道も開けていた。でも、兵隊にとられ、二年後に戻ってきたときには、さすがにプロのスポーツ選手の選択肢はなくなっていた。だから警官になったんだ。五年間は制服組で、そのうち三年間はパトカーを運転していた。その間、刑事になるための学校に通い、優秀な成績で卒業した。拳銃の腕もいい。私服になってからは二年。タイムズ・スクェアが持ち場の優秀な刑事だ」

ルークはとつぜん同情心を失った。こういう人間が——こういうクソ野郎があらゆるチャンスをつかむのだ。

「あんたに必要なのはファット・サムのフライドチキンだよ」と、あえて力をこめて言う。

「フライドチキン？」

刑事の口調はどこかおかしい。まるで病人のようだ。まるで瀕死《ひんし》の病人のようだ。

だが、ルークはあえて愉快そうに言った。「そうとも。フライドチキンを食えば悩みは吹っとぶ。そろそろできてるころだ。あんたの分もたっぷりあるよ。あんたさえよければ、下でいっしょに食べよう。あんたが客席で食べたいと言うのなら、おれたちはそれでかまわないと思ってるけど。店の規則で、上で食事をしちゃいけないことになってるんでね。本部の職員がときどき通りの向かい側に車をとめて、おれたちを窓越しに監視してることもあるし」

それを聞いて、ウォーカーは思わず振りかえった。「腹は減っていないんだ、ルーク」

「遠慮はいらないよ」ルークは言うと、思いきって刑事を押しのけ、前に進みでた。

「ファット・サムを呼んでくる」そして、厨房《ちゅうぼう》を横切り、客席に通じるドアのほうに向かった。

「邪魔だてしないほうがいいと思うんだが」奇妙な言い方だ。

だが、ルークはもう聞いていなかった。客席に通じるドアをあけて呼んだ。「ファット・サム。おーい、ファット・サム」

だが、客席は暗く、しんとしている。グリルでフライドチキンをつくっているファット・サムの姿はない。ルークは振りかえり、怪訝《けげん》そうな顔をウォーカーのほうへ向けた。「もうつくりおえて、下に持っていったんだろう」と言いはしたが、それなら刑事はどうしてそう言わなかったのか。

「やつは冷蔵室のなかにいる」と、刑事は言った。

ルークは冷蔵室のドアの横のスイッチ・パネルに目をやった。明かりは消えている。

「明かりを消して何をしてるんだろう。何も見えないのに」

刑事は口もとを歪《ゆが》めた。笑顔のつもりだろう。「覗《のぞ》いてみろよ」

第六感がドアをあけるなと警告した。ルークは刑事の顔を盗み見た。この男の目つきや話し方には異様なものがある。いやな感じだ。

「さあ、早く」

不吉な予感がする。だが、なすすべはない。蛇に睨まれた小鳥のようなものだ。操られているように照明のスイッチを入れる。

「ドアをあけろ」

断わりたい。自分であけろと言ってやりたい。だが、刑事のくすんだ青い目をちらっと見たとたん、そういった思いは水のように流れていった。恐る恐るゆっくりとドアをあけ、不安げな目でなかを覗きこむ。レタスの木箱とホイップクリームの缶のあいだに、ファット・サムがうずくまっている。

「怪我《けが》をしたのか」ルークは訊いて、ファット・サムを助け起こすために駆け寄った。

だが、そこで足を滑らせ、見ると、床にゲロが広がっている。「具合が悪かったのか。転んだのか」かたわらに膝をつき、腕を取って、声をかける。「どうしたんだ、サム。どうして……」そのとき、後頭部にこぼれおちたグレービーソースに血が滲《にじ》みでているのが目に入り、声が喉に詰まった。なんとか声をしぼりだす。「撃たれてる」

刑事が背後に立って自分を見ていることはわかっていた。この男がファット・サムの頭を後ろから撃ったのだ。挙動がなんとなくおかしかったのは、そのせいだったのだ。振り向いて、問いつめたかったが、頭を動かすことはできなかった。

「事故だったと言っても、信じないだろうな」

後頭部に銃弾を撃ちこまれている。事故でないのはあきらかだ。

だが、口から出てきたのは、「信じるよ」という言葉だった。弱々しい沈んだ声だったので、本当らしく聞こえるように強い口調で付け加える。「当りまえじゃないか」それでも充分だと思えず、さらに強い口調で言う。「さっきあんたはおれに銃を向けた。ファット・サムにも同じようにしたんだろう。そのときに、間違って撃ってしまったんだろう。それくらいのことは誰だってわかるさ」

「いや、おまえは信じていない。そんなことは誰も信じないだろう。酔っぱらった白人警官が黒人を撃ち殺したんだ。誰が事故だと思う。そんなたわごとは誰も信じないさ」

「おれは信じるよ。そうとも。おれは信じる」祈っているような口ぶりだ。

「誰も信じやしない。判事も、陪審員も、市民も、誰も。おまえだってよくわかってるはずだ。おれが事故だったと法廷で言っても、そんなことを信じる者はひとりもいない。これがミシシッピ州だったら、たとえ信じてもらえなくても、有罪にはならないだろう。でも、ここはニューヨーク州だ。ここでは電気椅子《いす》送りだ」

「そんなことにはならないよ」ルークはふたたびすがるような口調で言った。「なんなら、おれが証言してもいい。あれは事故だった、この目で見たんだと。ファット・サムがあんたに襲いかかってきたので、あんたは自分の身を守るために撃ったんだと。ファット・サムは肉切り包丁を持っていて……」諦《あきら》めたように声が尻《しり》すぼまりになっていく。「神に誓ってもいい。おれはあんたの言うことを信じてる」

「情けない野郎だ」

まるで見えない糸に操られるように、ルークはゆっくり頭をまわして、冷蔵室のドアのほうを向いた。目に涙があふれ、ぼやけた視界のなかに刑事が拳銃《けんじゅう》をかまえて立っているのが見えた。拳銃がサイレンサー付きかどうかはわからない。見えるのは銃口の丸い穴だけだ。

その小さな丸い穴から出てくる銃弾をとめられるものは何もない。
銃弾は眉間《みけん》を直撃した。

4

〝ヨルダン川の向こうに　わたしを故郷に連れていってくれる者がいる〟

ジミーは古い黒人霊歌の一節を低い声で口ずさみながら、ゴミバケツを洗い、昇降機の横の壁際《かべぎわ》にせっせと積みあげている。昇降機からゴミバケツを引っぱりだして、洗浄機の上で逆さに持ち、バケツの内側に熱湯を噴射すれば、洗浄と殺菌の作業を同時にすませることができる。

そのゴミバケツは空のミルク容器や掃除道具や空き缶といっしょに三十七番通りの歩道の下の地下室に収納される。

通常はファット・サムが三人分の朝食をつくっているあいだ、ルークがこの仕事を手伝うことになっている。だが、ルークはいま酔っぱらいの刑事にからまれている。ひとりで仕事をすることに不満はない。ルークはいちばんの古株であり、ここでは自分のボスだ。

いずれにしても、そんなに厄介な仕事ではない。ゴミバケツは重いが、この程度の力仕事は朝メシ前だ。

身体《からだ》の大きさも見かけとはちがう。そんなに大きく見えないが、身長は六フィート、体重は百八十二ポンドある。過酷な畑仕事に慣れた南部の農場労働者のように骨太で、肩幅が広く、筋骨たくましい。二十四歳のジョー・ルイスを髣髴《ほうふつ》させる、目鼻立ちの整った褐色の顔。鋭利で、知的な目。

こんなふうに仕事をしているときには、いつもいろいろなことを考える。たとえば、シュミット&シンドラー社のチェーン店に備えつけられた省力化のための最新の設備についてとか。ゴミバケツの洗浄機もそのひとつで、店によっては、悪臭が立ちのぼらないようにゴミ用の冷蔵室を設置しているところもある。肉体労働者用の防臭剤と同じだ。それでも、ジミーのような者たちが提供する昔ながらの〝筋肉の潤滑油《マッスル・グリース》〟なしだと、レストラン業務が成りたたないことは言うまでもない。

あるいは、シュミット&シンドラー社では、自販機食堂《オートマット》が〝ストア〟と呼ばれ、集中調理施設《セントラルキッチン》が〝ファクトリー〟と呼ばれていることとか。ニューヨーク市内には百以上のフランチャイズ店があるが、ここのようにウェイトレスがいてカウンターのあるレストランは三つか四つしかないこととか。

そんなことを考えながらも、心の片隅には酔っぱらいの刑事に対する嫌悪の念がまだ残っている。腹は減っているが、ルークとファット・サムの様子を上に見にいくつもりはない。酔いどれ刑事のたわごとに付きあう気はない。そんなことはファット・サムとルークにまかせておけばいい。自分は気が短すぎる。それは若さのせいだと言う者もいる。でも、そうじゃないと自分では思っている。一人前の男として扱われたいだけだ。

本部の職員との喧嘩腰《けんかごし》のやりとりを思いだすと、思わず笑ってしまう。残業手当から税金を差しひかれすぎていると会社に訴えでて、本部の幹部職員ふたりと大声で怒鳴りあったこともある。最後に幹部職員のひとりに〝きみは文句が多すぎる。きみのためにしてやれることは何もない〟と言われたときには、怖《お》ず臆《おく》せずガツンと言いかえした。〝じゃ、いったいなんのために話をしているんだい〟

それでも解雇されなかったのは、後任を見つけるのがむずかしかったからだ。店内のステンレスの容器や什器《じゅうき》を傷つけないように磨くのは、ほかの者にはできない特技といっていい。面白いことに、アメリカの経営者は従業員に仕事をしてもらうために頭を低く保つことを求められる。労使関係は確実に変化している。以前は経営者が従業員をいたぶり、命令に従わないと馘《くび》だと脅していた。いまでは労働組合や政府の労働関係委員会、そして職業の専門化のせいで、経営者は渋々ながら沈黙を余儀なくされている。

ジミーは一人笑いしながら床掃除をすませた。ゴミを捨てて、箒《ほうき》を片づける。刑事がいようがいまいが、とにかく上にあがって朝食をとることにしよう。二羽分のフライドチキンでも食べられそうなくらい腹が減っている。こんなに長く待たされたのだ。とにかく腹いっぱい食べよう。濃厚な生クリームをかけたシリアル、搾《しぼ》りたてのオレンジジュース、バタートースト六枚、マッシュポテト、グリーンピース、レタスとトマトのサラダ、デザートにはシロップ漬けの缶詰の桃を添えたバニラ・アイスクリーム。白人のクソ野郎の迷惑のツケは会社に払ってもらおう。いずれにせよ、本部の職員がことあるごとに恩着せがましくのたまうように、従業員は食べたいだけ食べていいことになっている。もちろん、その特典はつねに享受《きょうじゅ》している。会社にとっては、朝食をただにするより、給料を倍にするほうが安あがりであるはずなのだが……そんなことを考えながら、ジミーはゴミ置き場を出て、地下室の別の一角へ歩いていった。

調味料や香辛料や缶詰や洗剤などを保管している部屋に入り、日勤の清掃員と共有している黄褐色のキャンバス地の上っぱりを吊《つ》りさげる。それから、隣の男性用更衣室に入り、帽子と手袋をロッカーにしまう。

隣には女性用の更衣室があるが、ウェイトレスが出勤するのは七時になってからで、夜の出勤時に入れかわりに退勤するときに数回しか見たことはない。

地下室の中央には、湯煎《ゆせん》式のスープケトル、ブレッド・スライサー、ミート・スライサー、薄切りの各種加工肉が詰めこまれた旧式の冷蔵庫などが置かれている。ボイルド・ハムを三枚口に詰めこむと、地下室を横切り、機械室の前を通って階段をあがる。

階段は半分あがったところに踊り場があり、そこで右に曲がっている。そこまで行って、上を見あげる。そのとき、はじめて刑事の姿を目にした。

ウォーカーはルークの眉間を撃ったあと、冷蔵室のドアを閉め、地下におりようとしていた。三人目の清掃員を始末するためだ。だが、ルークを殺したことによって動揺していたので、気持ちを落ち着かせ、ついでにリボルバーに銃弾を再装塡《さいそうてん》するために、いったん立ちどまった。それでこのときは、階段の上で身体の左側をジミーのほうに向け、拳銃を持った右手を下に垂らして立っていた。

「まずいな。ぶちぎれてしまった」と、つぶやいたとき、ジミーの存在に気づいて、そっちに目を向ける。

ウォーカーの骨ばった厳《いか》つい赤ら顔を見たとき、ジミーの頭に最初に浮かんだのは〝うわっ、オペラ座の怪人だ！〟だった。下から見ると、身の丈は九フィートからあり、人間離れしている。トレンチコートが黒マントのようにひろがり、ブロンドの髪が血走った目にかかっている。

この酔っぱらいはあきらかにいかれている。ファット・サムでも手に負えなかったにちがいない。

胃がキリキリしたが、立ちどまりはしなかった。怖がっていると思わせてはならない。

ウォーカーは狂犬のように歯をむきだしにして、右手に持った拳銃をあげた。一言も口をきかない。

ウォーカーが発砲する直前、ジミーは反射的に身をかがめた。銃弾が左の脇腹の皮膚を焼く。衝撃で、すべての感情と感覚がはじけたかのように脳内で怒りが爆発する。一瞬で、今わの際のように知覚が研ぎすまされる。相手の顔が百倍に拡大されたみたいに見える。狂った目のなかに毛細血管の網目模様が浮きでている。毛穴から滲みでている汗はウィスキー・グラスぐらいの大きさだ。頑丈そうな白い顎には、雪に覆《おお》われた畑の小麦の茎のようなブロンドの無精ひげが生えている。不揃《ふぞろ》いの黄ばんだ歯に詰められたアマルガムの輪郭まではっきり見える。映像が燃えあがる怒りとともに記憶に焼きつけられる。

だが、それはほんの一瞬のことで、身体の反射的な動きがとまることはない。心の向こうみずな部分が煽《あお》る。〝突進しろ！　拳銃を奪って、叩《たた》きのめせ！〟だが、心の別の部分は戒《いまし》める。〝逃げろ。とにかく逃げろ！〟筋肉はパニックをきたし、恐怖に怯《おび》えて暴れる野生の馬のような狂乱状態になっている。

ウォーカーはバレエもどきの足の運びで身体の向きを変え、階段をおりながらふたたび発砲した。

二発目は首の後ろをかすった。ジミーの怒りは真っ赤に焼けた鉄の塊のようになり、同時に脳内のパニックの導火線に火がついた。その格好は不自然きわまりない。左足は階段のひとつ下の右足と交差し、左手は身を守るために咄嗟《とっさ》に上にあがり、右手は何かを探るように前に突きだされ、身体はでんぐり返しをしようとしている軽業師のように前方に折れ曲がっている。だが、その筋肉は獲物を狙う蛇のような敏捷《びんしょう》さで動いた。足の爆発的な力で踊り場を横っとびに跳ぶ。身体の右半分が壁にぶつかり、肩から腰に痣《あざ》ができる。

「糞《くそ》ったれ！」と、食いしばった歯のあいだから悪態をつきながら、右の手と右の足と右の腰で壁を押し、イスラムの修道僧の回旋舞踏《セマー》のようにくるっとまわって、踊り場の角を曲がる。それで射程外に出ることができ、三発目の銃弾は直前までジミーの頭の影があった白い漆喰《しっくい》壁に穴をあけただけだった。

階段は前転しながらおりた。いったん転がりはじめると、とまらなくなる。まるで体育館で運動をしているかのように、三段ごとに階段に両てのひらをついて前転し、地下のコンクリートの床に前屈姿勢で足から着地する。推力はまだ残っている。

ウォーカーは階段を駆けおりてきたが、足どりは酔いのせいでおぼつかない。踊り場の前で階段を踏みはずし、横向きに壁にぶつかって、床に両手と両膝《りょうひざ》をついた。

「待て、この黒んぼ野郎！」

その声を聞いて、ジミーは前かがみの姿勢から大急ぎで立ちあがった。

ふたりの心はいずれも抵抗しがたい衝動に駆られている。ひとりは殺そうという、もうひとりは生きようという衝動だ。だから、ウォーカーがジミーに殺されるために待つよう呼びかけたとき、どちらもその言葉のおかしさに気がつくことはなかった。

ジミーはゴミ置き場の手前で、身体の重心を移動して角を曲がった。昇降機を使って逃げようと思ったのだ。ゴム底の靴がコンクリートの床の油染《あぶらじ》みの上で滑り、左足のくるぶしから腰までゴミ置き場の側柱にぶつかった。それでもなんとか拳銃の射程外に出ることはできた。だが、刑事はドタドタと階段を駆けおりてきつつある。そのときになってようやく思いだした。昇降機は運転中でないと重い鉄の蓋《ふた》があがらないようになっているのだ。

次に頭に浮かんだのは、このままここで暗闇《くらやみ》のなかに身を潜めていれば見つからないかもしれないということだった。地下室の明かりは先ほどここを立ち去るときに全部消してある。けれども、手前の開いたドア口からは上階の明かりが漏れてきている。引きかえして、ドアを閉めなければならない。それで、すぐまた方向転換したが、遅すぎた。ウォーカーはすでに地下室に入り、拳銃をかまえて、足もとに気をつけながらゆっくり走っている。

ここで立ちどまって貴重な数秒間を無駄にしたので、いよいよ八方ふさがりになってしまった。隠れる場所も、逃げ道も、手に取って投げるものもない。足元の右側に、ステンレスを磨くために使うぼろきれとスポンジと洗剤が入った亜鉛メッキの小さなバケツがあった。何も考えることなく身を守るために咄嗟に機転をきかせて、プレースキッカーがフィールドゴールを狙うように、刑事がかまえた拳銃に向けてバケツを蹴る。

それとほぼ同時に、ウォーカーが発砲し、銃弾は空中でバケツを突き破り、ジミーの心臓の少し上に命中した。バケツがその威力を弱めたので致命的なものにはならず、げんこつで殴られた程度の衝撃しかなかったが、それでもバケツを蹴って身体のバランスを崩していたので、床にどさりと倒れてしまった。

と同時に、ウォーカーも倒れた。飛んできたバケツが胸に当たったのだ。

ジミーはすばやく起きあがり、四つんばいになり、立ちあがると同時に走りだした。胸からは血が流れている。傷の程度はわからないが、急がなきゃならないことはわかっている。バケツが当たって倒れた刑事が、また立ちあがって、拳銃をかまえるまでに逃げなければならない。

　視界のはずれに、洗ったばかりのゴミバケツの山が映った。走りながら身体の向きを変え、ゴミバケツを二個つかみ、立ちあがりかけていた刑事に投げつける。刑事がゴミバケツに足をすくわれて倒れると、また別の二個を投げつける。ゴミバケツがコンクリートの床にぶつかって立てる音は死者を目覚めさせるくらい大きく、刑事がまた拳銃をぶっぱなしたかどうかはわからない。暗く、耳を聾《ろう》さんばかりにうるさく、拳銃の発砲音が聞こえないようなところにいること自体、恐怖以外の何ものでもない。

　しかし、ウォーカーはまだ発砲できずにいた。両手と両肘《りょうひじ》を使ってゴミバケツを払いのけるのに大わらわで、その顔は怒りで青ざめている。「くそっ、どけ！」と、まるでゴミバケツに人格があって言葉を聞きわけられるかのような間抜けな悪態をついている。黒んぼが地下室のはずれのもうひとつのドアに向かっていることはわかっているが、ゴミバケツが飛んでくる暗い部屋で、闇雲に発砲することはできない。サイレンサー付きのリボルバーに残っている銃弾は一発だけで、再装塡している時間はない。すねにバケツがぶつかって毒づきながら、逃げる男のあとをふたたび追いはじめる。

ジミーはドアの前まで来ると、錠がかかっているかどうかをたしかめることもなく、そこに右肩で体当たりをした。錆《さ》びた錠はひとたまりもなく壊れ、古びた木のドアは大きな音を立てて開いた。その向こうには、三十七番通りの隣のビルの地下につながっている真っ暗な狭い通路がのびている。

その通路は別の通路につながっていて、同じ街区にあるすべてのビルの地下を結びつけている。この時間でも起きているビルの管理人か用務員がどこかにいるはずだ。石造りの高層ビルの上の階には、清掃員や、夜間のフロント係や、拳銃を携帯した警備員もいるはずだ。そこへ行けば、きっとなんとかなる。だが、実際問題いまこの漆黒の恐怖の世界には、自分とサイレンサー付きの拳銃を持った狂った刑事しかいない。幸運を祈りながら、見通しのきかない闇のなかを走りつづける。知らないうちに目には涙があふれている。血が胸を流れ落ち、ベルトの上にべとっとした生温かい溜《た》まりをつくっているのがわかる。

ウォーカーは何度となく壁にぶつかり、悪態をつきまくりながら追いかけてくる。官給のリボルバーを抜いて、暗闇に三八口径の銃弾をぶちまけたいという衝動を抑えるのは容易ではない。

ジミーも壁にぶつかった。それも、ものすごい勢いで。漆喰を塗った煉瓦《れんが》に額を叩きつけて、へなへなと床に崩れおちる。目がまわる。だが、意識はある。

ウォーカーはジミーのうめき声を聞いて、立ちどまり、闇のなかに目の光を探した。黒人の目は動物の目のように闇のなかで光るという話を聞いている。光るものがあればなんでもいいから撃とう。そう思って拳銃をかまえる。動く音はたしかに聞こえる。だが、何も見えない。

ジミーはゆっくりと立ちあがった。身体は分厚い鉄の鎖で殴られたように悲鳴をあげているが、気持ちはどうしても生きたいと訴えている。それでまた走りだす。だが、次の瞬間には宙を舞っていた。通路が右に折れ、そこに三つの段がついていたのだ。コンクリートの床に両手と両膝がぶつかり、皮膚が擦りむける。とつぜんの鋭い痛みが興奮剤がわりになる。立ちあがって、また走りだす。

ウォーカーは暗闇のなかで立ちどまったことで少しは頭がまわるようになっていた。コートのポケットを手探りして、そこから万年筆型の懐中電灯を取りだす。小さな光線が通路の曲がり角と階段を照らしだす。だが、そのときまでにジミーは次の角を曲がり、すでに見えないところに行っていた。

このときに再装塡することを一瞬考えた。さっき懐中電灯を探していたとき、ポケットのなかで指が何発かの銃弾に触れるのがわかった。それを使わない手はない。だが、迷路のような通路で、黒んぼの姿がすでに見えなくなっているとしたら、ここで無駄な時間を費やすわけにはいかない。

左手を壁に這《は》わせ、右手をまっすぐ前に突きだして走りはじめる。暗がりのなかでふたつめの角を曲がると、とつぜん明かりのついた短い通路に出た。逃げていく足音は聞こえない。もうこっちのものだ。右側に閉まったドアがあったので、開いて、なかの様子をうかがう。寝乱れたままの簡易ベッド、タバコの焼けこげがある鏡付きの引きだし、椅子の上に置かれた汚れた衣服、オイルクロスが掛けられたテーブル、その上に一パイントのウィスキーの空瓶とグラス。だが、人けはない。ビルの用務員の部屋だろう。

ドアを閉めて立ち去ろうとしたとき、後ろから足音が聞こえた。

「助けてくれ！」ジミーは走りながら叫んだ。「助けてくれ！　誰か、助けてくれ！」

返事をする者はいない。

通路のはずれで方向を変え、ウォーカーがそのあとを追いはじめたとき、ジミーは別の通路に足を踏みいれていた。左側にちらっと目をやると、そこから明るく照らしだされた白漆喰塗りの壁と清潔なコンクリートの床がどこまでもまっすぐのびている。右に曲がる。その先に分厚いオークのドアがあった。後ろから足音が聞こえてくる。曲がり角まで後戻りして、殺人狂と鉢合わせになる危険をおかすことはできない。もし前方のドアが開かなかったら命はない。

「おい！」刑事の声が聞こえた。「おい、待て！」

ジミーは振り向かなかった。その言葉の意味は死だ。〝おい、おまえを殺させろ〟と言っているのだ。胃は豆粒くらいに縮まり、一週間前のゲロのようなものが喉《のど》にこみあげてくる。

ドアノブに手をのばす。

〝ここがジョンソン夫人の若い黒人の息子が世界を見失った場所だ〟と、白人が〝黒人のユーモア〟と呼ぶ辛辣《しんらつ》な皮肉が頭に浮かぶ。

ドアノブに手をかける。まわった。ドアを押す。開いた。

「おい！　おまえ！」また声が聞こえた。

勝手に叫んでろ、と心のなかで言いかえす。

開いたドアの向こうには、ミシンがずらりと並んでいた。そのすべてが明るい大きな正方形の部屋のなかでゆっくりと回転している。頭がクラクラする。自分もミシンの後ろを浮遊しているような気になってくる。後ろを向いて、倒れこむようにしてドアを身体で押して閉める。立ちつづけているのもむずかしく、胃がさらに収縮していくのがわかる。生温かい血が脚を伝ってどろりと流れ落ちる。もしかしたら、失禁しているかもしれない。

頭は朦朧《もうろう》としていて、自分が何をしているかわからないまま、手探りで錠を見つける。シリンダー錠だ。ボタンを押すだけで、ボルトは動かなくなり、ドアはロックされる。

「なんだ？　誰の叫び声なんだ」という声は聞こえない。よたよたと通路をドアのほうに向かってくる足音も聞こえない。ノブを握って、ドアを揺すり、酔っぱらった声でいらだたしげに怒鳴る声も聞こえない。「誰でもいいから、ドアをあけて出てこい。後片づけをしなきゃならないんだ」

そのとき、ジミーは意識を失って床に倒れていた。

5

午前五時二十二分、窓の清掃員がやってきた。細身で、黒い髪の、無口なイタリア系の男だ。青いセーターの上に革のジャケット、陸軍払いさげのズボン、なめし革の裏地のブーツ、耳当てのついたキャップというでたち。持参したものはバケツ、ブラシ、スポンジ、セーム革、スクイージー。ブラシとスクイージーの柄は受けもっているそれぞれの店に置いてある。

三十七番通りに面した裏口から店に入る。黙って流し台の横に行き、冷蔵庫の上から伸縮式の二組の柄を降ろし、水道の蛇口からバケツに水を満たす。

正面の窓の内側から始め、窓の下のオークの棚からグラジオラスの花瓶をどかす。長い柄に柔らかいブラシを取りつけ、窓の上部を洗う。水はできるだけ使わず、水滴がステンレスの窓枠にかからないようにする。次に柄の長さを半分にして窓の中央部を洗い、それから下部を柄なしで洗う。スクイージーも要領は変わらない。素早く下向きに動かし、汚れた水を窓の下で手首をさっとかえしてスポンジに受ける。最後に湿らせたセーム革で窓枠を拭《ふ》き、場所を変える。振りかえることはない。

手早く、要領のいい、流れるような仕事ぶりだ。自分の技能に誇りをもち、作業に没頭している。

店の清掃員の不在は珍しいが、かまうことはない。地下室で食事をしていて、自分が来たことに気づいていないのだろう。いずれにしても気にすることはない。自分にはやるべき仕事がある。連中とのおしゃべりで時間を無駄にしたくない。黒人の清掃員はみなおしゃべりで、理屈っぽい。おそらく仕事柄だろう。自分はちがう。自分のボスは自分だ。個人事業主として顧客をかかえている。靴屋、雑貨屋、紳士服店、衣料品店、レストラン……どこも歩いていける距離にある。窓の内側と外側を休業日以外の毎日一回きれいにするのが仕事だ。それによって決まった報酬を得ている。このあとは三十六番通りの角にあるカフェテリアに行くことになっている。この店からはいくらも離れていない。そして、その次は三十四番通り。遅くとも午前七時三十分までにはすべての店の窓拭きをすまさなければならない。人生のもろもろの問題を議論している時間はない。おそらく黒人の清掃員たちは自分より多くの人生の問題を抱えているのだろう。だから、グチってばかりいる。けど、自分にとっての問題は、寒い日にガラスについた水がスクイージーで拭うまえに凍ってしまうことぐらいだ。そんなことをグチっても始まらない。一日に三時間か四時間働いて、週に百七十七ドルの稼ぎになるのだ。贅沢《ぜいたく》は言っていられない。

八分で内側の窓が終わった。流し台の前へ行って水を変えてから外に出る。吐く息は白いが、寒さは感じない。

五番街側の正面の窓をすませ、三十七番通り側の窓を洗いはじめたとき、牛乳配達のトラックがやってきた。

「やあ、トニー。調子はどうだい」

「絶好調だよ」トニーは手の動きをとめずに答えた。

「おまえさんはいつだって絶好調だな」

「悪いか」

牛乳の配達員は鼻を鳴らし、空き缶を探したが、どこにもない。裏口にまわり、なかに首を突っこんで声をかける。「どうしたんだ。ルーク！……サム！……誰もいないのか」

返事はない。

トニーのほうへ向きなおって尋ねる。「みんなどこへ行っちまったんだろう」

トニーは肩をすくめた。「さあね。おれも見てないんだ」

空き缶の置き場所は知っている。下におりて持ってくるのに一分もかからないだろう。だが、いまは分業の時代であり、空き缶を歩道まで運ぶのは自分の仕事ではない。余計なことを言いにいく必要はない。自分の仕事だけをしていればいい。ポンプ式の蓋がついた五ガロンの牛乳缶三個、五ガロンのコーヒークリーム缶一個、三ガロンの濃厚クリーム缶一個を車から降ろし、昇降機の蓋の横の壁際に並べる。

それからトラックに乗りこみ、エンジンをかけ、走り去る。

トニーも長居はしなかった。仕事がすむと、バケツを空にし、スポンジとセーム革をしぼり、冷蔵庫の上に柄を戻して、すぐに次の仕事場に向かって通りを歩いていく。

それからしばらくして、三十六番通りのカフェテリアの窓の内側を洗っているとき、シュミット&シンドラー社のトラックがマディソン街から三十七番通りに入ってきた。歩道わきでカーブを切り、バックで厨房の前に斜めにとめる。運転手がトラックから降りて、グローブをはめた手をポンと叩き、厨房のドアをあける。「おーい、みんな。配達だぞ！」

返事はなかった。運転手も返事を期待していなかった。トラックの荷おろしは夜勤の清掃員の仕事のひとつだ。本来なら夜勤の仕事は六時までだが、トラックが六時前に到着することはめったになく、たいていはそれより遅くなる。いつもならみな帰宅する用意をし、私服の上にキャンバス地のジャンパーを着て、いらいらしながら待っているのだが。そのうちに出てくるだろうと思って、運転手はトラックに戻った。

トラックには気密性の高い木の荷室が備えつけられ、赤い地の色に金文字で〝S&S〟のロゴが描かれている。イギリスの郵便配達車に似ていなくもない。テールゲートをおろして、荷室の二重ドアを開く。レバーを引き、テールゲートを油圧によって路面までさげ、その上に乗る。それからテールゲートをトラックの床面まであげ、荷室のなかに入り、ここに置いていく食材をチェックする。

まだ誰も出てこない。

まいったな。荷おろしはおれの仕事じゃない。

ここにおろしていく食材は、チキンパイのトレイ四枚、ベークト・マカロニのトレイ三枚、ベークト・ビーンズとフランクフルトのトレイ三枚。いずれもオーブン料理だ。それに、ケーキとペストリーのトレイ二枚、ハンバーガー・パティの小さめのトレイ五枚、ミニッツ・ステーキのトレイ二枚。あとは、パイの大きなアルミ・ラック二個、スープ種の五ガロン缶二個、濃縮ココアの五ガロン缶二個、自社製ベーコン一箱、自社製コーヒー一カートン、ボイルド・ハム一パック、サンドイッチ用チーズ二パック、サンドイッチ用パンのアルミ・バスケット二個、ロールパンのバスケット一個、オレンジの木箱一個。ほかに必要なものがあれば、その日の次の便か三番目の便で届けることになっている。

食材のラックをテールゲートまで押していき、そこでまわりを見まわす。

あいつら、いったいどこにいるんだ。いらだちが募る。あのチビデブの店長もだ。そろそろ来てもいいころじゃないか。

腕時計を見る。六時六分前。

〈ロック・アラウンド・ザ・クロック〉の甲高い口笛が聞こえたので、トラックの横から首を突きだす。よし。あのふたりに荷おろしを手伝わせよう。

ふたりの黒人の男がハーレム発インディペンデント地下鉄六番街線の三十五番通り出口からこっちへ向かってくる。シュミット&シンドラー軽食堂の日勤の雑用係だ。

ひとりは淡褐色のキャメルのコート、灰色の羽根をリボンにつけた鍔《つば》の狭い焦《こ》げ茶色の帽子、えび茶色のシルクのマフラーという格好。若い褐色の顔は、寒々しい朝のこんな早い時間には不似あいなくらい楽しげに見える。もうひとりはそんなに若くなく、ビロード地の襟がついた青いチェスターフィールド・コート、黒い山高帽、白いシルクのマフラーという格好。ふたりとも黒いズボンに黒い靴をはき、コートと同系色のスエードの手袋をはめている。

前夜のお楽しみの話で盛りあがっていたらしく、若いほうの男がとつぜん身体でリズムをとりはじめる。年かさの男はそれを優しい目で見ている。

運転手はやってきたふたりに声をかけた。「悪いけど、ふたりでこれを運んでくれないか」

「夜勤の連中はどうしたんだい。それはやつらの仕事だよ」と、年かさのほうが言う。

「帰っちまったのかも。とにかく、いつまでも待っちゃいられないんだ」

年かさの男は袖《そで》を引きあげて、腕時計に目をやった。「まだ六時になってない。六時三分前だ」

若いほうの男も腕時計を見た。「おれの時計は六時五分前だよ」

「文句があるなら、ユダヤのお偉いさんに言ってくれ」と、年かさの男。

運転手も腕時計を見た。六時までに四分半ある。「ちょうど六時だ。おれの時計はさっきウェスタン・ユニオン・ビルの大時計に合わせたばかりだ」

そのとき、ずんぐりむっくりの人影が風に頭をさげ、通りの角を曲がって姿を現わした。黒っぽいツイードの厚手のアルスター・コート、やはり黒っぽい格子縞《こうしじま》のマフラー、そして黒いフェルトのソフト帽。顔は布地にほぼ完全にくるまれていて、鼈甲《べっこう》ぶちの眼鏡の湿気で曇ったレンズしか見えない。

「やあ、ボス」と、若いほうの男が言う。「いま何時かわかりますか」

「これはいったいどういうことなんだよ」と、運転手。横柄《おうへい》な口調だ。「荷おろしができないじゃないか」トラックの運転手は店長より身分が上だと思っていて、よくそのことを見せつけるような物言いをする。

店長は状況を察して、眼鏡をはずした。「ルークはどこにいる？」

「家に帰ったようです」と、年かさの男。

「糞ったれめ！」

「糞ったれって、誰のことを言ってるんです」

店長は疲れていて、いらだち、いまにもキレそうになっている。昨夜二時まで女房とブリッジをしていて、九ドルをふんだくられ、そのあと女房が食あたりで腹をこわしたので、出勤する間際まで湯たんぽを使ってずっと看病をしていたせいだ。

「あの糞ったれどものことだ。ふざけやがって。勝手に早引きするなんてもってのほかだ」店長はぶつくさ言いながら、帽子とコートをドアの内側のフックにかけた。それから怒りを抑えて、入口のドアを大きく開き、その下にストッパーをかましてから、声を無理やりしぼりだす。「さあ、みんな、仕事にかかろうじゃないか」

ふたりの雑用係は反論しなかった。着替えはあとまわしにして、まずは厨房に積みあげられていた空のトレイの留め具をはずして外に出し、それから届けられた食材の搬入用に使う四輪付きの台車を引っぱりだす。

「店長が不機嫌なのは今日だけじゃない。毎度の話さ」と、若いほうの男が言う。

「家でかみさんにいつもいじめられているからだろう」

「やつが不機嫌なのはここの仕事のせいさ」と、年かさのほうが応じる。

店長は作業を手伝うために外に出てきて、ちょうどそのとき雑用係の陰口を耳にしたが、黙って回れ右をして店内に戻った。

運転手は笑いながらトラックのテールゲートを路面の高さまでさげた。

「あんなのでも店長は店長だ。あんまり悪く言わないほうがいいんじゃないか」

「気にすることはないさ。どうせすぐにやめるんだ」年かさの雑用係は答えた。

話をしながらも、ふたりは手を休めなかった。いちばん下のトレイの柄をつかんで台車に載せ、食品保管室に運びこみ、階段の手すりと壁のあいだの傾いた床の上に手際よくおろしていく。ふたりとも場違いな格好をしているので、喜歌劇の登場人物のように見える。

「あんたたち、そんな洒落《しゃれ》た服を買う金をどうやって稼いでいるんだい」と、運転手が羨《うらや》ましげに訊《き》く。

「白人の労働者はみなおんなじだ」年かさの雑用係が答える。「おれたちが身なりに気を使ってるってだけで、違法なことをしているにちがいないと考えやがる」

運転手は黙った。自分が〝労働者〟とは思っておらず、そんなふうに言われるのは心外だったのだ。

しばらくして、別のふたりの雑用係がやはり洒落た身なりでやってきて、店長に命じられるまでもなく仕事を手伝いはじめた。スープ種とホウレンソウの缶を冷蔵室の横に、パイのラックを部屋の隅に。それは店長が決めた〝本日のメニュー〟用の食材だが、従業員の受けは悪く、このときもまずそうだのなんだのといった言葉をみなあからさまに口にしている。

だが、店長は何も聞こえていないふりをして、配達された食材のチェックを始めた。リストを見ながら、トレイに手を突っこんだり、缶の蓋をあけたり、ペストリーやパイを試食したり。だが、その口から出てくるのは、「糞ったれ」という言葉だけだった。

そのあと、白人のサンドイッチ係とやはり白人の即席料理係がいっしょにやってきた。着古したコートとくたびれた帽子のせいで浮浪者のように見えるが、給料は雑用係よりずっと高い。その数分後に、またもうひとりの店員がやってきた。

雑用係のひとりが地下に降りて、ロールパンのバスケットを運ぶために昇降機を上にあげる。サンドイッチをつくる場所は地下にある。

「ひどいな。ゴミバケツがあっちこっちに散らばってる」と、大きな声でみんなに言う。「まるで大喧嘩をしたみたいだ」

店長が耳をそばだてる。「糞ったれどもめ！」

何人かの男が振り向いて店長を見た。店長はあわてて腰をかがめ、ホウレンソウのクリーム煮を覗きこんだ。夜勤の清掃員が自分をどれほどのものとも思っていないことはよくわかっている。でも、ものには限度というものがある。連中が定時より早く持ち場を離れたことは本部に一報しておかなければならない。

みんなは夜勤の清掃員が定時より早く帰った理由を推測しはじめた。

「みんなで飲んで酔っぱらったんだろう」

「若い娘をひっかけたのかも」

「仕事をほっぽりだすなんて、ルークらしくないな」

みんなうなずく。

「ファット・サムは酔ったら何をしでかすかわからない。それからもうひとり、ジミーだったかな、そいつのことは何も知らない。だけど、ルークについてはそのとおりだ」

ジミーは新入りで、人づきあいもそんなによくない。勤務時間後には誰ともつるまず、みんなから少し生意気だと思われている。あまり好かれてはいない。悪く言う者こそいないが、良く言う者もいない。

このときには、荷おろしをしている雑用係以外のほとんど全員が更衣室におりていた。糊《のり》がきいた白い作業服に着替えながら、まだ同じ話を続けている。

「店長は本部に言いつけるだろうな。間違いない」と、黒人の皿洗い係が言う。

全員がうなずく。

更衣室のロッカーにはそれぞれ自分で用意してきた錠が付いている。その錠の大きさから見て、おたがいがおたがいを信用していないのはあきらかだ。

サンドイッチ係は着替えをすませて、チーズを切りはじめた。皿洗い係は上に行って、食洗機のスチームをオンにした。だが、実際のところ朝いちばんに食洗機をまわす必要はない。店長が厨房《ちゅうぼう》から飛びだしてきて怒鳴る。「いったい全体——！」

皿洗いの男がぎょろりと店長を睨《にら》みつける。店長は大急ぎで厨房に戻っていった。

そのころまでに雑用係は荷おろしを終えていた。店長が食洗機のある部屋から出てきたとき、淡褐色のコートを着た若い男が重い台車を勢いよく押してやってきた。その台車の鉄の角が店長のくるぶしに当たる。痛みのせいで顔から血の気が引く。

店長は痛む足を両手でつかみ、もう一方の足で跳ねまわりながらわめいた。「糞ったれ！　糞ったれ！　糞ったれ！　糞ったれ！　糞ったれ！」

黒人の雑用係全員が鋭い目つきで睨んだが、店長はやめなかった。「糞ったれ！　糞ったれ！　糞ったれ！　糞ったれ――」

シリアル係は木箱のオレンジを搾る仕事をまかされている。だが、そのまえに残っているオレンジジュースの量を確認しなければならない。それで冷蔵室に入り、だが、すぐにあたふたと走りでてきて、そこにいた店長とぶつかった。店長は床にぶっ飛ばされた。

「死んでる！」シリアル係は甲高い耳ざわりな声で叫んだ。「死んでる！　ふたりとも！　冷蔵室のなかで！」

店長は傷ついたくるぶしを両手でつかんで床の上を転げまわりながら訊いた。「誰が……誰が死んでるって？」

何があったのか知るためにあちこちから店員が集まってくる。

シリアル係は青い顔をし、目をむいている。「誰が死んでるかだって？　ふたりともだ！　ルークとファット・サムのふたりだ！　ふたりとも頭を撃たれて死んでる！　間違いない！」

一瞬、場が凍りつく。みな口をあけ、目を丸くし、息をとめている。

店長は身体を起こしてツルのように一本足で立ち、「警察に電話しなきゃ」とぽつりと言って、片足跳びで電話機に向かった。

6

明るい通路を歩いてくるビルの用務員の姿を見てウォーカーが最初に思ったのは、もうひとり殺さなければならないかもしれないということだった。

あと少しであの清掃員に追いつくところだったのに。追いつめて殺すつもりだったのに。そこへこの酔っぱらいの馬鹿《ばか》がしゃしゃりでてきやがった。

用務員は通路をよたよたとした足どりで進み、先ほど清掃員が逃げこんだ突きあたりの部屋のほうに向かっている。ウォーカーは曲がり角の手前に立って、その様子をうかがっていた。用務員の姿を浮かびあがらせている光は、通路のはずれにあるブリキの看板まで届いている。その看板には、〝エイペックス縫製〟という文字が記され、その横の閉ざされたオーク材のドアを指す矢印が描かれている。

もう少し注意深い男なら、おやっと思っていただろう。だが、その日はドアのほうしか見ていない。よれよれの服とくたびれた靴。安酒飲みのゲスなアル中だ。見ているだけで気分が悪くなる。世のなかを汚《けが》している。そんなふうに考えているうちに、こんなやつは殺されて当然だと思うようになってきた。いまの仕事についてまだいくらもたっていないにちがいない。あと一週間もすれば、酒のせいでクビになるに決まっている。バワリー街のスラムに戻り、廃材でつくった掘立て小屋で、固形アルコールと頭髪油《ベーラム》を混ぜた酒をあおり、同じようなクズどもといっしょに焚《た》き火を囲んでいればいい。街のお荷物だ。死んだほうがいい。いないほうが世のためだ。この男が殺されたら、今回の一件はより複雑なものになる。三人の黒人が殺されただけなら、動機はおのずとしぼられてくるが、同時刻に別のビルで白人が殺されたら、精神異常者のしわざという見立てになる可能性は高い。おれのことを精神異常者と考える者はいない。

用務員に見えない位置までさがり、拳銃《けんじゅう》に銃弾をこめなおそうと思って、ポケットを探ったが、何も入っていない……その場に立ちどまったまま、これまでに使った銃弾の数を計算する。いつも六連発銃に五発をこめて、撃鉄の先には空の薬室が来るようにあわせてある。予備用に持っている銃弾は五発。使ったのはファット・サムという男に三発と、とどめの一発……とこのとき、用務員が鍵《かぎ》のかかった部屋のドアを叩く音が聞こえた。この間抜け野郎。なぜ錠をあけないんだ。鍵を持っているか、持っていなければ、取ってくればいいじゃないか……ええと、ファット・サムに四発……くそっ、うるさくって考えられない。どやしつけてやりたい……それから、二人目の男には一発だけ。眉間《みけん》に。ルークという名前の男だ。三人めには階段で三発、地下室で一発。そのうち一発くらいは当たっているだろう。いままで四発撃って、一発も当たらなかったためしはない。あと必要な銃弾は二発。一発は白人のクズ野郎に。もう一発は逃げている黒んぼに。だが、銃弾は一発しか残っていない。

用務員が諦《あきら》めて通路を引きかえしていく。おそらく上司を呼びにいったのだろう。よろけながら歩いていく足音が聞こえる。と、そのとき名案が浮かんだ。この白人のクズ野郎は殴り殺せばいい。そうすれば問題は解決する。拳銃を逆さにして、サイレンサーを握る。これでこめかみをぶん殴れば、なんでぶちのめされたのか考えもしないだろう。

そうしようと思ったとき、上のほうから別の声が聞こえた。「そこで何があったんだ、ジョー」

用務員の上司だろう。

「エイペックス社の裁縫室に泥棒が入ったようなんです」

ウォーカーは通路の上方にちらっと目をやった。白漆喰の天井の隅に換気口があり、その下に緑色のペンキで矢印と〝非常口〟の文字が描かれている。

また上のほうから声が聞こえた。「離れていろ。警察を呼ぶ」

ここで捕まったら、どうなるかは容易に察しがつく。ウォーカーは一瞬シュミット＆シンドラー軽食堂に戻ろうかとも考えた。それからこの日いちばんの名案を思いついた。

用務員が通路の向こうの角を曲がり、エレベーターのドアの開閉音が聞こえると、非常口の矢印が指し示す方向へ忍び足で走っていく。その先にまた別の矢印があった。エレベーターのドアの前を通りすぎ、矢印に従って迷路のような通路をどんどん進んでいくと、両開きの鉄のドアがあり、ハンドルバーをひねると、そこから地上に出ることができた。

地上で方向感覚をつかむまでに数秒かかった。どうやら現在地は五番街とマディソン街のあいだの三十六番通りのようだ。いま出てきたビルは五番街に面している。三十六番通りのカフェテリアの隣に、そのビルの入口があった。玩具《がんぐ》や衣料の小さな事業所が入った雑居ビルだ。入口の脇《わき》にテナントの案内板が出ている。エイペックス社は案内板のいちばん下にあった。ガラスドアごしになかを覗《のぞ》きこむ。

掃除婦が中腰になって、エントランス・ホールのタイル張りの床をブラシでこすっている。ウォーカーはドアをあけようとしたが、鍵がかかっていて開かない。コートの右ポケットには、殺人に使った拳銃が入っている。それをどこかに捨てていく必要はない。あとでもう一度使わなければならない。それに、ポケットに入っていたほうが安全だ。自分は刑事だから、所持品を調べられることはない。

鍵のかかったドアをノックする。掃除婦がきょとんとした顔をあげる。ウォーカーは手招きをしたが、掃除婦は首を振って作業を続けた。もう一度ノックし、ガラスごしにバッジを見せると、ようやく身体《からだ》を起こし、しぶしぶといった感じでドアの前までやってきた。

「なんの用？」と、不愛想に訊く。

「ドアをあけろ。警察だ」

「鍵を持ってないの」

「ビルの管理人を呼んでこい。管理人から警察に通報があったんだ」

掃除婦は訝《いぶか》しげにウォーカーを見つめ、それから内側のドアのほうに向かいはじめた。た。そこに先ほどの用務員が重そうな鍵束をぶらさげてやってきた。

掃除婦と二、三言葉を交わしたあと、ウォーカーを胡散臭《うさんくさ》そうに見つめ、それから

ゆっくりと前に進みでて、鍵のかかったドアごしに声を張りあげた。「バッジを見せ

てください」

ウォーカーはガラスの前にバッジを掲げた。用務員は身をのりだしてバッジに目をこらし、次にウォーカーの顔をじっと見て、それからようやくドアをあけた。

「なにをぐずぐずしてるんだ。管理人から警察に通報があったんだぞ」

「やけに早いなと思いまして。ついさっき電話をかけたばかりなんで」

「いつ電話をかけたかくらいわかってる」

用務員はその言葉の意味をつかみかねて目をしばたたいたが、返事をするまえに、管理人が急ぎ足でやってきた。

「裁縫室に泥棒が入ったんです」管理人は言ってから、思いだしたかのように訊いた。「あなたは警察の方ですよね」

ウォーカーはふたたびバッジを見せた。

「わかりました。こっちです」管理人は言って、ウォーカーをエレベーターへ案内した。

用務員がそのあとに続く。掃除婦もついていこうとしたが、管理人にとめられた。

「あんたは仕事だ」

地下二階におりると、そこはウォーカーがついさっきまでいた通路であることがわかった。通路の突きあたりには裁縫室がある。

「鍵をよこせ」

管理人が鍵束から一本の鍵を選ぶ。「気をつけてくださいよ、刑事さん。犯人は銃を持ってるかもしれません」

「あんたたちは後ろへさがっていろ」ウォーカーは言って、官給の三八口径リボルバーを取りだした。

それを持って前に進み、鍵をあけて、ドアを素早く強く押す。ドアが数インチ開き、そこで柔らかくて重いものに突きあたった。肩でドアを押す。

気を失った清掃員が、血だまりのなかに横たわっていた。すばやくかがみこみ、力なく垂れた左手をつかんで脈を診る。脈は強く、規則正しい。

こんちくしょう、まだ生きてやがる。怒りがふつふつと湧《わ》きあがってくる。思わず足があがる。心臓を三、四回踏みつけたら、息の根をとめられる。どうして胸に痣ができているのかわかる者はいない。だが、そうするまえに後ろから制止の声がかかった。

「何をするんです。怪我《けが》をしているのに」管理人の声だ。

「怪我をしてるだけかもしれんし、死んでるかもしれん。たぶん死んでるんだろう。

警察に電話して、救急車を呼んでくれ」

「ジョー、電話を頼む」管理人は通路から覗きこんでいた部下に命じた。「わたしはここに残って、刑事さんに手を貸す」

「あんたが行ったほうがいい」ウォーカーは言った。「ジョーを連れて。ここにいても邪魔になるだけだ」

「いや、わたしはここにいます。行け、ジョー」

管理人は意識を失った男に目をやり、驚き、思わず大きな声をあげた。「おやまあ。こいつはシュミット&シンドラー社の清掃員じゃないか。泥棒じゃない。それにしても、なんでこんなところに撃たれて倒れているんだ」かがみこんで脈を診る。「よかった。生きてる」

「だったら、上を向かせて、血をとめてやらなきゃ」ウォーカーはいらだちを隠そうともせず苦々しげに言って、清掃員の脇の下に手を入れ、床の上を乱暴に引きずりはじめた。

「ちょっと、何をするんです。彼を殺したいんですか」

ウォーカーは返事をせず、清掃員の服を引きちぎった。ボタンが床にはじけ飛ぶ。胸の傷がふたたび開き、血がどっと流れでる。

ウォーカーは何かを探すように部屋を見まわした。そこには大きな工業用ミシンと特別あつらえの椅子《いす》が並んでいるだけだ。

「ぼんやり突っ立ってないで、水を持ってこい」と、怒鳴りつける。

管理人は背の低い白髪まじりの年配の男で、生真面目《きまじめ》そうな細長い顔は怒りのせいで紅潮している。

「いいや。余計なことはしないほうがいい」と、たしなめるような口調で言う。「救急車を待ちましょう。あなたはそれでも警察官ですか。怪我人に手荒なまねをしちゃいけないってことぐらいわかってるはずです。こんなことが表ざたになったら、それこそ謹慎処分ものですよ」

ウォーカーは立ちあがり、くすんだ青い目で管理人を睨みつけた。うまい逃げ口上が見つかりさえすれば、いまここでこの男を殺していただろう。無登録の拳銃に充分な弾丸が入ってさえいれば、管理人を殺したあと、清掃員にとどめをさし、ここに戻ってきた用務員も撃ち殺していただろう。そのときには、先ほどの掃除婦も殺さないといけない。それくらいのことは簡単にできる。だが、いかんせん、銃弾《タマ》がない。

「仰向《あおむ》けに寝かせたほうがいいんだ」ウォーカーは注意深くゆっくり言った。「この場はおれにまかせておいてくれ。あんたたちだって余計なトラブルには巻きこまれたくないだろ」

「やれやれ」

ウォーカーは清掃員の横に素早く膝《ひざ》をつき、ポケットをまさぐりはじめた。レストランは夜どおしスチーム暖房が効いているせいか、コットンの作業服の下には薄い肌着しかつけていない。必要なものはすべて作業服のポケットに入っているということだ。

ハンカチ、石鹸《せっけん》、雑巾《ぞうきん》、キー・リング、二本の小さいネジ、そしてシュミット＆シンドラー社の従業員証。そこにはジミーという名前と、従業員番号と、自宅の住所が記されている。それを自分のコートのポケットに入れ、ついでに鍵も持っていこうとしたら、管理人に咎《とが》めるような目で睨まれた。外からひとがやってくる音が聞こえたので、そのまま立ちあがりかける。

そのとき、ジミーが目を開いた。自分のすぐ前にウォーカーがいるのを見て、その目が恐怖のあまり大きく見開かれる。反射的に手をのばし、ウォーカーの腕をつかみ、引っぱり寄せる。なんとかして逃げないと、殺される。

ウォーカーは手を振り払い、ジミーの身体を乱暴に持ちあげ、横向きに放り投げた。頭が床にぶつかり、唇の両端からよだれが垂れる。

管理人がそこへ歩いていった。「落ち着け、ジミー。刑事さんが来てくれたんだ。あんたを守るために」

目の前にいる男の顔がぼやけた視界に入り、助かったという安堵《あんど》の気持ちが湧きあがる。だが、次の瞬間には、人殺しがまだここにいて、自分を見おろしていることがわかった。「こいつだ」と、かすれた声で言う。意識が遠のいて、また失神しそうになる。いまここに来てくれている男に助けを求めなければならない。いますぐに。でないと、どこかへ行ってしまうかもしれない。「こいつに撃たれたんだ」

管理人はその言葉を聞きとれなかった。それで、しゃがみこんで訊いた。「誰に撃たれたと言ったんだ」

ジミーは顔を歪《ゆが》めて声をしぼりだした。「信じてくれ。こいつに撃たれたんだ。この男だ」必死で訴えたが、どうやら信じてもらえていないようだ。「調べたらわかる。こいつのポケットには拳銃が入っている」そこまで言って、気を失った。

管理人はあきらかに恐怖心を募らせている。

「錯乱しているようだ」ウォーカーは悲しげな口調を取り繕って言った。

ふたりのパトロール警官とそのあとに続いて用務員が部屋に入ってきた。

ウォーカーはバッジを見せ、捜査の指揮をとっている刑事にふさわしい言葉使いで告げた。「何者かに撃たれたらしい。救急車の手配はすんでいる。きみたちのひとりはここに残って、もうひとりはおれといっしょに来てくれ。銃を持った男がまだ近くにいるかもしれない」

「自分が残ります」警官のひとりが応じた。「救急車が来たら、どこに連れていけばいいでしょう」

「ベルビュー病院の精神科だ」ウォーカーは言い、警官が眉《まゆ》を吊《つ》りあげると、こう説明した。「こいつは気がふれている。さっき一瞬意識が戻ったときに、わけのわからないことを口走っていた」

「この刑事さんに撃たれたって言ったんです」と、管理人。

ふたりの警官は驚き、きょとんとした顔で管理人からウォーカーへ視線を移した。

「だから、気がふれてるって言ったんだ」

「刑事さんがその拳銃を持っているとも言ってました」と、管理人は言い募った。

ウォーカーはむっとした顔で官給の拳銃を抜き、警官のひとりの手に押しつけた。

「発砲した形跡があるかどうか見てみろ」

警官は拳銃をまわしてかえした。「発砲された形跡はありません」

それを潮に管理人は立ち去った。

「よかろう。きみはおれについてこい」ウォーカーは同行する警官に命じた。「撃ったやつを見つけださなきゃいけない。行こう」

ふたりは拳銃を手に持って通路に出た。ウォーカーが先を行く。何度か角を曲がって、さっきジミーを追いかけまわした通路を後戻りする。明かりのついていない真っ暗な通路に出ると、警官に懐中電灯をつけさせ、自分はそのあとを歩くようにした。しばらく行くと、シュミット&シンドラー軽食堂のゴミバケツが散らばっている地下室に着いた。そこは警官でいっぱいになっていた。

「ここで何があったんだ」と、ウォーカーは訊いた。

「殺人です」ハーネスをつけた警官が答えた。「冷蔵室で黒人の清掃員二名が射殺されています」

ウォーカーに同行していた警官が小さく口笛を吹いた。「なんてことだ！」

「捜査責任者は？」と、ウォーカーが訊く。

「殺人課の部長刑事です。上席の者ももうすぐ来ます」

ウォーカーは階段をあがり、地上階に出た。捜査の指揮をとっている部長刑事は奥の部屋にいた。

「三人目の清掃員を探しているんだろ」と、ウォーカーは言った。

振り向いた部長刑事の目には敵意が宿っていた。分署の刑事に割りこまれるのは、あまり気分のいいものではない。「誰なんだ、あんたは」

ウォーカーはバッジを見せる。分署の刑事ではない。だったら、誰なんだ。部長刑事の敵意は消えない。

「ブロックを知ってるか」ウォーカーは訊いた。

「ああ」

「おれの義理の兄貴だ」

ブロックは同じ殺人課の部長刑事だ。その名前が入場許可証がわりになった。「わかった。たしかにわれわれはいま三人目の清掃員を探しているところだ」

「そいつが隣のビルの地下で倒れてるのを見つけたんだよ」

「殺されたってことか」

「いや、まだ死んじゃいない。ベルビュー病院に搬送させた」

「じゃ、そいつは犯人の姿を見たってことだな。そりゃ何よりだ。ここの連中は何も見ていないらしい」

「目撃者としてはあまり役に立たんだろうな。どうやら気がふれているようなんだ」

「やれやれ」

ウォーカーは冷蔵室の前に行ってドアをあけたり、明かりのスイッチをいじくりまわしはじめた。店内のあちこちに指紋がついていく。

「おいおい、指紋が……」

ウォーカーは手を引っこめた。「これだけの人間がいるんだ。どれが犯人のものか、どうせ見分けはつかないさ」

「あんたの指紋がほかの指紋の上についたら、余計に見分けがつかなくなる」部長刑事は言い、それからにやっと笑った。「でも、まあいい。気にしないでくれ。余計なお世話だったかもしれない」

ウォーカーは笑いかえした。

7

午前十一時。

低く垂れこめた灰色の空から大粒の雪が降りつのり、視界を遮っている。車は通りをのろのろと進んでいる。だが、何も変わってはいない。夜のうちに犯罪が起こらなかったところでは、いつもどおりの暮らしが営まれている。

警察と市民によって演じられた〝すったもんだ〟は終わりに近づきつつある。この種のすったもんだは過去に一万回、いや十万回、いや百万回以上繰りかえされてきた。だが、何も変わっていない。ほとんど何も解決していない。

殺人課のブロック部長刑事は考えるともなしに考えていた。ひとはなぜそんなことをするのか。何をなしとげようとしているのか。誰をだまそうとしているのか。そんな思いは現われたときと同じようにすぐに消え、ブロックはふたたび警察官に戻った――法を守ることを誓い、殺人事件を解決することを任務とする警察官に。

彼が心のなかで〝すったもんだ〟と名付けていたのは、上司のベイカー警部補の指揮のもとに行なわれた初動捜査のことだった。地方検事局からは、大柄で物静かな若者が出向いてきていて、すべての事情聴取に立ちあっていた。それが仕事なのだ。その際、縁なし眼鏡の奥の鋭い茶色の目はすべてを見ているようだったが、口は最後まで一度もきかなかった。事情聴取はベイカー警部補がひとりでやった。

まずはシュミット＆シンドラー軽食堂の日勤の雑用係から。ひとりずつ話を聞いているうちに、被害者の人物像が少しずつあきらかになってきた。ルークは妻と十一人の子供がいる家族思いの男で、品行方正。ファット・サムはその逆で、同じような体型の女と同棲《どうせい》し、バーをはしごしたり、通りでたむろしたりしていることが多い。ジミーのことをよく知る者は誰もいなかった。

次に白人の従業員。全員が判で押したように同じ答えで、夜勤の清掃員のことは何も知らなかった。付きあいもないとのことだった。もちろん面識はあるが、非番の日に会ったりする者はひとりもいなかった。

ウェイトレスは全員白人で、やはり何も知らなかった。ジミーのことを訊いていたとき、「わたし好み」と誰かがつぶやいたので、そっちのほうを見ると、小柄なブロンドの娘が知らんぷりをして目をそらせていた。

　更衣室に待機している店員から話を聞いていたとき、検死官補佐がやってきて、ルーク・ウィリアムズとサミュエル・ジェンキンズが〝即死〟であったことを告げた。そして、シュミット&シンドラー社の従業員証に記されていた情報を二枚のタグに書きこみ、遺体の撮影が終わると、足の指にそのタグを付けて死体保管所に運ばせた。

　そのころには、シュミット&シンドラー社の本部職員が大挙してやってきて、指紋採取班の仕事の邪魔をし、ベイカー警部補をいらだたせるようになっていた。それで、ベイカーは彼らを女性用更衣室に連れていき（男性用更衣室に入るのは拒否した）、「いいですね、みなさん。われわれが仕事をしているあいだ、ここでどんちゃん騒ぎをしていてください」と言って、一同を笑わせた。そして、ドアをぴしゃりと閉めて、そこに見張りを立たせた。

　誰も休んでいる暇はなかった。指紋採取班は食品保管室、客席、地下室の主だったところと、すべてのドアノブに粉末を振りかけ、そこに付いていた指紋のあまりの多さに愕然《がくぜん》とし、結局はシュミット&シンドラー社の本部職員を含む従業員全員の指紋も採取しなければならなくなった。

　指紋採取班が忙しくしているあいだに、ベイカー警部補とブロック部長刑事と検事補の三人は、重傷を負った清掃員が発見されたビルに出向き、管理人と用務員のジョーから話を聞いた。管理人の話によると、用務員から泥棒がいるという連絡を受け、所轄《しょかつ》の分署に電話すると、すぐに刑事がやってきた。その刑事をエイペックス社の裁縫室に連れていくと、怪我をした清掃員が血だまりのなかに意識を失って倒れていた。彼がシュミット&シンドラー軽食堂の清掃員であることは着ている服を見たらすぐにわかった。刑事は怪我人を黙って見ていられないくらい手荒に扱った。しばらくして、清掃員は意識を取り戻し、自分を撃ったのはその刑事だと訴えた。

ベイカー警部補とブロック部長刑事の顔には、同僚が告発されたときに浮かべる複雑な表情があったが、管理人の話を信用するに足りないと無下に斥《しりぞ》けはしなかった。検事補は正式な供述調書を作成するのでのちほど署に来てくれと申しでて、管理人はそれを承諾した。

用務員の話もほぼ同じだった。地下室で物音がしたので見にいくと、裁縫室のドアに鍵がかかっていた。いつもなら、鍵はかかっていない。その時間には床にモップをかけることになっているからだ。金めのものは何もない。ミシンは台の上に固定されている。なかの様子を見ようと思ったが、管理人は警察を呼ぶのが先だと言って、警察に電話をかけた。そうしたら、やたらと早く刑事が来たので、あれっと思ったことを覚えている。上司が電話を終えて戻ってきたときには、もう表のドアをがんがん叩《たた》いていた。刑事の言動におかしなところはなかった。酔っぱらってはいたが、夜明けまえのあんな時間であれば、それはそんなに珍しいことではない。清掃員が刑事に撃たれたと言ったかどうかはわからない。そのときには、やってきた警官のところへ行っていたので、裁縫室にはいなかった。戻ってきたとき、清掃員はまえと同じように意識を失っていた。

検事補は用務員にも正式な供述調書を作成するため署に来るよう伝えた。

「上司といっしょにですか」と、用務員は訊いた。

「いいや、別々に」と、検事補は答えた。

検事補はふと思いついて、裁縫室に倒れていた者を見つけるまえに銃声を聞いたかどうか尋ねた。聞いていない、とのことだった。ここで管理人がいままで忘れていたことを思いだして伝えた。清掃員は刑事が犯行に使った拳銃をまだ持っていると言ったが、警官がそれを見て調べたところ、発砲された形跡はないことがわかったという。清掃員の話は自分が警官に伝えたもので、直接本人から聞いたわけではない。

「よかろう。ここはこれで切りあげよう」と、ベイカー警部補は言った。

三人がシュミット&シンドラー軽食堂の客席に戻ったときには、大勢の新聞記者が事件の詳細な説明を聞くため三十七番通りの寒空の下に集まっていた。しかしながら、ベイカー警部補はそれを無視して、まず殺人課に電話をかけ、ウォーカー刑事を呼び寄せるよう命じた。それからベルビュー病院に電話をかけ、ジミーを郡拘置所の病棟に移送するようにという指示を出した。それに対して病院からは、清掃員は大量失血のためにいまも意識不明で、ただちに移送するのは危険だという返事があった。

「わかった。でも、できるだけ早く頼む」

そのあと、ベイカーは外へ出て、記者たちに説明した――この事件は謎《なぞ》が多く、犯人逮捕のための手がかりはまだ見つかっていない。このあとハーレムを調べたら、何か出てくるかもしれない。

そして、更衣室にいる者を外に出し、部下を引きつれて立ち去った。

それ以降、その場を取り仕切る者はシュミット＆シンドラー社の職員になった。いくつもの指示が矢継ぎ早に出された。女たちは汚れていないカウンターまわりをきれいにするよう命じられた。男たちは清掃員が殺された冷蔵室の清掃作業にあたらされた。棚の上や容器のなかの食材はすべてゴミバケツに捨てられた。空いた棚と廃棄されなかった容器はきれいに洗われ、沸騰《ふっとう》した水ですすがれた。死体が横たわっていた木の床の汚れは、丁寧にこすりとられ、ホースから熱湯をかけて洗い流された。それは事件そのものを洗い流す試みのようだった。

通りには二台のパトカーが配置され、好奇心旺盛《おうせい》な見物人や病的な野次馬や一般の観光客を現場に近づけないようにしていた。

事件の事後処理はしかるべき者の手によって手際《てぎわ》よく、冷静に行なわれ、午前十一時までにすべて終了した。ニューヨークの街にあいた小さな針穴は、完全にふさがれて見えなくなった。

8

当初、ベイカー警部補は検事補を同席させてウォーカー刑事から話を聞き、ブロック部長刑事にはハーレムで被害者の身内の家をあたらせるつもりでいた。だが、そうはならなかった。

ブロックがウォーカーの聴取に同席したいと言ってきたのだ。ウォーカーはブロックの妻の弟であるらしい。ベイカーはそのことを知らなかったので戸惑ったが、結局は申し出に応じた。

「あなたは何も言わないほうがいい」と、検事補は助言を与えた。

けれども、ウォーカーは署内のどこにもいなかった。それで、自宅に電話したが、誰も出なかったので、今度はウォーカーの同僚にどこにいるか知っているかと訊いた。だが、会った者も、話をした者もいないとのことだった。結局、署内アナウンスで呼びだすように伝えることにし、それからすわって待った。

「あの刑事がやったと考えるのはちょっと無理があるんじゃないでしょうか」検事補は言った。「いったい全体どんな動機があるというんです」

ベイカーは無言でパイプをふかしている。ブロックは自分が置かれている立場に目をやった。自分の推測の後押しをしてもらいたいようだ。ブロックは自分がむずかしい立場に置かれていることを知っている。予断を持つことは許されない。

「もう少し待って、本人から話を聞くことにしましょう」と応じる。

ベイカーはほとんど見えないくらい小さくうなずいた。

「たぶん、やったのはハーレムの連中でしょう」検事補は言った。「もちろん、それはここだけの話ですがね。表向きはなんの偏見も持っていないつもりですから」

ブロックは壁がむきだしになっているところをじっと見つめている。

ややあってベイカーが言う。「その可能性も含めて検討しよう」

「もしかしたら、被害者はどこかのテロリスト・グループに所属していて、なんらかの理由で処刑されたのかもしれません。たとえば、軽食堂の爆破を拒んだとかで」

ふたりの刑事は検事補を見つめた。

「馬鹿げた話に聞こえるかもしれませんが、そもそも事件自体が馬鹿げているんです」

「たしかに」と、ベイカーは同意した。

ウォーカー刑事がやってきたので話はそれで打ち切りになった。昨夜と同じ服装だ。顔はさらに赤く、目は充血している。ブロックに咎めるような視線を向けたが、一応は丁寧に会釈《えしゃく》をし、ベイカーのほうを向いて訊いた。「ここで話をするということですか」

ウォーカーといっしょに部屋に入ってきた制服警官が、ベイカーの机の前に椅子を移動させた。

「かけたまえ、ウォーカー」ベイカーが言った。

速記官がノートとペンを持ってやってきて、机の横の椅子にすわった。検事補はベイカーをはさむようにして机の反対側に腰をおろした。ブロックはそこから少し離れたところに席をとった。

「昨夜、何があったか覚えていることをすべて話してくれ。どんな些細《ささい》なことでもかまわない」

「わたしに尋問する権利があるのは署長だけです」ウォーカーはしたり顔で言った。

「たいていの場合は。でも、本件ではきみに殺人容疑がかかっている。そして、それはわれわれの管轄内での事件だ」

ウォーカーは微笑《ほほえ》んだ。「なるほど。異論はありません」

そして椅子にもたれかかって、目を閉じ、話しはじめた。「すでにご存じかもしれませんが、わたしの受け持ち地区はタイムズ・スクェア周辺で、勤務時間は八時から四時までです。取り締まり対象は主として娼婦《しょうふ》とスリですが、あの地域ではたまに発砲や強盗事件も起き——」

「では、あなたは特別の任務についていたのですね」検事補が訊《き》いた。

ウォーカーは子供っぽい笑みを浮かべた。「特別というわけじゃありません。うちの部署は少しまえまで風俗取締班と呼ばれていたんですがね。いまはみなセントラル署に所属する普通の刑事です」

少し間があり、検事補はそれで納得したみたいだった。

「続けてくれ」と、ベイカーが言う。

「昨夜、勤務時間が終わる直前のことです。わたしはブロードウェイの自販機食堂《オートマット》に入って、指名手配犯や娼婦がいないかどうかチェックしていました。でも、そこにいたのは浮浪者だけで——」

「どうして浮浪者だとわかるんですか」と、検事補。

ウォーカーは振り向いたが、このときは笑わなかった。「浮浪者は浮浪者に見えるものです。ほかにどんなふうに見えるというんです」

「続けたまえ」ベイカーはそっけなく言った。

「その店を出たとき、娼婦が走ってきました。南側――四十七番通りからです」検事補に挑むような目を向けて、「娼婦とわかったのは、娼婦に見えたからです」

ベイカーはごく小さくうなずいた。

「そのあとを大きな図体の男が追いかけてきた。黒っぽいコートを着て、帽子はかぶっていなかった。わたしは女の前に立ちはだかって腕をつかみ、それから男を取りおさえようとした。そのとき、男がナイフを持っているのが見えたんです。それで、これはまずいと思って女から手を離した。すると、男はわたしの横をまわりこんで女に近づこうとした。それで、制圧するために一発お見舞いした」

「殴ったんですか、拳銃で」と、検事補。全員がくだらないことを訊くなという顔をしている。

「警棒に決まってるじゃありませんか。それで男が地面に倒れたので、まわりを見まわすと、女はタイムズ・ビルのはずれを曲がってブロードウェイを四十二番通りのほうに向かいつつあった。徒歩じゃ追いつかないし、地面に倒れた男をほったらかしにしておくわけにもいかない。それで、四十六番通りの角を曲がったところにとめてあった車を取りにいき、男を後部座席に放りこんでから女のあとを追った」

「公用車かね」ベイカーが訊いた。

「自分の車です」

「車種は」

「ビュイック・リビエラ」

「ヒラの刑事にしてはいい車じゃないか」

「自分の金をどう使おうと勝手ですよ」

「彼は独身なんです」と、ブロックが口をはさむ。

「続けてくれ」

「女は四十二番通りの歩道のどちら側にもいなかったので、ブロードウェイを三十四番通りまで行ったんですが、そこには人っこひとりいなかった。それで、ヘラルド・スクエアを曲がって、六番街を走って四十二番通りまで戻り――」

「捕まえた男はどうしたんだ」と、ベイカーが訊く。

「車の後部座席にそのまま――」

「気にならなかったのか」

「そこまで気がまわらなかったんです。女を追いかけなきゃいけなかったので――」

「なぜそんなにムキにならなきゃいけなかったんだ。その女が何をしたというんだ」

「おっと、言い忘れていました。男の話だと、盗みを働いたそうなんです」

ベイカーはうなずいた。

「五番街に入っても、やはり誰もいないので、三十四番通りまで行って――」

「そのころにはどこかの家に逃げこんでいたとは思わなかったんですか」と、検事補が訊く。

「かもしれない。でも、そのときは思いつかなかったんです」

また三人の目が尖《とが》る。

「なにしろ、追いかけることに気をとられていたので」

ウォーカーの頬は赤らみ、目は泳いでいる。ベイカーと検事補にじっと見つめられ、困惑のていで目をそらす。

が、次の瞬間には気を取りなおし、思いのたけをぶちまけるように言った。「娼婦は嫌いなんです。客から金を盗むなんてとんでもない」

殺人課のふたりはそれを聞き流し、検事補は呆気《あっけ》にとられている。三人ともあえて何も言おうとはしない。

「とにかく、三十四番通りからまたマディソン街に出て、そこを北に車を走らせていると、女が四十二番通りから南に向かって歩いてきた。そのとき、わたしの車に気がついたにちがいありません。三十六番通りの角を曲がって五番街のほうに走っていった。それから三十六番通りは東向きの一方通行なので、わたしはそこに入れなくて――」

「どうして入らなかったんだ」ベイカーが訊いた。「その時間にほかの車は走っていなかったはずだ。それに、きみは職務の執行中だった」

「思いつかなかったんです。それで、マディソン街の角に車をとめて、そこから走って追いかけることにしたんです。マディソン街を横切って、三十六番通りに入ったとき、女がその先の建物の前の階段を駆けのぼって、なかに入るのが見えました。でも、わたしがそこに着いたときには、玄関のドアに鍵がかかっていた。裏口がどこにあるかはわからない。そのあたりの家はみんなつながっているので――」

「地番は控えたか」

「いいえ。そのときは――」

「その建物と負傷した清掃員が見つかったビルとの位置関係は？」

「たぶん隣の隣だったと――」

「たぶん？」

「隣の隣です」

一瞬の沈黙のあと、ベイカーが穏やかな口調で言う。「続けてくれ」

ウォーカーは頭の整理をしているみたいだった。しばらくして口を開く。「そのとき黒人を見たんです」

含みのある沈黙があった。三人は探るような目でウォーカーを見つめている。

「どの黒人だね」ベイカーが穏やかな口調で訊く。

ウォーカーは肩をすくめた。「わかりません。後ろから足音が聞こえたので、振り向くと、こっちに向かってきていたんです」

「きみはどっちを向いていたんだ」

「マディソン街です。その黒人は五番街のほうから来て――」

「角のビルの方向から？」

「そうです。最初はコソ泥かと思って――」

「なぜ？」

「なぜといいますと？」

「なぜコソ泥だと思ったんだ」

「ああ、それですか。ほかにどんな理由があって、黒人があんなところにいなきゃならないんです」

「黒人の用務員もいるし清掃員もいる。住んでいる者だっているかもしれない」

「その黒人は清掃員でした」

ふたたび含みのある沈黙。だが、誰もそれを破ろうとしない。

「コソ泥だとしたら逮捕しなきゃなりません」ウォーカーは続けた。「でも、その男はちょうど警官を探していたところだと言うんです。角のビルの地下に泥棒がいるとのことでした。そのとき、わたしはその男がシュミット&シンドラー社の清掃員の服を着ているのに気づき——」

「そのまえには気づかなかったのかね」

「まえといったって……通りで出くわしたばかりですから」

ウォーカーはさらに突っこまれるのを待っているみたいだったが、ベイカーはこう言っただけだった。「続けてくれ。きみはそのときはじめて黒人が清掃員の格好をしていることに気づいたんだね」

ウォーカーは探るような目を向けたが、うろたえてはいない。「身分証の提示を求めたら、シュミット&シンドラー社の従業員証を見せて、こう言いました。泥棒を見つけたのは三十七番通りのシュミット&シンドラー軽食堂で、そのあとそこから地下通路を通って逃げていき――」

「その黒人の外見は？」

「外見？　黒人は黒人に決まってるじゃありませんか。どんなふうに見えるというんです」

「背は高いか低いか。太っているか痩《や》せているか。濃い黒か、薄い黒か、褐色か。若いか、中年か、老人か」

「よくわかりません。黒人に見えただけです。外見を気にして見ていたわけじゃありません。泥棒を捕まえなきゃならないので、そんな余裕は――」

「わかった。気にするな」

「従業員証に〝ウィルソン〟って名前があったことは覚えてます」

「シュミット&シンドラー社勤務のウィルソンという黒人の身元を調べさせろ」ベイカーは机の端でペンを走らせている速記者に命じた。そして、速記者が立ちあがろうとすると、付け加えた。「あとでいい。いまはメモしておくだけでいい。清掃員の格好をしているウィルソンという名前の黒人だ」

「わかりました」

「続けてくれ」ベイカーはウォーカーに言った。

「その黒人といっしょに五番街のビルの入口に行くと、掃除婦が玄関口の廊下の床を磨いていました。ドアをノックしたんですが、その女はのみこみが悪くて、わたしが刑事だと理解するまでにしばらく時間がかかりました。それで、女が上司を呼びにいったときに、振りかえると、さっきの黒人はいなくなっていました」

「探さなかったのか」

「ええ。シュミット&シンドラー軽食堂に戻ったと思っていましたから。そうしたら、ビルの用務員がドアの鍵《かぎ》を持ってやってきたんですが、どうやらそいつの上司が警察に電話をかけてからわたしが駆けつけるまでの時間が短すぎると思ったようで――」

「きみはシュミット&シンドラー軽食堂の清掃員の話を聞いてやってきたと言ったのか」

「いいえ、何も言っていません。あんな薄ら馬鹿《ばか》にわたしの話を理解させるには一晩以上かかるでしょう」

　ベイカーは小さくうなずいた。ウォーカーは訝しげな顔をしている。

「誰から話を聞いたか管理人に話したか」

「いいえ、訊かれなかったので。わたしは管理人のあとに続いて、泥棒が隠れているという地下室に向かいました」

「でも、そこにいたのは、シュミット&シンドラー軽食堂のもうひとりの黒人清掃員だったわけだな。そして、その男は怪我をしていた」

「そうです」

「その男はきみを見て、きみに撃たれたと言った」

「そうです」

「そのことをどう説明すればいいんでしょう」検事補が訊いた。

ウォーカーは検事補のほうを向き、ゆっくりと手を広げ、大きなため息をついた。

「わかりません。説明するのは精神科医の仕事です。だからベルビュー病院へ搬送したのです」ここでひとしきり間があった。「もしかしたら、気がついたときに最初に見えたのがわたしだったから、そう思ったのかもしれません。あるいは、犯人を見ながら気を失ったので、残像が脳裏に焼きついていて、意識が戻ったとき、頭が時間の経過についていかなかったのかもしれません。でなきゃ、その種の幻を見たのかもしれません。撃った者を実際には見ていなかった可能性も——」

「彼は正面から撃たれている」ベイカーは言った。

「とにかく、わたしがふたりいないかぎり、彼を撃つことはできません。そのとき、わたしは捕まえた男を車に乗せて娼婦を追いかけていたんですから。その娼婦はわたしのことを知っているはずです。少なくとも、何度かはわたしを見ているはずです」

「その女が見つかればいいんだが……それで、捕まえた男のほうはどうなったんだ」

「順を追って話します」

「よかろう。続けてくれ」

「待ってください」検事補が言った。「あなたは負傷した清掃員が錯乱状態にあったと考えているんですね」

「間違いない。撃ったのもたぶん黒人でしょう」

「ということは、通りで出くわした情報提供者である黒人の清掃員が殺人犯かもしれないってことだな」と、ベイカー。

「可能性は高いでしょうね。少なくともいまはそう思っています」

「でも、そのときは思わなかったんだな」

「そのときは何も考えていなかったし、殺人事件のことはまだ知らなかったんです」

「それで、きみは死体を見たのか」

「見ようとしたが、捜査の指揮をとっていた部長刑事にとめられたんです」

「なるほど。まあいい。ところで、きみが捕まえた男の話はどうなった」

「わかってます。隣のシュミット&シンドラー軽食堂に行ったら、殺人課の刑事が来ていて、それで事件のことを知ったんですが、そのとき指紋を残すなと部長刑事に注意されて――」

「あちこちにきみの指紋が残っていたらしい」

「部長刑事もそう言っていました。そのときふと車のなかにいる男のことを思いだして――」

「どうしてそんなときに急に思いだしたんだね」

「そんなこと、わかりませんよ。とにかく、思いだしたんです。それで三十七番通りからマディソン街に入って、三十六番通りの角にとめていた車を探したんですが、どこにも見あたりません。もちろん、男の姿もない。頭がおかしくなって、夢を見たんじゃないかと思いましたよ。娼婦は逃がすわ、見ず知らずの黒人からは撃たれたと難癖をつけられるわ、捕まえた男には逃げられるわ、車は――」

「それに、泥棒がいるという話をした黒人の清掃員もいなくなった」

「ええ、そうです。車を盗まれたことは報告ずみです。調べたらすぐにわかるはずです」

「きみの言葉を信じるよ」

「そのとき捕まえた男の話をしなかったのは、名前を聞いていなかったからです。そのあと、わたしはシュミット&シンドラー軽食堂に戻りました。もしかしたら、通りで出くわした黒人がそこにいるかもしれないと思ったからです。いなかったら、そのことをあなたたちに伝えるつもりでした。でも、あなたたちは隣のビルで管理人の事情聴取をしていて、殺人課の刑事はわたしを店に入れてくれませんでした」

「なぜ隣のビルに来て、われわれを呼びださなかったんだね」

「思いつかなかったんです」

ベイカーはひとしきりウォーカーを咎めだてるような目で見つめた。「第一級刑事としては、あまりにも気がきかなすぎじゃないかね」

ウォーカーはここで精魂尽きたと言いたげに赤らんだ顔を両手でわざとらしく押さえた。「昨夜は大変なことがいろいろありましたから」

ベイカーは思った。ずいぶん飲んでいたにちがいない。義兄のブロックは思った。泥酔《でいすい》しているが、顔には出ていない。

「よかろう」ベイカーは声を荒らげることなく言った。「今日のうちに、シュミット&シンドラー軽食堂に出向いて、黒人従業員のなかにその男がいるかどうかチェックし、もし見つからなかったら、死体安置所に行って、ふたりの清掃員の遺体のどちらかでないか見てきてくれ」

ウォーカーはほっとしたように背筋をのばした。「行っていいでしょうか」

「速記者が供述調書を仕上げるまで廊下で待っていてくれ。それから、ここに戻ってきて、それを読み、署名してもらいたい。わたしが立会人になる。それでいいな」

「それがすんだら家に帰って、少し寝るがいい」と、ブロック。

ウォーカーが部屋から出ていくと、ベイカーとブロックは顔を見あわせた。

9

午後三時。雪はやみ、霧がかかりはじめている。ミッドタウンの摩天楼の上層階は、巨大な頭足類のような空にゆっくりと呑《の》みこまれていきつつある。明るく照らしだされた店先は、薄闇《うすやみ》のなかに散らばるオアシスであり、渋滞する車のヘッドライトはゆっくりと繰りひろげられる光のページェント。だが、どちらもはっきりと見ることはできない。歩行者の足どりはおぼつかない。

ニューヨーク。

除雪車はすでに五番街を去り、手袋にコート姿の作業員が歩道の雪をシャベルでトラックの荷台に放りこんでいる。

北に向かってのろのろと走る車のなかで、ブロックは街が雲の胃袋のなかにあるような感覚を覚えていた。清潔で、のどかで、整然とした街が、ゆっくりと食べられていく。

だが、百十番通りでハーレムに入り、百十三番通りを西に曲がると、そのイメージは急に別物に変わった。街はすでに食べつくされ、街の一部であった煉瓦《れんが》やモルタルだけが残っている。

ブロックは空想を楽しめるようなタイプの男ではなく、このときはなぜか自分の心にもてあそばれているような気がしてならなかった。もちろん、ウォーカーのことをあえて考えないようにしていることはわかっている。だが。年季の入ったベテラン刑事として、いまウォーカーのことを考える必要はないということもわかっている。ウォーカーのことを考える時間は、すべての事実があきらかになったあと、いくらでもある。さしあたって見つけなければならないのは動機だ。

スラム街を進んでいるうちに、うんざりした気分になってきた。通りの掃除くらいはできるだろう。そう思ったとき、数週間分の雪の上で、車が道路の端から端まで横滑りした。

交通量が少なく、バスも通らないハーレムの裏通りは、冬のあいだ除雪されることはめったになく、歩道には雪に覆《おお》われて凍ったゴミの山が積みあげられている。

ブロックは固く心を閉ざした。

殺人事件のニュースはすでにハーレム中に広がっているらしく、通りで擦れちがう黒人の目には敵意が宿っている。だが、気にすることはない。自分の身は自分で守れる。身体《からだ》の造りとサイズは電話ボックスなみだ。頭は四角く、顔は寒さで赤らみ、淡い色の小さな目は冷たく、謎めいている。上機嫌でいるときも、その表情が目に現われることはない。

ルーク・ウィリアムズが住んでいたのは八番街近くのみすぼらしい共同住宅だった。建物の外壁は剝《は》がれ落ち、窓ガラスの多くが黄ばんだ新聞紙に置きかえられている。ブロックは車の鍵をかけ、通りを見まわしてから、ゆっくり建物のなかに入っていった。

廊下に明かりはついておらず、じめっとしていて暗い。小便の臭《にお》いと、塩漬けの豚《トン》骨《コツ》とキャベツを煮こんだ料理の臭いが漂っている。階段の下で一瞬立ちどまり、拳銃《けんじゅう》を抜くべきかどうか考えた。誰かが暗闇のなかに潜んでいて、首を切り落とそうとするかもしれない。

馬鹿馬鹿しいと思いなおして、階段をのぼりはじめる。いったい自分は何を考えているのか。ニューヨークは世界でもっとも治安のいい、豊かで、文明的な都市であり、自分はこの街の殺人課の刑事なのだ。なのに、法を遵守《じゅんしゅ》する善良な市民が住んでいるはずの、そして正式に市の建築許可を得ているはずの建物に入るのに、恐怖を感じている。それもこれもウォーカーのことがあるからだ。気持ちを切りかえ、心の奥からウォーカーを締めださなければならない。

通りに面した三階の部屋の前で立ちどまり、ドアをノックする。ドアがチェーンの長さだけ開き、白くなりかけた髪をまっすぐにのばした黒い肌の女が姿を現わした。その目にとつぜん嫌悪感《けんおかん》があふれでる。

「警察のひとね」抑揚のない、投げやりになっているような声だ。「主人のことで来たのね」

最後のひとことは呪《のろ》いの言葉のようだった。ブロックは革のホルダーに入ったバッジを見せ、罪悪感を声に出さないようにして言った。「そうです。ブロック部長刑事といいます。ミセス・ウィリアムズですね。入ってもよろしいでしょうか。二、三お訊きしたいことがあるんです」

彼女は無言でチェーンをはずし、ドアをあけた。いかにもアフリカ人らしい大柄で、骨太の身体。ヤワな感じはまったくしない。その表情は悲しみより憎しみのほうが強い。

青いウールのワンピースに黒いカーディガンをはおっている。手の甲の色はカーディガンとほぼ同じだ。

ブロックは室内をざっと見まわした。部屋のまんなかには、灰皿と卓上ランプが置かれた大きな楕円形《だえんけい》のテーブル。そのまわりにいずれも修理を必要としている数脚の粗末な木の椅子《いす》。部屋の片側には、鉄板の上に置かれたダルマストーブと、あちこちに油染《あぶらじ》みがついた古びた肘《ひじ》かけ椅子がある。おそらくルークの椅子だろう。その反対側には、シェニール織りの栗色《くりいろ》のコットンカバーをかけたダブルベッド。

奥の部屋のドアの向こうから、ドングリまなこの子供たちがこちらの様子をうかがっていて、身体から切り離された頭がいくつも積みあがっているように見える。母親はそこへ行って、何も言わずにドアを閉め、戻ってくると、テーブルの上のランプをつけた。

「おかけください」と言って、自分はベッドの端に腰をおろす。

ブロックは木の椅子にすわり、テーブルの上に帽子を置いて、手帳と万年筆を取りだした。あらためてウィリアムズ夫人を見ると、褐色の目は乾いていて、涙のあとはない。背筋をのばし、両手を膝《ひざ》の上に置いている。すでに諦《あきら》めがついたのか、失意や悲しみはすでに誰かに譲り渡してしまったかのように見える。

前置きは不要だった。ウィリアムズ夫人は一時のニュースで事件を知ると、ルークの姉に電話をかけて死体安置所での身元確認を依頼し、それから下の子供たちを学校へ迎えにいった。そのあとはずっと家にいて、外には出ていない。もう少ししたら、夫の勤務先のシュミット＆シンドラー社の本部職員がやってくることになっている。上の三人の子供たちからはまだなんの連絡もない。いちばん上の十九歳の娘は七十二番通りの自販機食堂《オートマット》の店員で、いまは勤務時間中だ。話は聞いていると思うが、まだ連絡はとっていない。自分の家には電話がないので、隣のソームズさんのを借りなければならない。十八歳の息子はジョージア州オーガスタの陸軍キャンプにいて、ニュースを聞いたかどうかわからない。だが、聞いていたら、すぐに家に帰ってくるだろう。十七歳の息子はどこにいるかわからない。ハーレムにいるのは間違いないが。父親と折りあいが悪かったので、話を聞いたとしても、戻ってくるかどうかはわからない。いまは女性と暮らしているという話を聞いている。

「その息子さんが今回の殺人事件と関係がある可能性はないでしょうか」ブロックは万年筆を手に持って尋ねた。「何か思いあたる節はありませんか。ふと口にした言葉とかでもいいし、なにげない質問とかでもいい」

「いいえ、ありません。決して悪い子じゃないんです、ちょっと気が荒いだけで。父親のことは、家を出てから考えたことさえないと思います」

「いちおう名前をお聞きしておきます」

「メルヴィン・ダグラスです」

彼より下の子は八人いて、みなここで暮らし、学校に通っているという。

ブロックの視線にウィリアムズ夫人は答えた。「部屋は四室です。ぎゅうぎゅうだけど、なんとか暮らせています」

十五歳の息子はキッチンで、四人の娘たちは寝室のひとつで、三人の息子はもうひとつの寝室で寝ている。いちばん下の子はまだベビーベッドだ。夫婦が寝るのは居間で、家族が全員揃《そろ》ったときにはそこで食事をする。

ふたりは二十年前にジョージア州のマリオンで結婚し、そのあとすぐこっちにやってきた。子供たちはみなハーレムで生まれた。ルークはシュミット&シンドラー軽食堂で真面目《まじめ》に働いていた。よき父親であり、一家の大黒柱だった。自分もときおり日雇いの仕事をしてきたし、いまもしているが、べつに無理をしているわけではない。ルークは決して悪いことをする人間ではない。自分の母の墓に誓ってもいい。十一人目の子が生まれたあと、三年ほどまえからよそに女をつくって遊んでいるようだが、男とはそういうものだと思っている。

「その女性を知っていますか」

「もちろん。ベアトリス・キングといって、わたしたちと同じ教会に通っています。

百十六番通りにある〝キリストの神の教会〟です。でも、今回のこととはなんの関係もないはずです。未亡人で、悪いひとじゃありません。お尻《しり》が少し軽いだけで」

ブロックは名前を書きとめ、好奇心から尋ねた。「失礼ながら、あなたたちは経済的にお困りじゃないでしょうか。ご主人に家族全員を養えるほどの稼ぎはあったんでしょうか」

「そりゃ、こんなに子供たちがいるんだから、生活は楽じゃないけど、黒人はみんなこういうものです。でも、結婚したときに比べたら、ルークの稼ぎは二倍以上になっています」

子供たちはたがいに助けあっている。神を信じてもいる。でも、これからのことはわからない。

「ご主人は生命保険に入っていましたか」

「たぶん、職場の保険に入っていたと思います」

職場は彼らの養父であり、神の次に大事なものなのだろう。

ブロックが気を滅入《めい》らせることはめったにない。殺人課の刑事に感情を持つ余裕などない。だが、ウィリアムズ宅を辞し、悪臭ふんぷんの暗い階段をおり、狭く汚い通りに出たときには、暗澹《あんたん》たる思いに駆られていた。どこかで何かが間違っているという感じがしてならない。それは昨夜起きたことかもしれないし、ずっとまえに起きたことかもしれない。アメリカという生命の仕組みのどこかが機能不全に陥っている。それはたぶん心臓だろう。鼓動はすでに停止し、ふたたび脈打つことはない。仕方がない。自分にどうにかできることではない。

八番街を北に百四十四番通り近くまで車を走らせ、そこの建物を五階まであがり、入口の郵便受けに狭小住宅を意味する〝簡易台所《キチネット》〟と記された部屋のドアをノックする。

浅黒い肌の大柄な女がドアを開けた。フランネルの部屋着姿で、最近まっすぐにした髪にカーラーをつけている。毛焼きしたブタのような臭いがする。息にはジンの臭いがまじっている。女の後ろにちらっと目をやると、ベッドは寝乱れたままで、ふたつの枕《まくら》には頭に塗りたくったグリスの大きな染みができている。

「ミセス・ジェンキンズ?」

「いや、わたしはガッシーよ。ミセス・ジェンキンズなんてのはいない。どうして? あんた、警察のひと?」

ここに来て、ふいに気が楽になり、罪の意識が和らいだ。同じ黒人女性でも、感じのいい者より感じの悪い者に相対するほうがなぜ気が楽なのか理由はわからないが、事実は事実だ。ブロックはほっとしたような面持ちでバッジを見せた。

「やれやれ。今度は何をやらかしたっていうの」ガッシーは冗談めかして言った。「ムショにぶちこまれたの？　本当ならもう帰ってきてるはずなのに」

「べつに何かをやらかしたわけじゃありません。殺された以外は」

ガッシーはあきれたといった仕草で両手をあげた。べつに珍しいことではない。黒人の女は連れあいが良からぬことをしたとき、よくこのような仕草をする。だが、次の瞬間には身をこわばらせ、びっくりしたピエロのような奇妙な姿勢のまま動かなくなった。浅黒い肌から血の気が失《う》せ、年輪を重ねた顔がショックで歪《ゆが》む。とつぜん二十歳ふけたように見える。

「殺された？」ガッシーは言った。このときは、ささやくような小さな声になっていた。

「お気の毒です」

「サムを殺したいという者がどこにいるというの。誰かを傷つけるようなひとじゃないのに。おしゃべりなだけなのに」

「それを見つけだそうとしているんです。なかに入れてもらえるでしょうか」

ガッシーはドアを大きくあけた。「ごめんなさいね。さっきはふざけた言い方をして。誰かに刺されたの？」

ブロックはワンルームの部屋に入り、すわる場所を探した。ベッドの向かいに四角い木のテーブルが置かれていて、その両側に張りぐるみの肘かけ椅子が二脚、ベッドの横に肘かけのない木の椅子が二脚。どの椅子にも、衣服や汚れた皿が置かれている。ガッシーはテーブルの横の肘かけ椅子の上の服を片づけた。ブロックがそこにすわって、テーブルの上に帽子を置くと、自分はベッドの端に腰をおろした。ウィリアムズ夫人もやはりベッドに腰をおろしたが、何か特別な理由があるのだろうか、とブロックは思ったが、口にするのは思いとどまった。

そのかわりにこう言った。「サム・ジェンキンズについて知っていることをすべて話していただけるでしょうか」

ガッシーが話したことからは、ファット・サムが撃ち殺された理由を知る手がかりを得ることはできなかった。五年前に彼女が働いていたバーで出会い、それからいっしょに暮らしている。酒と悪ふざけが好きな陽気な男で、そこが気にいっているという。この三年間、彼女は働いておらず、サムの稼ぎだけで生計を立てているらしい。

そのときふと思ったのだが、もしかしたら彼女はときおり通りに立って客を引いているのかもしれない。そうだとしても、ファット・サムがそのことを知っていたかはわからない。気にしていたかどうかもわからない。

ガッシーの話だと、殺されたのは金銭がらみのトラブルのせいではない。それは間違いない。そんなことにかかわるような性格ではないし、そんなに金への執着があるわけでもない。ナンバー賭博《とばく》で何度か当てたことがあり、一度などは車を買えるほどの金が転がりこんできたが、酒やら何やらにあっという間に消えてしまった。金を残して死んでも意味はないとよく言っていたらしい。

「職場から何かを盗んだことは？」と訊いたのは、ほかにもう何も訊くことがなかったからだ。

「咎《とが》めだてられるようなものは何も。ときどき食べ物を持ってかえってきた程度よ。豚のすね肉とかローストビーフの切れ端とか。持ってこなかったら、ゴミバケツ行きのものばかり。もちろん規則違反だけど、見つかったって誰にも何も言われはしない」

道徳心などいくらも持ちあわせていない、だが小さな盗みしかしない、どこにでもいる普通の黒人だ。ガッシーも同じ穴のムジナだろう。ここにいると気が楽なのは、そのせいかもしれない。

ブロックは席を立った。「ありがとう、ガッシー」

「お役に立てたかしら」

「とても」本当のことを言う必要はない。「あなたに遺体の確認をお願いしてもいいでしょうか。ほかに遺体の確認ができる親族とかがいればいいんだが」

「わたしが安置所へ行くわ。親戚《しんせき》がいるかどうかは知らない」

次に向かったのは、百四十九番通りとブロードウェイの角。怪我《けが》をした清掃員のジミー・ジョンソンが住んでいる共同住宅であり、ブロックは百四十九番通りに面した建物の入口の前に車をとめた。

明るい色の耐火煉瓦造りの六階建ての建物で、手入れや保守管理はそれなりにきちんとできている。黒人がこの建物に移り住むようになってから、時間はそんなにたっていないのだろう。正面の階段やタイル張りの玄関ホールは清潔で、ドアのガラスは割れても汚れてもいない。だが、ライトグレーの壁には小さな落書きがいくつもあり、エレベーターのドアには大きなペニスが殴り書きされている。

エレベーターは遅いが、動いている。そのエレベーターで五階まであがり、ジミー・ジョンソンが間借りしている部屋のドアをノックする。ドアをあけたのは中年の西インド諸島人で、仏頂面《ぶっちょうづら》でデシルスと名乗った。ブロックをなかに入れると、玄関のドアについているいくつもの鍵をすべてかけてから、ブロードウェイに面した居間に向かった。

すぐにデシルス夫人が加わった。礼儀正しい黒人女性で、足首まで届く黒いサテンのワンピースを着て、艶《つや》やかな黒髪をポンパドールにしている。そこに娘もやってきた。もさもさの髪で、年は十三歳、名前はシネッテというらしい。

デシルスは用件を聞くまえに弁明を始めた。「勘弁してください。わしらは信心深い善良な市民なんです。あの若者はここから出ていかせるつもりです。警察に訪ねてこられちゃ困るんです。ご近所さんになんと思われるか。幼い娘にどんな影響があるか」

ブロックは戸惑いを隠せなかった。そもそも訛《なま》りが強くて言っていることがよくわからなかったし、それに娘が何にどう関係するのかもよくわからなかった。椅子をすすめられなかったのでずっと立ったままだったし、デシルスが自分のことしか頭になく、殺人事件や怪我をした下宿人のことなどどうでもいいと思っているのは間違いなかったので、こんなところに長居は無用とすでに思うようになっている。

それでも、とにかく尋ねた。「軽食堂の殺人事件のことはご存じですね」

デシルスの目には当然ではないかという表情が浮かんでいる。「家にはラジオもテレビもある。山奥に住んでいるわけじゃありません」

「わかりました。お手間はとらせません。下宿人のジミー・ジョンソンについて、いくつかお訊きしたいことがありまして」

「あの若者のことは何も知らないし、知りたくもない。知ってるのは、いつも本を読んでいたってことだけです」

「大学に通ってるのよ」と、シネッテが言った。

「余計なことは言わなくていいの」と、母親が叱《しか》る。

「話なら、彼のガールフレンドに聞いたほうがいい」デシルスは言って、早々に話を切りあげようとした。「三階に住んでいます。わしらよりいろんなことをよく知ってりますよ。わしらは貧乏学生に住む場所を提供してるだけだから」

ブロックはため息をのみこんだ。「でしたら、彼女の名前を教えてください」

「名前は知りません」木で鼻をくくったような言い方だった。

何が気にいらないのかはよくわからない。

「リンダ・ルー・コリンズよ」と、シネッテが母親を無視して言った。「歌手なの」

「では、そこへ行ってみます。お邪魔しました」

デシルスはブロックを戸口まで見送り、鍵をあけながら言った。「あの男にはここから出ていってもらうつもりです」

錠の数は全部で四つ。そのうちのひとつは床に取りつけられている。

「なにもそこまですることはありませんよ、デシルスさん。わたしのせいで住むところをなくすなんて考えたくない。なにも犯罪にかかわっているわけじゃないんです。この先何が起きても、あなたに迷惑がかかるようなことはありません。お嬢さんが怖い思いをすることもない」

シネッテは最後の言葉が気にいらないみたいだった。

デシルスの渋い顔は当然ながら納得していないことを示していたが、渋々ながらも今回はクリスチャンとして寛容になることに同意した。

「それでいいと思います」ブロックは言って、さらにひとこと付け加えようとしたが、結局はそれで話を打ち切ることにした。

ブロックは廊下に出ると、ドアの前でいったん立ちどまり、デシルスが几帳面《きちょうめん》に四つの錠をおろす音を聞きおえてから、エレベーターで三階におりた。

ミス・コリンズの部屋から応答はなかった。今日のところはここまでにしておこう。ブロックは車に乗りこみ、殺人課に向かった。少し考えなければならない。

10

面会人を部屋に入れると、看守はドアに鍵をかけた。

「な、なんてことなの」女はべそをかきながら、コンクリートの床にハイヒールを響かせて足早に簡易ベッドに歩み寄った。「なんでこんな目に……」

「よかった。来てくれて。ずっと待ってたんだよ。もう四日にもなる。気が狂いそうだった」

女は腰をかがめて男にキスをした。シープスキンの毛皮のコートは外の湿った匂《にお》いがする。濡《ぬ》れて弾力のある唇が乾いてひび割れた唇に重なり、指が肩に強く食いこむ。しばらくしてようやく女は身体を離し、男を見つめた。視線が絡《から》みあい、とつぜん欲望の波が押し寄せる。

「話はあとで。しばらくあなたの顔を見ていたいの」

「きみはすごくいい匂いがする。悪い女ほどいい匂いがするっていうだろ。としたら、きみはすごく悪い女にちがいない」

女の口もとに笑みが浮かび、すぐに満面に広がる。

「何度も来たのよ、何度も何度も」女はため息をつき、ベッドの上に腰をおろし、生きていることが信じられないといった目で男を見つめた。足はそのとき知らずに床に落とした新聞を踏みつけている。それから、くすくす笑いだす。「ひどいことを言うわね」

男も笑った。東側の壁の高い窓から鉄格子《てつごうし》ごしに朝日がさしこみ、フェルトの黒い帽子の上の溶けた雪を輝かせている。ふたりは愛に包まれ、そこはとつぜん別の場所になっていた。女のキャラメル色の肌に濃いバラ色の輝きが満ち、大きな茶色の瞳《ひとみ》は液状の光のように輝いている。

「きみは本当に美しい、リンダ」

「だったら抱きしめて。さあ早く」

「それはきみにやってもらわなきゃならない」

リンダは毛布の下の身体に素早く強く腕をまわした。

そして、頓狂《とんきょう》な声をあげた。「ジミー！　腕はどこにあるの？」

ジミーはくすっと笑った。「拘束服を着せられてるんだ。白人の刑事に撃たれたって言ったのが気に食わなかったらしい。気がふれてるって言うんだ」

顔が曇る。「汚いやつら」

だが、それは口先だけの言葉のような気がしたので、ジミーは彼女の視線をとらえようとしたが、すぐに目をそらされた。「本当にそう思ってるのかい」

リンダは答えるかわりにすっと立ちあがり、コートを脱いだ。広い肩幅、細い腰、つんととがった小さな胸。その身体の線を強調する、薄茶色のカシミヤのタートルネックのニットドレス。コートをベッドの足もとに放り投げると、素早く前かがみになってふたたびキスをし、それからまたベッドの端にすわったが、やはり目をあわせようとはしない。

「だから監視なしで会わせてくれたのね」

「きみもぼくの頭がおかしいと思っているから？」

「馬鹿なことを言わないで。拘束服のことよ」

「ああ、そのことか。いままで面会を許されたのは地方検事と警察官だけだよ」

リンダは振り向いて、ふたたび微笑《ほほえ》み、言おうとしていたことを後まわしにした。

「それで、いまはだいじょうぶなの？」

「ごらんのとおり生きてはいる。監禁され、動けないだけだ。無理やり貞操を守らされている愛人のように」

「撃たれたと聞いて腰をぬかしそうになったわ」リンダは無意識のうちに身体を震わせながら言った。「すやすや眠っていたとき、シネッテがドアを叩《たた》いて、こう言ったの。あなたがベルビューで死にそうになっている、ラジオでニュースを聞いたって」

ジミーは皮肉っぽく笑った。「デシルスさんはとんだとばっちりを食っちまったと腹を立てているだろうな」

「シネッテはあなたのことを心配してたわ。本当にだいじょうぶなの？」

「胸の傷は意外に浅かった。出血は多かったけどね。ほかはかすり傷だ」

「でも、びっくりしたでしょ」

「撃たれてびっくりしないやつなんていないさ。ちがうかい」

リンダは身震いした。

「寒いのかい」

「ぞっとしてるのよ」

「とにかく、ぼくはまだ生きている」

「悪いことばかりじゃないってことね」

「そうとも。キスしてくれ。そうしたら身体があったまる」

リンダはまた前かがみになってキスした。

「どうだい。あったかくなったかい」

リンダは横目でジミーを見て笑った。

「腕が使えたら、きみを抱きしめて、もっとあったためてやれるのに」ジミーは言ったが、思ったような効果はなかった。

また顔が曇っている。

「ねえ、どうしてあんなことしたの」

「なんのことだい」

リンダは床に落とした新聞を拾い、ジミーの顔の前に広げた。一面の見出しは〝負傷した清掃員、風俗課の刑事が軽食堂殺人事件の犯人だと主張〟となっている。

ジミーは表情を変えずに見出しを見つめた。「ようやく記事になったってことだな。これでようやく捜査に本腰を入れるようになるはずだ」

「あなたはみんなを戸惑わせているのよ」

「いくらでも戸惑えばいいさ。誰もぼくの話を信じようとしない。でも、ぼくが言ったのは百パーセント本当のことだ。いかれた酔っぱらいの刑事がふたりの清掃員を殺し、その上でぼくを殺そうとした。でも、その男が白人で、公民権運動を刺激するかもしれないから、あいつらはぼくにそういった話をさせたくなかった。だから、頭がおかしいことにして、ぼくをこの部屋に閉じこめたんだ。でも、あの異常者はいまも野放しになっている。誰がどんなふうに戸惑おうが知ったことじゃない。戸惑いが限度を超えたら、ぼくを黙らせようとするかわりに真実を見つけだそうとするはずだ」

リンダは同情と苦悩の表情で見つめた。「警察は懸命に調べてるわ。できるかぎりのことを――」

「そう言ってきみを洗脳したのか」

「信じてちょうだい、ジミー。地方検事も署長もみんなあなたの味方よ」

ジミーは拘束服を破り捨てようとしているかのように毛布の下で身悶《みもだ》えした。「ぼくに味方してくれる者なんていない。ぼくはあの異常者に撃たれて、胸に穴をあけられたんだ」

リンダは平静を保とうと努めながら言った。「警察だってあなたと同じくらい犯人を見つけたがってるはずよ」

「犯人が誰なのかは、ぼくが警察に言ってある」

「でも、証拠がない。あなたがそう言ってるだけでしょ。証拠がなければ、起訴することはできない」

「やつらは証拠なんてほしがっていない」

「あの刑事はちがう話をしていて、警察はそれが本当かどうかを――」

「あいつが話したことは知ってる。警察が供述調書を読みあげてくれた。なんでも娼《しょう》婦《ふ》を追いかけていたらしい。タイムズ・スクェアで逮捕したが、すぐに逃げられてしまい、それで三十六番通りまで追っていった。たぶん、その女には羽根がついていたんだろう。そうしたら、とつぜんシュミット&シンドラー社の清掃員の服を着た黒人の男が現われた。いいかい。なぜかシュミット&シンドラー社の清掃員の黒人がどこからともなく現われて、角の雑居ビルの地下に泥棒がいると言った。別のシュミット&シンドラー社の黒人の清掃員だ。あいつはすでにふたりを殺して、そのビルの地下までぼくを追いかけてきていた。なのに、それまでもそれからも誰も見た者のいない四人目のシュミット&シンドラー社の黒人の清掃員がとつぜん現われ、あいつに泥棒の話をしたって言うんだ。そんな馬鹿な話があるもんか」

「警察は嘘《うそ》だとわかっているわ、ジミー」リンダは慰めるような声で言った。「地方検事もわたしにそう言っていたし――」

「だったら、なぜあいつを逮捕しないんだ」

「嘘をついているとわかっているけど、ふたりを殺したってことを証明することはできないからよ」

「できないわけがない。ぼくとゴミ収集車の運転手は、ルークが酔っぱらいの白人刑事をファット・サムのいる店内に入れたという話を聞いている。そして、ゴミ収集車の運転手はそのことを警察に話している。彼は市から仕事を請け負っているんじゃなく、シュミット&シンドラー社が業務を委託した民間のゴミ収集会社に雇われているんだ。嘘をつく理由は何もない」

「そのひとの話は信用できると警察も認めてるわ。でも、刑事が店に入るのを見てはいない。ルークがそう言ったのを聞いただけよ。そして、ルークは死んでしまった」

「やれやれ。夜明けまえのあの時間にあの場所をぶらついている酔っぱらいの白人刑事がふたりいたとでもいうのか」

「さっきも言ったでしょ。警察はあの刑事が店のなかにいたと考えている。あなたの話のその部分は信じていて――」

「ありがたい話だ」

「でも、証拠がない。見た者がひとりもいないのよ。窓の清掃員や牛乳の配達員も見ていないと言っている。もちろん、銃声も聞いていない」

「警察はきみにいろいろな話をして聞かせたようだな。刑事の指紋のことは聞いたかい。たぶんひとつも見つかっていないんだろうな。ゴミバケツについては？　壁に当たった銃弾については？　弾道検査で、どの拳銃から発砲されたものかわかるはずだ」

「拳銃はまだ見つかっていないそうよ。発砲された拳銃の登録記録も同様に見つかっていないんだって」

「まいったな。犯行に使われた拳銃がないっていうのか。だったら、白人の殺人犯がいるわけがない。銃弾はどこからともなくひとりで勝手に飛んできたってわけだ」

「指紋は見つかっている。あなたやほかの人たちの指紋が見つかったあとに、店内を歩きまわって、あちこちに指紋を残していた。つまり、そのときは店にいたってことよ」

「なるほど。そうやって、殺人を犯したときに残した指紋を隠そうとしたんだな」

「聞いてちょうだい、ジミー。警察はあなたの話が本当かもしれないと考えてる。作り話にしては、あまりに生々しく、筋が通りすぎているから。あの人たちが考えているのはあなたが――」

「あいつらが何を考えているかはわかってるさ。ぼくは狂ってると考えているんだ。少なくとも、ほかの者すべてにそう思わせたいと考えている」

「そんなことないって。わたしにはわかるの。いろんなひとと話したから。地方検事とか、署長とか、警部補とか。あなたが狂ってるとは誰も思っていない。地方検事は捜査の初日にダーラムに連絡をとって、あなたの過去を事細かに調べたそうよ。そこの警察署長や保安官やノースカロライナ・カレッジの学長からも話を聞いている。だから、あなたがその大学を優秀な成績で卒業したことも知っている。ダーラムにいるあなたのお母さんやお姉さんからも話を聞いている。だから、あなたのお姉さんがノースカロライナ相互保険会社の銀行部門に勤めていることも知っている。ついでに言うと、それが黒人が経営する世界最大の保険会社だってことも。あなたの出来のよさはハーバードの優等生以上だと言っていたわ。あなたが地元の白人向け大学に入って家族を悲しませたり心配させたりするのではなく、ニューヨークに来てコロンビア大学のロースクールに入ったことも、もちろん知っている。以前勤めていたチェスターフィールドの工場のボスからも話を聞いている。ニューヨーク市のすべての刑事の宣誓証言よりも、あなたの言葉を信じると言っていたそうよ。コロンビア大学での成績や住んでいる場所から、ニューヨークに来てから何をしていたかまで全部知っている。それに、シュミット&シンドラー社も百パーセントあなたの味方よ。誰かがあなたのことを頭がおかしいと思っているなんて考えないで」

「あいつらがぼくに着せたのは拘束服じゃないんだろうな。ぼくはきみを抱きしめたくないから、両腕を組んでここに横たわっているんだろうな」

「聞いてちょうだい、ジミー。警察はあなたを助けたいのよ。それは間違いない。わたしはそう簡単にはだまされない。白人の言うことを一も二もなく信じたりするようなことはない。それはあなたもわかっているはず。でも、警察はこうも考えている。あなたはあの刑事に恨みを持っていて、だから濡《ぬ》れ衣《ぎぬ》を着せようとしているんじゃないかって。以前あの刑事が店であなたの恨みを買うようなことをしたんじゃないかって——」

「ぼくが人殺しをし、それから自分で自分を撃って、あの男に罪を着せようとしているというのかい。そういうことなのかい」

「あなたがそうしたくなるようなことをしたんだろうって」

「あいつがやったんだ。あいつがぼくを撃って、ぼくを殺そうとしたんだ」

「あの刑事が犯人じゃないなら、あなたは彼にどんな恨みがあるのかと警察は考えているってことよ」

「いいかい。あいつがぼくを撃ったとき、ぼくはあいつがすでにルークやファット・サムを殺していたってことさえ知らなかったんだ。知っていたのは、あいつがぼくを殺そうとしているってことだけで、それ以外のことを考える時間なんかなかった。ぼくが最初に訴えたのは、あいつがぼくを撃ったってことだけなんだ」

「警察はそれもわかっている。そこが問題なの。隣のビルの管理人も、あなたがそこで最初にしたのはあの刑事に撃たれたと訴えたことだったと言っている。あなたははっきりとそう言った、あなたは正気で、自分が何を言っているかわかっているように見えたと言っている。だから、警察は困っているのよ」

「やれやれ。ぼくが撃たれて、誰にやられたのかという話をしたので、警察は困っている。だったら、ぼくはなんて言うべきだったんだ。誰にも撃たれていないと？　健康のために建物の地下を走っていたときに、転んで、胸に穴があき、血が流れだしたと？　警察はぼくにそう言ってもらいたかったのか」

「いまの時点では何も言ってほしくないのよ。いまあなたの話が新聞に載ったら、世間は刑事の肩を持つにちがいない」

「新聞記者には何も話していない」

「みんなあなたの被害妄想だろうって言うはずよ」

「ああ、わかってるよ。いつだって黒人が白人に怪我をさせられたと言うと、被害妄想だと見なされる。それはいまのこの国の権力構造のせいだ。冗談じゃない。ルークやファット・サムが撃たれて穴だらけになったのも被害妄想だというのか」

リンダは唇の上に汗をかきながらなんとかジミーを説得しようとしたが、その目にはすでに諦めの色が宿りはじめている。

「ジミー、お願い。これはわたしのためなの。わたしがあなたに恥をかかすようなことを頼むわけがないでしょ。わたしはあなたのためを思って――」

ジミーは話の芽をつむように遮った。「きみはぼくのことを信じてくれているかい、リンダ」

「もちろんよ」だが、リンダは目をそらし、その言葉に疑念を生じさせた。「もちろん信じてる。でも――」汗ばんだ狭い額にはいらだちの皺《しわ》ができている。「でも、その刑事はなぜあなたたちを殺そうとしたの？　特にあなたを？　話したことも、会ったこともないというのに……」

疑念が不信感に変わっていく。がっかりだった。誰も自分を信じてくれていない。

「なぜだか知りたいかい」ジミーは感情のこもらない冷ややかな口調で言った。

リンダは顔をあげた。目には希望の色がある。

「それはぼくにもわからない」ジミーは言った。「とにかくあいつがやったのは間違いない。それしかわからない」

目から希望の色が消える。

「あなたがそうするとは思わないけど、そうしたらいいと思ってることがあるの。あなた自身のために」

「なんのことだい」

「前言を撤回すること」

そんなことを言うとは思ってもいなかった。腹にいきなりパンチを見舞われたみたいだ。「新聞記者を呼んで、ぼくが刑事について言ったことは事実じゃないと言えというのかい」

「そこまでする必要はない。新聞に書かれているようなことは言ってないというコメントを出すだけでいい。その上で、あの刑事が殺人のまえにレストランにいなかったというのは嘘だと言えば――」

「さっきも言っただろ。新聞記者には何も話していないって。その新聞社はほかの者から情報を入手したんだ。ぼくと面会できたのはきみだけだ」

「でも、いまなら新聞記者との面会は認められるでしょ」

「新聞に載った記事は本当じゃないという話をするのなら？」

返事はかえってこない。

「ぼくにそうさせるよう地方検事か署長に頼まれたのかい」

「そうじゃない。あなたが警察の権威をおとしめるようなことをしなければ、それだけ犯人を見つけやすくなると言われただけよ。断定するんじゃなくて、疑わしいという程度にとどめたほうがいい。かりにあの刑事があなたを撃ったのだとしても――」

「かりに？」

「だったら言いなおすわ。たしかにあの刑事はあなたを撃った。でも、彼がルークとファット・サムを殺したのは絶対に間違いないとは言いきれないでしょ」

「絶対に間違いないと言いきれるのは、ぼくはいまここに寝っ転がってるってことだけだよ」

「わからないの、ハニー。彼を泳がせておけば、先々大きな間違いを犯すかもしれない」

「ぼくを殺すとか」

「そうしたら、証拠を手に入れることができるかもしれない」

ジミーは冷ややかな目を向けただけだった。

「そうしたくないの？」

「ああ。自分が黒人であるかぎりは」

「わたしたちは警察に協力しなきゃならない。たとえ白人だとしても、わたしたちの希望はそこにしか――」

「いいや。あのろくでなしがぼくを撃って、ルークとファット・サムを殺したと、ぼくは死ぬまで言いつづけるつもりだ」

11

弁護士がやってきたとき、ジミーはすでに身支度を整えて待っていた。

「ハンソンです」と、弁護士は言った。すらりとした身体《からだ》つきの若い男だ。ピンク色の頬。ホンブルグ帽にチェスターフィールド・コートという洒落《しゃれ》た身なり。「シュミット&シンドラー社と業務契約を結んでいる法律事務所から来ました。退院の手続きはすんでいます」

ふたりは握手を交わした。りゅうとした装いの細身の男と相対すると、ダッフルコートにソフト帽という格好のジミーはとんでもない田舎者に見える。

「ええ、看守から聞いてます」

ハンソンは興味深げに室内を見まわした。精神科の隔離室も暴力沙汰《ざた》に巻きこまれた男もはじめての経験だった。彼のオフィスは民事事件しか扱わない。振り向いて、大柄な体軀《たいく》に真面目そうな顔つきの黒人に目をやった。あきらかに途方に暮れている。

「具合はどうです？　傷はまだ痛みますか」

「いいえ。とにかくここから早く出たい」

ハンソンは思いやるように微笑んだ。「気持ちはよくわかります」

外に出ると、ふたりは看守のあとについて隔離棟を通り抜け、看守室に向かった。そこでハンソンは看守長に書類をさしだし、鉄格子のゲートをあけてもらった。

外に出ると、ジミーは尋ねた。「ぼくはどういう立場になるんでしょう。保釈中？それとも……」

「自由の身ですよ。保釈とかではありません。好きなところへ行けます。ただし、街からは出ないように」

「そんなことは考えていません」

ふたりは黙って急行エレベーターで下に降り、混みあった廊下を建物の西側の出入口に向かった。

「このまままっすぐ家に帰りますか」

「アップタウンへ行く途中で店に寄って、今夜仕事に戻ると伝えようと思ってます」

「いや、それはいけません。仕事に戻るのは明日まで待ったほうがいい。わたしなら数日か数週間、できればもっと休みます。傷が完治するまで家にいたほうがいい。その間も給料は支払われます」

「だったら、そうします。このところ学業がおろそかになっているので」

「ぜひそうしてください」

ふたりは公園に面したコンクリートの広い階段の上に出た。そこから通りを見おろすと、タクシーが歩道ぞいに並んで停車し、どんよりと淀《よど》んだ空の下のビルの谷間を車がのろのろと進んでいる。多くの人々が裁判所の建物を出たり入ったりしている。朝のこの時間は交通事犯の裁判でつねにごったがえしている。

「この件に関して何か困ったことがあれば、わたしに直接相談してください」ハンソンは言って、ジミーに名刺を渡した。「わたしより先にほかの者に話さないように。いずれにせよ、この件については誰にも何も言わないほうがいい。よろしいですね」

「わかりました」

握手を交わしたとき、ジミーは凍りついた。顔から血の気が引き、漆喰《しっくい》のような灰色になる。眼下の歩道の人ごみのなかに、とつぜん忘れようのない顔が現われたのだ。ウォーカーだ。コンクリートの階段の右側の歩道に立っている。トレンチコートを風になびかせ、両手をポケットに突っこみ、くすんだ青い目でこっちを見ている。無表情で、無言で、考えも感情もまったく読みとれない。それはこのまえ見たときと同じだが、あのときは上から見おろしていて、右手にサイレンサー付きの拳銃《けんじゅう》を持ち、次の瞬間には何も言わずに発砲した。

無意識のうちに身体が震えだす。

ハンソンはジミーの怯《おび》えた視線を追って振りかえり、歩道に立っている男に気づいた。ぱっと見ただけで狂暴そうな男だとわかる。

「ウォーカー——例の刑事ですね」

「ええ、そうです。忘れられるわけがありません」

ハンソンはふたたびジミーの怯えた顔のほうを向いた。

「わたしがあなたなら恐れはしませんよ」

「ぼくも同じです。ぼくがあなたならあいつを恐れはしない。あいつはあなたを殺そうとしていないから」

ハンソンは眉《まゆ》をひそめた。「議論するつもりはありません。とにかく、あのような男は無視するのがいちばんです。何をしようと何を言おうと、気にしないことです。そして近づかないことです。警察は何をすべきかわかっているはずです。彼は警察の監視下に置かれているはずです」

「だったらいいんですが。ぼくだって、あの男からできるかぎり離れていたい。あいつが刑務所にぶちこまれないかぎり安心できない」

「そうなる可能性は充分にあります。でも、いまは余計な刺激を与えないほうがいい。彼はあなたに何をする権限も持っていません。今回の事件の捜査が終わるまでは停職処分中の身ですから」

「ええ。でも、そんなことはなんの気休めにもなりません」

ハンソンは戸惑っている。なんと答えていいかわからない。黒人は白人とちがう。彼らには人一倍気を使ってやらなければならない。だが、これ以上何をすればいいというのか。

「じゃ、ぼくはこれで失礼します」ジミーは気をきかせて言ったが、ひとりになるのはやはり心細い。

ハンソンは財布を取りだし、五ドル札をさしだした。「タクシーで帰ってください」

ジミーは首を振った。「ありがとう。でも、だいじょうぶ。バスで行きます。ぼくの住まいはブロードウェイ百四十九番通りにあって、バスは百四十五番通りでとまる。人通りの多い場所なので、おかしなことは起きないはずです」

ハンソンは疑わしげな顔をしたが、何も言いはしなかった。

ジミーはウォーカーのほうを見ずに足早に歩きはじめた。

ハンソンはジミーの足どりを目で追いかけた。公園を横切ってセンター通りに入ると、バス停のあるチェンバーズ通りとブロードウェイの交差点のほうへ歩いていく。そこまで見届けると、振り向いて、今度はウォーカーの動きを見守ることにした。

ウォーカーがジミーに興味を示す様子はない。誰かを待っているように裁判所の出入口を見ている。しばらくすると、やはり刑事と思われる男が建物から出てきて声をかけた。「やあ、マット！」そして、階段を駆けおりると、握手をし、二言三言ことばを交わしたあと、ウォーカーの腕を取って、センター通りをジミーとは反対方向にふたりで歩き去った。

べつにジミーを付け狙《ねら》っているわけではない。ハンソンはそう結論づけ、タクシーを呼んだ。

ジミーはバスに乗りこむと、唯一《ゆいいつ》空いていた白髪まじりの白人女性の隣の席にすわり、ウォーカーのことは努めて考えないようにした。考えたからといって、どうなるわけでもない。いたずらに不安が募っていくばかりだ。どのみち自分では何もできない。誰にも信じてもらえない。

前の席では、目を真っ赤にした黒人の男が別の黒人の男に大きな声で話していた。

「そのババアどもに言ってやんなよ。なんにも怖がることなんか……」聞いている男は恥ずかしそうな顔をしている。

自分は生きている、とジミーは自分に言って聞かせた。それが何より大事なことだ。

バスは走ってはとまり走ってはとまりしてブロードウェイをゆっくり進んだ。キャナル通りはつねにカーニバル状態だ。クーパー・スクェアで三番街を横切り、ユニオン・スクェアで四番街を横切る。クレインズ百貨店の前を通りすぎたときには、ミンクのコートのセール時にお抱え運転手つきのロールスロイスで渋滞が起きたという話を思いだした。そのときユニオン・スクェアで演説をしていたコミュニストはそれを見てどんなふうに感じたのだろうと思わずにはいられなかった。そのあと、マディソン・スクェアで五番街を横切り、ヘラルド・スクェアで六番街を横切る。三十四番通りには、ギンベルズ、メイシーズ、サックスなどの安売り百貨店が並んでいる。タイムズ・スクェアで七番街を横切る。三角形のタイムズ・ビルのまわりには、映画館やレストランが軒を連ねる世界的に有名な繁華街が広がっている。コロンバス・サークルで八番街を横切る。セントラル・パークの入口では、裸の子供たちが噴水で水遊びをしている。なかには、警官たちに追いかけられて、芝地を逃げまわっている者もいる。そこからさらにマンハッタンを斜めに横切っていく。

ジミーは通り過ぎる街をながめ、そこにいる人々の顔を見ながら思った。ほとんどが白人だが、黒や茶色の顔も所々にまじっている。そのうちの何人が自分と同じように怯えているのだろう。

考えないほうがいい。考えたくもない。しかし、どうにもできない。街の光景が視界から薄れ、恐怖の時間がよみがえる。ウォーカーと店の同僚とのあいだにいったい何があったのか。殺された者たちはそれだけの恨みを買うような何をし、何を言ったのか。それともウォーカーはいかれた殺人狂で、単に誰かを殺したかっただけなのか。いまのところわかっているのは捜査員から聞いたことだけで、どれほどの意味もない。

恐怖が募り、身体が震えはじめる。隣にすわっている白髪まじりの女性が心配そうに尋ねた。「具合が悪いの？」

ジミーはきょとんとした顔で振り向き、それから笑顔を取り繕った。隣にひとがいることをすっかり忘れていた。「いいえ。どうやら自分の墓を踏んでしまったようで……」それから、その言いまわしの意味が通じていないことに気づいて付け加えた。「なんでもありません。とつぜん震えがきただけです」

それで納得してくれたみたいだった。

しっかりしなきゃ。百四十五番通りでバスを降りるときも、まだ恐怖のために放心状態だった。百四十九番通りの角にあるベルズという黒人相手の軽食堂に入って、「

ーヒーとトーストを頼む。朝早くから、男たちはジュークボックスで音楽をかけたり、大声で話をしたりしている。「なあ、聞いてくれよ。サイコロ賭博にすっかりハマっちまってよ」とか、「みんな食っちまって、女房がかんかんに怒ってさ」とか。

話を聞いているうちに、気が楽になってきた。これが自分の知っている、まっとうで正常な世界なのだ。そう思うと、食欲がわいてきた。コーヒーのおかわりとパンケーキを注文する。別の客がフライド・ソーセージを食べているのを見て、それも注文する。すべてをきれいに平らげて皿を空にしたが、それでも足りずに、アップルパイのバニラ・アイスクリーム添えも注文し、これでもう充分だと自分に言い聞かせる。

支払いをすませて外に出たとき、何かに目がとまった。ウォーカーだ。百四十九番通りの向こうの角に、トレンチコートのポケットに手を突っこんで立ち、くすんだ青い目でこっちを見ている。胃がでんぐりがえり、ついさっき美味《おい》しく食べたものが急に胸糞《むなくそ》の悪いものに変わる。パニックの波が押し寄せる。このまえ拳銃を向けられたときのように無防備で、丸裸にさせられたような気がする。あのときにそうしたように、逃げろという声が心の奥から聞こえたが、無理やりその衝動を抑えて、自分に言い聞かせる。ここは通りのまんなかだ。多くのひとが行きあっている。こんなところで銃をぶっぱなせるわけがない。けれども、あの男の頭はまともじゃない。もしかしたら戦争神経症をわずらっているのかもしれない。あるいは、暴力的な人種差別主義グループのメンバーかもしれない。ミシシッピでは白人の男たちが公民権運動の活動家を棍棒《こんぼう》で滅多打ちにして殺害した。でも、ここはニューヨークだ。いや、だからどうだというんだ。ニュージャージーのどこかの街には、軍用ライフルを持って通りを歩き、警察に武装解除されるまでに、見ず知らずの者を十三人も殺害した男がいた。ハーレムでは白人の警官が日常的に黒人を撃ち殺している。ここは暴力の街であり、ここにいるのは暴力の徒なのだ。新聞を読めばわかる。何に守ってもらえるというのか。

冷や汗が滲《にじ》みでてくる。それでも自宅のある共同住宅の前までなんとか普通の足どりで歩いていった。ウォーカーとの距離を少しでも多くとるために百四十九番通りを斜めに横切る。ちらっと振り向くと、ウォーカーはそこに立ちどまって、こっちをじっと見ている。ジミーは自分の身体がガラス繊維のように脆《もろ》くなり、足は地面に釘付《くぎづ》けになっているように感じた。

まっすぐ前を向いたまま建物のなかに入る。玄関ホールに人気《ひとけ》はない。エレベーターのボタンを押す。階段は使えない。ウォーカーに追いつかれて、後ろから撃たれるかもしれない。サイレンサー付きの拳銃なら、誰にも気づかれないだろう。ここの階段を使う者はいくらもいない。階段と各階の廊下のあいだにはドアがあり、そのドアはいつも閉まっている。親指でエレベーターのボタンを押しつづける。エレベーターはいちばん上の階にとまっていて、そこからゆっくり降りてくる。早く来い、こんちくしょう。早く早く。こんなところで殺されたくない。ウォーカーはもうそこまで来ているかもしれない。そう思って、玄関ドアのほうを振りかえる。いつもなら、ここにはエレベーターを待つ者が何人もいて、ときには乗れない者が出ることもある。よりにもよって今日は——

玄関ドアのガラスに人影が映った。トレンチコート姿の男がなかに入ってくる。心臓が身体から跳びだしそうになる。何か冷たいものが胸を通り抜け、肺のなかの空気が凍りつく。胃が恐怖のために収縮する。だが、その男の浅くかぶった帽子の下にあるのは黒い顔だった。肺に空気が流れこみ、骨が溶けそうになる。肩の力が抜ける。このときほど黒い顔を見て頬が緩んだことはない。

エレベーターが来て、乗りこむ。黒人の男も続いて乗りこんでくる。胸の鼓動が少しずつ落ち着いていくのがわかる。男はこっちを見ている。できることなら五階までいっしょに乗っていてもらいたいと思って、そんなふうに仕向けるための方策を考えはじめる。だが、男は三階でエレベーターを降りた。

ひとりになると、また心もとなくなる。五階に着くころには身体が震えていた。部屋の鍵《かぎ》を取りだそうとしたときには、手が痙攣《けいれん》するようになっていた。誰もいない廊下の後ろを何度も見やる。やっとのことでドアをあけ、なかに入ると、落ち着きを取り戻すまでしばらくのあいだ暗い玄関口から動けなかった。

家主のデシルスは近辺に住む黒人を信用せず、いつ泥棒に入られるかわからないとひやひやしている。これまではそれを笑って見ていられた。そもそも泥棒が盗みたいと思うようなものを持っているのかと思っていた。けれども、いまは玄関ドアに取りつけられたいくつもの錠に心から感謝している。上端にひとつ、下端にひとつ、まんなかにふたつ。まんなかの錠のひとつにはチェーンが付いていて、下の錠は床に固定された横木に取りつけられている。

内側から四個の錠をひとつずつおろしていく。鍵があればいずれも外からあけることができる。だが、上端と下端の錠をおろすのはためらわれた。いま部屋には誰もいない。デシルス夫妻は仕事で、シネッテは学校へ行っている。帰宅したときに締めだされたと思ってほしくない。だが、結局はそのふたつの錠もおろした。事情を話したら、わかってくれるはずだ。

薄暗い廊下を通って、通りに面した角の部屋に入る。そこにはオーク調の合板製の家具一式が備わっている。ダブルベッド、ドレッサー、整理ダンス、枕《まくら》もとのふたつの小卓、肘《ひじ》かけ椅子《いす》、緑のビニールレザーのオットマン。それにデシルス夫人が机がわりに用意してくれた大きなパイン材のテーブル。その上には本や書類や古い縦型タイプライター。オーク材の床には大きな古いラグマットが敷かれている。

家賃は週十五ドル。

そこに、ガールフレンドのリンダ・ルーが女性らしい彩《いろど》りを添えてくれている。ドレッサーの上の鏡の両脇《りょうわき》にかけられた黒人の子供の人形。部屋を明るくしてくれる薄いナイロン・カーテンと花柄の紙のドレープ・カーテン。肘かけ椅子にはインド更紗《さらさ》のカバーがかけられ、机の椅子にはフォームラバーのクッションが置かれている。

明るく快適な部屋で、窓はブロードウェイ側と百四十九番通り側の両方についている。晴れた日には急な下り勾配《こうばい》の百四十九番通りの先にリバーサイド・ドライブやハドソン川、さらにはぼんやりとではあるがニュージャージーの海岸線まで見渡すことができる。ただ、いまは快適さを感じることはできない。

ドアを閉め、内側から錠をおろす。これで一息つける。どちらの窓の外にも非常階段はないので、鳥か昆虫以外はそこに近づけない。大きなため息が漏れる。パニックと恐怖が徐々に遠ざかっていく。ここにいれば一時的にではあれ安全だ。いまは生きのびることだけを考えていればいい。

帽子をベッドに投げ捨て、ダッフルコートをクローゼットにしまう。ベッドの上に帽子を置くのは縁起が悪いという迷信をふと思いだし、テーブルの上に置きなおす。アルコールは〝社交の場〟でしか飲まないので、部屋に酒類は何も置いていない。何か飲みたい。これまでずっと神経が張りつめていたので、感覚を鈍らせるものが必要だ。だが、そんなものは何もない。では、どうすればいいか。

とりあえず、現状を正確に把握することから始めよう。自分がいま危険な状態にあるのは間違いない。あの殺人狂が部屋に入ってきて、自分を撃ち殺し、誰にも見られずに立ち去るのを阻止するためには、どうすればいいのか。

ブロードウェイに面した窓の前に行って、ウォーカーに撃たれたときの状況をあらためて考えなおしてみる。本当は動機がわかればいちばんいいのだが、いくら考えてもその答えは出てこない。

上の空でナイロン・カーテンをあけ、ブロードウェイのまんなかにつくられた殺風景な公園を見おろす。緑色の鉄のベンチに老婦人が腰かけて、汚れた雪の上にいる鳩《はと》の群れにパン屑《くず》を投げ与えている。そのときとつぜん胆嚢《たんのう》が破裂したかのように口のなかに苦い味が広がった。

老婦人の横にウォーカーが立っている。トレンチコートを風になびかせ、ポケットに両手を突っこみ、帽子を浅くかぶり、この建物の出入口をじっと見つめている。両足を大きく開き、背中を丸めて、ぴくりとも動かずに立っているので、彫像のように見える。

カーテンが赤熱化したかのように手を引っこめて窓から離れ、ショック症状を押さえこむためにあえぎながら息を吸う。これではっきりした。疑いの余地はない。ウォーカーがここまであとを尾《っ》けてきたのは、自分を殺すためだ。ふたたび恐怖の波が押し寄せ、立っていられなくなる。

肘かけ椅子にへたりこみ、首をひねって、下の公園に突っ立っている男に目をやる。どうすればいいのか。ここももう安全ではない。警察に電話すべきだろうか。だが、電話をして、何をどんなふうに話せばいいのか。警察は何かしてくれるだろうか。これまで何を言っても信じてくれなかったのだ。ここにきて急に信じるようになるとは思えない。

弁護士のハンソンのことをふと思いだした。クローゼットに行って、ダッフルコートから名刺を取りだす。電話は家主の部屋にあるが、その電話をかけるのは許されていない。かかってきた電話だけ渋々取りついでくれる。だが、いまは緊急事態だし、家主の一家はみな外出中だ。

　自室のドアの錠をあけて、廊下を歩いていく。家主の部屋に鍵がかかっていたらと思うと、胃がまたきりきりと痛みだす。電話をかけるために外に出ていくことは考えられない。家主の部屋のドアは開いたが、電話はダイヤルに南京錠がかかっていた。

「同居人さえ信用できないのか」と、ジミーは苦々しくつぶやいた。

　ドレッサーの上にヘアピンがあったので、それをひとつ取って、錠をこじあけようとしたが、すぐに曲がってしまった。別のヘアピンでもう一度やってみる。安物のチャチな錠だが、六回目でようやく成功した。部屋は閉めきられ、カーテンがひかれ、窓には錠がおりている。空気が少なく感じられ、南京錠が開いたときには、窒息しそうになっていた。

　ようやく電話がハンソンにつながった。

「ジミー・ジョンソンです。ハンソンさん、何かあれば電話してくれとおっしゃっていたので――」

「今度はなんです。何があったんです」その声は素っ気なく、いらだたしげだった。

「例の刑事です。ウォーカーが――」

「今朝、裁判所の前で見かけた男ですね。それがどうかしたんですか」

「追いかけてきたんです。ぼくを殺すために。いまは――」

「考えすぎですよ。あなたが立ち去ったあと、しばらく彼を見ていたが、あなたのことを気にしている様子はありませんでした。あなたのあとを追いかけていったりもしていないし――」

「そのときはそうかもしれないけど、家に戻ったときには、百四十九番通りの角に立っていたんです。あなたのアドバイスどおりに無視したけど――」

「そこにいるのは本当にウォーカーなんですか。人ちがいじゃないんですか。わたしが最後に見たときには、同僚とおぼしき男といっしょにどこかへ歩いていきました」

「そうだとしても、間違いありません。人ちがいじゃありません。いまそこにいるんです。部屋に戻って、ドアに鍵をかけ、ちらっと窓の外を見たら、すぐ下のブロードウェイぞいの公園に立って、こっちを見ていたんです」

「本当に間違いありませんか。わたしもそんなに暇じゃないので、幻を追いかけるのは――」

「もちろんです。間違えようがありません」

電話ごしにため息が聞こえた。「わかりました。怖がることはありません。彼があなたに危害を加えることはないはずです。そのまま部屋に閉じこもっていればいい。

何も気にすることはありません」

ジミーは黙りこんだ。なんと言えばいいのかわからない。

「彼はいま何をしているんです。いまあなたを脅すようなことを何かしていますか」

「いいえ。でも、最初にぼくを撃ったときも、脅しはしなかった。ただ銃の狙いをつけて撃っただけです」

「いいでしょう。わかりました」もう聞きたくないというような口調だった。「それで、いま彼は何をしているんです」

「何もしていません。公園に立って、この建物の出入口を見ているだけです。でも、怖いんです。なんとかしてもらえないでしょうか」

「わかりました。では、こうしましょう。わたしのほうから署長に電話をします。誰かをそこに行かせて、ウォーカーが何をしているのか確認させるのです」

「でも、警察はぼくの言うことを信じてくれないでしょう」

「あなたが話す必要はありません。わたしのほうからあなたの話を伝え、どういうことか調べるように言います。あなたはそこで何ごともなかったかのように勉強なりなんなりをしていればいい。わかりましたね」

「でも、これはたしかなんです、ハンソンさん。あの男はぼくを殺すために待ちかまえているんです」

「わかりました。でも、あなたは安全です。何も起こらないから気を楽に持って。署長から連絡が来て、どういうことかわかったら、こちらから電話します。あなたの電話番号を教えてもらえますか？」

ジミーは礼を言って、電話のダイヤルに記されていた番号を伝えた。そして、電話を切ると、南京錠をかけなおして、部屋に戻り、刑事がやってくるまでウォーカーを見張ることにした。

だが、そこにウォーカーの姿はなかった。公園や通りの反対側を必死で探し、それからもしやと思って窓をあけ、身を乗りだして、建物の下の歩道も見た。だが、どこにもいない。とまどいはその姿を見たときよりも大きい。

玄関口に戻り、ドアに施錠《せじょう》されていることをたしかめると、今度は窓の外に非常階段があるシネッテの部屋に行って、窓の鉄格子《てつごうし》が閉まり錠がおりていることをたしかめた。そして自分の部屋に戻り、そこのドアの錠をおろし、それから机がわりのテーブルに向って教科書を開いた。なんとか教科書に集中しなければならない。けれども、教科書の文字はぼやけ、いやも応もなくまぶたに浮かんでくるのは、背の高い悪魔のような白人の男が階段の上に立って拳銃をかまえ、骨張った顔の表情を変えることなく問答無用で発砲する姿だった。

　自分が誰かに殺されようとしているとわかっているとき、どんな行動をとればいいのか。殺人鬼を殺す？　西部劇ならそうするだろう。でも、これは西部劇ではない。もちろんギャング映画でもない。現実なのだ。

　立ちあがって、部屋を歩きまわりはじめる。脚に力が入らず、恐怖のあまり心は折れそうになっている。それでも歩きつづけた。動いていれば、パニックをなんとか抑えることができる。

　どれくらいたったかわからないが、やっと電話がかかってきた。部屋のドアの鍵をあけ、廊下を抜けて家主の部屋に入り、受話器を取る。

「ハンソンさん？」

「そうです……あなたですね、ジミー？」

「ウォーカーは見つかりましたか。あなたに電話をしたあと、自分の部屋に戻ったら、あの男はいなくなっていました」

「なるほど……電話は別の部屋にあって、そこからは通りが見えなかったんですね」

「そうなんです。電話のある部屋は中庭に面していて、ぼくの部屋は通りに面していています」

「わかりました」

　長い沈黙があり、ジミーは息をのんで待った。

「ふたりの刑事がそっちに向かいました。ブロードウェイを何度も車で行ったり来たりし、横の通りも見てまわったが、ウォーカーの姿は見あたらなかったそうです」

「だとしたら、ぼくが窓べに立って見ているのに気づき、建物のなかに入ってきたのかもしれません。おそらくそこに身を潜めていたんでしょう。刑事たちは建物のなかまで調べたんですか」

「いいえ。署に戻ってウォーカーと連絡をとり、署長に電話で報告を入れさせたそうです。署長が聞いた話だと、わたしたちがセンター通りで見た少しあとに、レナード署に向かっています。もうひとりの刑事とずっといっしょにいて、何人かと挨拶《あいさつ》を交わしてもいます」

「そんなはずはない」

　ハンソンは答えなかった。

「あなたの言葉を疑っているわけじゃありませんが、何かおかしい。ぼくはあの男を見たんです。ここにいたんです。さっき話したとおりなんです。ブロードウェイぞいの公園に立って、この建物を見ていたんです」ヒステリックに聞こえているのはわかっているが、どうしようもない。実際ヒステリー状態になっているのだ。「聞いてください、ハンソンさん。ぼくははめられたんです。あの刑事についてぼくが話したことは全部本当なんです」

「はめられた？　あなたが？　誰もあなたを訴えていません。訴えているのはあなたなんですよ」

「ぼくの頭がおかしいとみんなに思われるように仕組んでいるということです」

沈黙を続けることによって、ハンソンは不信感をあらわにした。それから、感情のこもっていない抑揚のない声で言った。「わたしがあなたなら、おおやけの場でそのような発言はしません」その声はパイプを通して話しているか、でなかったら水のなかで話しているもののように聞こえる。「自分が正気ではないと思わせようと警察が画策していると公言するなどもってのほかです。よほどしっかりした証拠がないかぎり、ウォーカー刑事に殺されかけたと主張するのはやめたほうがいい。あなたは自分で自分を窮地に追いこんでいるんです。あなたにとっても、われわれにとっても決して望ましいことではありません。わかりますね」

「でも、あの男はここにいたんです」ジミーはもう泣きそうになっていた。「最初は百四十九番通りの角に立っていました。ぼくが家のそばのレストランから出たとき、そこにいたんです。ぼくはやつに近づかないよう通りを横切って家に入った。そのあと、部屋から窓の外を見たら、今度はブロードウェイの公園に立っていた。嘘《うそ》じゃありません、ハンソンさん」

「厄介なのは、彼がほかの場所にいた証拠があることです。信頼に足る証人がいるのです」その声に奇妙な響きがあった。哀れみのようなものが強く感じられる。「実際問題、あなたが彼をアップタウンで見たと言っている時間に、彼が殺人課のオフィスにいたのは反論の余地がない事実なんです」

「わかりました。たしかに反論の余地はないようですね」受話器が持っていられないほど重く感じられる。「あなたの忠告に従います。教えてくださってありがとう」

「どういたしまして」

ジミーはひどく重く感じられる受話器をなかばほっとした思いで置いた。

12

呼び鈴が鳴ったとき、リンダ・ルーはキッチンで下着を洗っていた。

「やだ」リンダは困惑のていでつぶやいた。

ひとに見られたくない格好をしていたからだ。ひとりで寝るときにだけ着るコットン・フランネルの寝間着、その上に毛玉だらけの古い栗色《くりいろ》のバスローブ、それにくたびれたスリッパ。起きたばかりで、まだ顔も洗っていない。短い髪はカールしているというより縮れている。寝ぼけまなこで、顔はむくんでいて、いかにも不機嫌そうに見える。キッチンの時計を見ると、午後三時過ぎ。何分過ぎかまでは確認する気にならない。まだコーヒーを飲んでもいない。厄介ごとがあった夜の翌日には、いつも起きたときに下着を洗うようにしているのだ。このときの気がかりの種はジミーだった。

呼び鈴がまた鳴る。長く、執拗《しつよう》に鳴りつづける。

たぶん、あのナンバー賭博《とばく》の男だろう。そうだといいんだけど。

リンダが住まっているのは三階奥のこぢんまりとした二部屋のアパートメントだ。バスローブで手を拭《ふ》き、けだるげに腰を振りながら居間を横切り、玄関のドアをあける。

そこにいたのはジミーだった。

「あら、あなただったの、ハニー」怒りと喜びの入りまじった声でリンダは言った。もじゃもじゃの頭にあわてて手をのばしたが、どうにもならないことはすぐにわかった。諦《あきら》めて笑いながら、身体を脇に寄せる。「どうぞ。入ってちょうだい」

ジミーはなかに入り、リンダの横を通り過ぎた。夢遊病者のようにその顔にはなんの表情の変化もない。

「ひどい格好なのはわかってるけど、キスぐらいしてくれてもいいんじゃない。いつものように」

ジミーは眉根を寄せて、上の空でキスをした。

「まあ仕方がないわね。こんな格好じゃ」リンダはふてくされたように言い、だが次の瞬間にはジミーの表情に気づいて付け加えた。「いったい何があったの。脱獄してきたんじゃないでしょうね」

ジミーは笑わなかった。「ちがう。今朝、釈放されたんだよ」

「洗濯が終わったら面会に行こうと思ってたのよ」

「手間が省けてよかったね」ジミーは苦々しげに言った。「ぼくは自由の身だ。殺人犯じゃない。そういうことになったらしい」

「しーっ」リンダはジミーの口に手を当てた。「キッチンに行きましょ。コーヒーをいれるから」

「いいや、いらない」

「わたしがほしいのよ」リンダは言って、キッチンのほうを向いた。

「ごめん、きみのことは考えていなかった」ジミーは謝って、彼女のあとに続いた。

「気が動転していて……」

リンダはテーブルの横の椅子をすすめた。「そこにすわって、ママに話してごらん」

年は一歳しか離れていないが、経験の豊富さからいうとリンダは母親も同然だ。

「頭がおかしいんじゃないかと思うかもしれないけど――」

リンダは遮った。「話が長くなりそうなら、コーヒーをいれるまで待って。コーヒーを飲まないと、わたしの頭は働かないの」

少しだけ気が楽になり、ジミーはため息まじりに言った。「この街は危険すぎる。危険で、無関心で、冷淡すぎる」

「あまり考えすぎないほうがいいと思うけど」リンダはコーヒーの粉を古いアルミのパーコレーターに入れながら言った。「ニューヨークは考えるひとの住むところじゃない。何も考えない、ろくでなしの住むところよ。あなたはそういう人たちに振りまわされているのよ。素知らぬ顔でいたほうがいいときもあるってことを学ばなきゃ。わたしはいつもそうしてる」話しながら、ポットに水道水を注ぎ、それをコンロにかけ、ガスをつける。それからマッチを取りだそうとしたとき、箱が空っぽであることに気がついた。「まったくもう」と毒づいて、ガスをとめ、コンロの上の棚から紙マッチを見つけだす。

狭いキッチンは、ひどく散らかっている。化粧品、ヘアアイロン、汚れた皿、その横に置かれた食べさしのサンドイッチ、牛乳の空瓶。白いエナメルのコンロと冷蔵庫は部屋の備品だが、鉄パイプのテーブルとプラスティックの座面の黄色い椅子は自分で持ってきたものだ。

ジミーの視線に気がついて、リンダは弁解がましく言った。「自分のだらしなさは自分でもよくわかってる。身なりも話し方も含めて。母さんからしょっちゅう言われてたわ。朝、身ごしらえをするまえの姿を恋人に見せちゃいけないって」

「きみはとても素敵に見えるよ」

「素敵？　嘘ばっかり」

このような散らかりようこそが、正常で健全な生活の証《あかし》だとジミーはつねづね考えている。天井に吊《つ》るしたラックにかけられた濡《ぬ》れたストッキング、シンクのなかの洗濯物。薄暗い中庭の向こうには、同じ建物の翼棟の汚れた煉瓦壁《れんがかべ》と、午後の冷気を遮るために閉めきられた、やはり汚れた窓が見える。どこまでも安全で平和な光景であり、殺人狂がいま自分を殺すために通りをうろついているなんて考えられない。

「本当だよ」

リンダは鼻で笑った。「わたしをからかってるの？　そんなに素敵なら、わたしをベッドに押し倒してたはずよ」

「いまは考えなきゃならないことがいろいろあって……」

「わかってる。冗談よ」リンダは言って、ジミーの頭を撫《な》でた。

コーヒーが抽出され、香ばしい匂《にお》いが部屋を満たしはじめる。

「ぼくもコーヒーをもらおうかな」

「そのほうがいい」リンダは食器棚からきれいなカップをふたつと、冷蔵庫から使いかけのコンデンスミルクの缶を取りだして、テーブルの角砂糖の皿の横に置いた。そこに箱入りのシナモントーストとアルミ箔《はく》に包まれたバターが加わる。「さあ、午後のお茶の時間よ。クソな話はあとまわしにしましょ」

「そういう言い方はしないほうがいい。きみはいつも言葉が強すぎる」

リンダはコーヒーを注ぎながら言った。「いいこと。この程度のことでぶつくさ言っちゃ駄目。わたしは怒ってるのよ。あなたはいきなりここにやってきて、わたしのあられもない姿を見て、お上品でいろって言ってるのよ」

ジミーが面倒な話を持ちだそうとしていることはわかっている。すぐにはそれを聞きたくない。

だが、ジミーは黙っていられなかった。

「例の刑事がぼくを殺そうとしているんだ」

コーヒーカップを唇につける寸前で、手がとまり、目に涙があふれそうになる。

「コーヒーを飲ませて。せめて一口くらいゆっくりと」

ジミーは気分を害した子供のようにさっと立ちあがった。「迷惑をかけて悪かったね。ぼくが馬鹿《ばか》だったよ。きみはぼくを信じてくれていない。誰もぼくを信じてくれない。信じてもらいたかったら殺されるしかない」

リンダはカップを置いた。コーヒーがテーブルに飛び散る。同じように立ちあがると、椅子を倒しながら、テーブルのまわりをまわって、ジミーの腕をつかんだ。その顔は厳しく、怒りのためにこわばっている。

「すわりなさい！」リンダは言い、ジミーにつかみかかって椅子にすわらせようとした。「すわってコーヒーを飲みなさい。いやなら、わたしを叩《たた》きのめせばいい」

「きみが信じてくれないなら、ここにいる必要は――」

「黙りなさい！」リンダはなんとかジミーを椅子にすわらせた。「あなたは本当に馬鹿で、そのうえ赤ん坊でもある。わたしが自分であなたを殺してやりたいくらいよ」

「ぼくはただ事実を話したいだけなんだ。このことを誰かに信じてもらいたいだけなんだ」

リンダはジミーの頭のてっぺんにキスをすると、倒れた椅子を起こしながら元の位置に戻った。

そして、テーブルごしにジミーの目を見据えて言った。「わたしは信じるわ。信じるから話してちょうだい」

ジミーははじめて微笑《ほほえ》んだ。「まずコーヒーを飲んで、気持ちを落ち着かせよう」

飲みおえると、ジミーは話しはじめた。百四十九番通りとブロードウェイの公園で刑事を見たこと。弁護士のハンソンと話したこと。

「でも、どうして？　どうしてあなたを殺そうとしてるの」

「やつがふたりを殺したことをぼくに知られているからだ。ぼくは唯一の証人なんだ。ぼくがなんらかの証拠を見つけだすのを恐れているんだ」

リンダはこくりとうなずいた。「そのふたりを殺した理由がわかればいいんだけど」

「そこが問題なんだ。ルークとファット・サムを殺す理由なんて、想像もつかない。もしかしたら、サイコパスなのかもしれない。つまり殺人マニアってわけだ。それがいちばん怖い。サイコパスなら、ふたりを殺す理由は必要ない」

「どうしてそう言いきれるの？　口論か喧嘩《けんか》をしたのかもしれないわ。なんらかの理由で、ふたりが手をあげたのかもしれない。その刑事は酔っぱらってたって言ったでしょ」

「いや、争ったあとはなかった」

「なにも殴る蹴《け》るの暴力沙汰《ざた》である必要はない。酔っぱらってたので、つい言わずもがなのことを言ってしまったのかもしれない。白人のなかには酔っぱらって黒人に何を言うかわからない者が大勢いる。粗暴で、口汚く、北部に住んでいる黒人にとってはとても我慢できないようなことを平気で――」

「だからといって、ルークやファット・サムが殺されなきゃならないとは思えない」

「どうしてわかるの？　あなたがあのふたりといっしょに働きだしてまだ四カ月ちょ

っとしかたってないのよ。顔をあわせるのは仕事の時間だけで、個人的な付きあいは何もなかったんでしょ。そういったときにひとがどんな反応を示すかは誰にもわからない。あのふたりが酔っぱらった白人の男にからまれるところを見たことがあるの？」

「誓ってもいい。ふたりのどちらも白人の警官に目の色を変えて盾つくような人間じゃない。タイプはちがうけど、どちらもアンクル・トムばりのお人好《ひとよ》しなんだ。ルークは穏やかで、のほほんとしていて――」

「でも、本当に怒ったら、相手の頭を撃ち抜くかもしれない」

「かもしれない。でも、その可能性は低いと思うよ。あの店にあれだけ長く勤めていれば、いまさら白人の酔っぱらいにブチ切れるようなことはない。なにしろ二十年からになるんだ。そのあいだにタチの悪い白人の酔っぱらいに出くわすことは何度もあったはずだ」

「だったら、ファット・サムは？　説教師だったと言ってたわね。でも、説教師だからって、ヤワなひとばかりとはかぎらない。わたしの故郷にも、罪深いと思う者をボコボコにしていた説教師がいたわ。通りのまんなかでぶん殴ったり、意識を失うまで蹴っ飛ばしたりして。病院にかつぎこまれた者も何人か――」

「ああ。でも、ファット・サムはちがう。悪魔と戦う説教師じゃない。チキン相手のインチキ説教師だよ。説教するのはニワトリが太りすぎたときや、ニワトリを絞めるときだけだ。白人の酔っぱらいが何を言おうと、本気で向かっ腹を立てて騒動になることはない。目をまん丸くして、聖書の一節を唱え、それでも相手が引きさがろうとしなかったら、ミンストレル・ショーの芸人みたいにのらりくらりと逃げを打つ」

「いずれにせよ、その刑事が最初に出くわしたのがファット・サムだったのね」

「彼が店内に入ったあと――」

「そう。だから、ふたりのあいだに何があったかあなたは知らないわけよね」

「何かあったかどうかは――」

「とにかく、あなたは知らない。ルークが店内に入ったとき、彼はすでにファット・サムを殺していたのかもしれない。外ではゴミ収集車にゴミを積みこむ作業をしていたけど、あなたには何も聞こえていなかった。そうでしょ」

「そうだ。でも――」

「ルークはファット・サムが死んでいるのを見つけた。だから、彼はルークも殺したんじゃないかしら。あなたは昇降機で地下に降りてたんでしょ。としたら、銃声は聞こえなかったはずよ」

「たしかに。でも、よくよく考えたら、なんてことはない。その拳銃《けんじゅう》にはサイレンサーが付いていたんだ。だから、ぼくが撃たれたときも音がしなかったんだ。そのときはうろたえていたために聞こえなかったんだと思っていたけど――」

「サイレンサー付きの拳銃が使われたってことを警察は知ってるの？」

「もちろん。サイレンサーが付いてるってことも、ぼくを撃った拳銃がルークとファット・サムを撃った拳銃と同じであることも。ただ、きみも聞いていると思うけど、その拳銃は見つかっていないし、登録もされていない。少なくとも、ぼくはそう聞いている」

「彼のような悪徳刑事なら、その種の拳銃を持っていても不思議じゃないわね。でも、それは手がかりにもなんにもならない」

「別の見方もある。ルークは自動車泥棒の手引きをしていたんじゃないかという言いがかりをつけられたらしい。でも、その刑事が地方検事に提出した調書では、別の建物に入って、ぼくが撃たれているのを見つけたときまで、車は盗まれていなかったことになっている。車を盗まれたのは、泥棒の一件を調べているときだと言っているんだ」

「そのことは地方検事に話したほうがいいかもね。あなたが言ったとおり、彼はそれよりまえに店内に入っていたんじゃないかと警察は考えている。あなたたちが車を盗む手引きをしたと言われたってことを警察に話したら——」

「いや、警察はすべて知ってるよ」

「でも、だとしたら、彼に動機があるってことになるわ」

「そういったことはすべて警察に話した。でも、信じてくれなかった。証拠がないと言って」ジミーは一呼吸おき、重苦しい口調で付け加えた。「やつはニューヨークの誇り高い刑事だ。相手は白人の刑事で、ぼくは貧しい黒人の清掃員でしかない」

「でも、あなたにはシュミット&シンドラー社の後ろ盾がある」

「後ろ盾になってくれるのはありがたい。でも、後ろは後ろだ。あまりにも後ろすぎる。すぐ後ろに来たときには、ぼくは死んでいる」

「そんなことはないわ、ハニー」リンダはテーブルごしにジミーの手を握った。「気をつけていれば、誰にも殺されない」

「ひとを殺すことがどんなに簡単なことか知ってるかい。〝マフィアの犯罪組織マーダー・インク〟の話は聞いて知ってたけど、いままで真剣に考えたことはなかった。ひとを殺して逃げのびるにはどうすればいいか知ってるかい。狙いをつけた相手がひとりでいるところをとっつかまえて、撃ち殺すか、心臓を突き刺すか、頭を叩きつぶすかし、あとは何食わぬ顔をして立ち去るだけでいい。あの殺人狂が玄関ホールにひとりでいるぼくを捕まえるのと同じだ。何もむずかしいことはない。殺して、立ち去るだけでいいんだ」

リンダの顔から血の気が失《う》せ、褐色の肌に青みがきざす。

「わたしを怖がらせようとしてるの？」と、怯《おび》えたような小さな声で言う。

「ちがう。ただ殺人がどれほど簡単なことかって言いたかっただけだよ。あの刑事がしなきゃならないのは、ぼくを尾けまわして、ひとりになるのを待つことだけなんだ。階段の下でも、玄関ドアの前でも、ここと百十六番通りのあいだでも、通学時でも、昼でも、夜でも、サイレンサー付きの拳銃の引き金をひくだけでいい。夜、ぼくがヘラルド・スクェアで地下鉄を降りるのを待って――」

「いつも職場までどうやって行ってるの？」

「百四十五番通りで地下鉄のブロードウェイ七番街線に乗って五十九番通りまで行き、そこで六番街線に乗りかえ、三十五番通りのメイシーズ前で降りて、五番街から三十七番通りまで歩く。そのあいだのどこででも、ぼくを撃ち殺せる。その時間にはどの店も閉まっている。誰にも見られずにぼくを撃ち殺せる場所はいくらでもある」

「リバーサイド・ドライブで五番街線のバスに乗れば、店の前まで行けるんじゃない」

「暗い百四十九番通りをリバーサイド・ドライブまで歩いているあいだに撃たれる」

「でも、そのときには彼の犯行だとわかるはずよ」

「そのときにはもう手遅れだ」

リンダの顔は赤茶色になっている。「馬鹿げてるわ」

「動機がわからず、武器も見つからなければ、たとえやつがやったということがはっきりわかっていたとしても、警察は何もできない」

リンダは自分が泣いていたことに気づき、手で頰を拭《ぬぐ》った。「そんな男が野放しになってるなんて信じられないわ」

「ぼくは信じられる。ニュージャージーで十三人を撃ち殺した男もいる。ブルックリンの通りを肉切り包丁を持って歩き、七人を刺し殺した黒人の少年もいる。ブロンクスのこみあったバーで、おれがおごると言った酒が飲めないのかと難癖をつけて、二組の夫婦を撃ち殺した酔っぱらいもいる。それでも、信じられないかい。この街は暴力に満ちあふれている。新聞には不条理な殺人事件の記事が毎日のように載っている。そんな街で殺人事件がひとつ増えたからといって、何がどう変わるわけでもない。殺人犯を全員捕まえたら、この街の刑務所はパンクしてしまう。連中は人殺しをサーカスの演目なみにしか考えていない。水を飲むのと同じくらい無造作に殺す。捕まりさえしなければいいと思っている。この街にひとを殺したくてうずうずしている刑事がいるとは思いたくない。その男がぼくを殺そうとしているなんて思いたくない。でも、そうなんだ。おかしなふうに聞こえるかもしれないけど、自分の言っていることはよくわかっているつもりだ。生きのびるためには、ひとりでいるところを見つからないようにしなきゃならない」

「だったら、どこに行くにもわたしがついていくわ」

「それは無理だよ」

「どうして？　どっちも夜の仕事よ。わたしは十一時までにお店に行けばいい。だから、九時にあなたの職場にいっしょに行けるし、わたしが出勤するまえに百二十五番通りに戻って、そこで食事をとる時間もある。毎朝六時には、あなたを迎えに行くこともできる。三十七番通りのレストランの前で待ってる」

「きみの仕事は四時までだろ。六時までどうやって時間をつぶすんだい」

「お店はそのあとも開いてる。ときには七時か八時まで。ショーは四時に終わるけど、楽団員は四時以降も演奏をしている。わたしがいれば喜ぶわ」

「駄目だ。きみも殺されてほしくない」

「まさかわたしまで殺しはしない。狙《ねら》ってるのはあなたよ。わたしじゃない」

「きみはあの男のことを知らないんだ。まともな人間じゃない。そのときになれば、ぼくと同様にきみも躊躇《ちゅうちょ》なく殺すだろう。犠牲者がひとり増えたって、どうってことはない」

「だいじょうぶ。女には叫び声という武器がある。最初に撃たれるのはあなただから、そうしたらわたしはニューヨーク中に聞こえる声で叫ぶ。あなたはわたしの叫び声を知らないでしょ。あなたが知ってるのはわたしの歌声だけ。わたしは死人も目を覚ますくらいの声で叫べるのよ」

「いや、やっぱりひとりで行く。あとは運にまかせる」

「駄目だってば。わたしもいっしょに行く」

「とにかくいまはいい。ぼくは部屋に戻る。そこなら安全だ」

「待って。いっしょに行くわ」

ジミーは微笑《ほほえ》んだ。「きみが来たら安全じゃなくなる」

リンダは顎《あご》をそらした。「どうして？　わたしがあなたをレイプするとでも？　わたしはそんなに飢えてないわよ」

「いいや。きみは家主のデシルスさんを知らない」

13

ウォーカーはこみあったカウンター席に身体《からだ》を押しこんだ。隣の席には、ダークグレーのコートにダークグリーンの帽子をかぶった大柄な男がすわっている。

「頼みをきいてくれたことに礼を言うよ、ブロック」

「気にすることはないさ」

禿《は》げ頭に皺《しわ》だらけ顔のバーテンダーが、世をはかなんでいるような表情でやってきて、濡れた布巾《ふきん》でカウンターを拭きだした。

「ライウィスキーと水、それにサラミをのせたライ麦パンを」と、ウォーカーは言った。

「わたしは牛タンをのせたライ麦パンを」ブロックは言って、グラスを空けた。「バーボンをもう一杯。ロックで」

八時になり、リンディーズはカクテル・タイムからディナー・タイムに切りかわっていた。ふたりの後ろにはテーブル席がずらりと並んでいる。カーテンが引かれた窓の向こうでは、歩行者が先を争うようにしてせかせかと歩き、車はタイムズ・スクェアに渋滞を引き起こしている。店に来ている客は、ユダヤのコーシャー料理を興味しんしんで食しているコラムニスト、ブロードウェイのたかり屋、ところどころにブルックリンのギャングとその手下、そしてタクシーで五分ほど南へ下ったところにある縫製工場の太鼓腹の重役たちに百ドルで春を売るコールガールが何人か。

「あんたのおかげで署長に目をつけられずにすんだ」

「それは何よりだ。でも、なんのためだったんだ。詮索《せんさく》好きなのはわたしの悪《あ》しき習性でな。自分がやったことの理由を知っておきたい」

「シュミット＆シンドラー軽食堂の一件で例の黒んぼがおれを犯人扱いしてやがるんだ」

「そのようだな」ブロックはにっと歯を見せて笑ったが、表情は変わっていない。

「でも、その件については新聞に出ていたことくらいしか知らないんだ」

「嘘をつくな」

「本当だよ」

バーテンダーがサンドイッチを持ってくると、ブロックはそれを一口で半分食べた。

ウォーカーは酒を一気に飲みほし、カウンターをコツンと叩いておかわりを頼んだ。

バーテンダーは棚に戻したばかりのボトルを取り、面倒くさそうにグラスに注いだ。

ブロックは二口めでサンドイッチを食べおえた。

「まあいい」ウォーカーは言いわけがましく言った。「とにかく、ふたりの黒んぼが死体で発見されたあと、あそこにずっといたと言うわけにはいかなかったんだ。所管の地方検事は今回の一件をどう処理するつもりでいるのか。おれのしわざにするのがいちばん手っとり早い」

「かもしれん」ブロックは言ってバーボンを飲みほした。

ウォーカーはカウンターの向こうの鏡に目をやって、店内の客をチェックした。

「心配ない」ブロックは言った。「だからこの店を選んだんだ。他人の話に聞き耳を立てるような者はいないよ」

「わかってる。でも、ここはおれの受け持ち地区だ。もしかしたらタレコミ屋がいるかもしれないと思ってな」

「そういった連中は、わたしがここに来たのを見て、すぐに店から出ていったはずだ」

ウォーカーはライウィスキーを一気飲みして、またカウンターを叩いた。おかわりが来ると、グラスの底を水晶玉のように覗《のぞ》きこむ。

「ついてなかったんだ。そうとしか言いようがない。娼婦《しょうふ》の家を出たとき、近くにあの店があったんだ。そこに行けば、コーヒーにありつけるかもしれない。そう思って、なかに入ったんだよ」

ブロックは目をそらした。「なにもそんな話を聞きたいわけじゃない。無理に話すことはない」

「だいじょうぶ。べつに隠すつもりはないよ。おれは生まれたての赤ん坊みたいになんの罪もおかしていない」

「わかってる」ブロックはカウンターの後ろに並べられたグラスを見ながら言った。

「あの青二才の検事補がいなかったら、警部補に本当のことを話していたはずだ。どうせわかっちゃもらえなかっただろうけど」

「なるほど。でも、わたしならどうしてわかってもらえると思ったんだ」

「わかってくれないのかい」訴えるような口調だった。目にはあけっぴろげで、悪気を少しも感じさせない。

「どうしても聞かせてくれとは頼んでいない。話を続けたけりゃ続けたらいい」

ウォーカーは息をとめていたかのように静かに大きく空気を吸いこんだ。「女と遊んでいたんだから、ちょっと話しにくいんだが――」まるで大学生がみずからの不徳を告白しているかのような口調だった。

「たしかに話しにくいだろうな」

棘《とげ》のある物言いに、ウォーカーは一瞬むっとしたが、受け流すことにした。「そのときはひどく酔っていて、自分がどこにいるかもわからなかった。車をどこにとめたかも思いだせなかった。それで、うろうろしていたら、黒人の清掃員が働いている店が目にとまったので、コーヒーを飲ませてもらおうと思ってなかに入った」

「なるほど」

ブロックの口調に、ウォーカーはいらだちを覚えつつも、素知らぬ顔でグラスを手に取り、酒を飲みほした。

ブロックは眉《まゆ》をひそめた。「そんなに飲むのなら、もっと食べたほうがいい」

ウォーカーは猛毒を口に含むようにサラミ・サンドイッチを一かじりした。

「ちょっといいかい」ブロックはバーテンダーを呼んだ。「ゲフィルテ・フィッシュとディル・ピクルスを頼む」

「ライ麦パンでいいですか」

「ライ麦の黒パンにしてくれ」そして、グラスをカウンターに置いた。「おかわりを」

「承知しました、ボス」

「わかってるよ。わたしは異教徒だ」ブロックは〝ゲフィルテ〟の発音の悪さを認めて言った。「でも、ゲフィルテ・フィッシュが好きなんだ。文句あるか」

「ありませんよ、ボス」

ブロックは鼻を鳴らした。ウォーカーはなにやら考えこんでいるみたいだった。それからしばらく沈黙が続き、料理がやってくると、ブロックはゲフィルテ・フィッシュを黒パンの上にのせて食べ、ディル・ピクルスをかじった。

「例の清掃員に犯人扱いされたことについては、どんなふうに考えているんだ」と、食べ物を頬張ったまま訊《き》く。

「運が悪かった。そうとしか言いようがない。あの野郎がおれの顔を覚えてやがったんだ」

ブロックはまっすぐ前を見据え、黙って口のなかのものを駱駝《らくだ》のように咀嚼《そしゃく》している。

ウォーカーはその顔をちらっと見たが、そこから読みとれるものは何もなかった。

「やつの恋人とデキてたんだ。ハーレムのビッグ・バス・クラブで歌ってる褐色の肌の娘でね」

「なるほど、そういうことか。でも、彼はきみの名前を知らないと言ってた」

「あの娘がやつにそんな話をするとは思えない。でも、やつはおれのことを知ってた。店で見て、どういうことか悟ったんだろう」

「なるほど。そこまではよくわかった」ブロックは嘘をついた。「問題はそこから先のことだ」

「それで、おれはコーヒーを飲み、店を出た。殺人事件が起きたのはそのあとだ。このまえ話したとおり、清掃員の服を着た黒人から、泥棒がいるので来てくれと言われた。本当だ」

「なるほど。にわかには信じがたいが、本当の話なんだろうな」

「その黒人が犯人だと思う。もう一度会ったらわかる。間違いない」

「わかった。でも、ベイカー警部補に訊かれたとき、きみはそいつがどんな外見の男だったか覚えていないと言った。ちがうか」

ウォーカーは目を泳がせ、ごくりと唾《つば》をのみこんだ。「あのときは、それがたいして重要なことだと思わなかったんだ。それに、聞くほうも聞き流しているみたいだったし」

「ああ。よく覚えていないが、そう言われれば、そうだったかもしれない」

ウォーカーはほっとしたみたいだった。「本当のところ、おれもよく覚えていない。でも、あれからずっと考えていたんだ。なんとか辻褄《つじつま》をあわせようとしたら、それは仲間内で起きた事件で、間違いなく黒人の犯行ってことになる」

ブロックは顔をあげた。眉は吊りあがっている。「サイレンサー付きの拳銃を持った黒人ってことか」

「おかしいかい。連中も最近は新しいものをいろいろ持っている。短銃身のショットガンとか火炎瓶《モロトフ・カクテル》とか。いずれにせよ、犯人はアップタウンの住人にちがいない。もしかしたら、女が絡《から》んでいるかも——」

「それで、サイレンサー付きの拳銃を？」

「そうだな。たしかにサイレンサー付きの拳銃を使うようなことはないかもしれん。黒んぼが間男を撃つときには、銃の発砲音を聞きたがるっていうからな。でも、何か別の理由があったのかもしれん。昨今のハーレムで何が起きるかなんて誰にもわからない。賭博がらみかもしれないし、宗教がらみかもしれない。そこで賭場が開かれていたとしたら、誰かが金を持ち逃げしたのかもしれない」

「あるいは幽霊のしわざかもしれんな」

「いいや。ふたりを撃ち殺したのは幽霊じゃない」

「たしかに」

「おれたちが捜しているのは生きている男だ。そして、むかつくほど利口な男だ。でなきゃ、なんらかの手がかりを残していたはずだ」

　ブロックの目にはなんの表情もない。「ふたりの清掃員を殺したのは、正常な頭の持ち主じゃないのかもしれん」

「そうかもしれない」ウォーカーはその点について何か考えているようだった。「そうでないかもしれない。この事件の背景には思っている以上に大きな何かがあるのかもしれない」

「というと？」

「彼らのうちのひとりがヘロインの密売組織とつながっていたとか。話としたら、なかなか面白いじゃないか。そこでヤクを売人に配ってたってわけだ。密売にかかわっていたのはひとりで、ほかの者は何も知らなかったのかもしれない。あるいは、みんなグルだったのかもしれない」仮説を語るウォーカーの口調は若者のように熱い。

「なにもそんなにむずかしい話じゃない。いずれにせよ、あの黒んぼは誰が撃ったか知っている。間違いなく知っている。賭《か》けてもいい。でも、名前を言うことは怖くてできなかった。名前を言ったら、おのれの命が危なくなるから――」

「彼はきみの名前を言ったよ」

ウォーカーは手を振って否定した。「やつは漏らしそうなくらいビビっていた。だから、最初に目に入った者の名前を出したんだ。それがたまたまおれだったんだ」そして、話がすむと、両手を広げてみせた。

「なるほど。きみは役者になったほうがよかった」

「信じてくれないのかい」本当に驚いているような口調だった。

ブロックの目には訝《いぶか》しげな表情が浮かんでいる。「さっきは女のせいで犯人扱いされたと言ってたじゃないか」

ウォーカーはかっとなった。頬に赤い斑点《はんてん》が浮かび、薄青い目が白く濁る。「まいったな。これは取り調べなのかい」

ブロックは大きな肩をすくめた。「話を聞かせてくれと頼んじゃいないと言ったはずだ」

ウォーカーはまたカウンターを叩き、酒のおかわりが来ると、それを一気に飲みほして、気を静めた。「あんたはおれの大先輩だ。忘れてくれ。ちょっと気分を害しただけなんだ。仕方がないじゃないか。みんなにこんなふうに責めたてられるんだから。実際どうだったか話すから聞いてくれ。あれは単なる偶然だったんだ。娼婦の家から出たとき、さっきも言ったように、清掃員の服を着た黒人に出くわした。それで、呼びとめて、どうかしたのかと訊くと、地下室に泥棒が入ったので警官を探していると言った」

「きみはこう言ったんじゃなかったか。女の家を出ると、コーヒーを飲むために軽食堂に入った。そのとき清掃員は全員生きていた。それはわたしの記憶ちがいってことなのか」

バツの悪そうな顔になる。「さっきはすべてを話したわけじゃない。あの女に二百ドルをくすねとられていたことに気づいたので、それを取りかえしにいったんだ」

「なるほど。でも、きみは彼女の家がどこにあったか覚えていないと言っていたような気がするが」

「わかってくれよ。おれが勤務時間中に女を買い、おまけに金までくすねとられたと連中に言えると思うか。だから、黒人といっしょに泥棒を捜しにいったと言ったんだ。夜の勤務時間に仕事をさぼってなかったというアリバイづくりのために」

「なるほど。よくわかった。きみの車が盗まれたのはそのときなんだな」

「そう、そのときだ。死体が見つかったあと、車をとめてあった三十六番通りに戻るまで気がつかなかった。覚えているかどうか知らないが、警部補にもそう言った」

「偶然が重なったってことか」

「偶然を信じていないのか」

「信じてるよ。殺人事件ではよくあることだ。警察もそこを調べている」

「そこというと？」

「偶然かどうかってことだ」

一瞬、困惑の表情が浮かぶ。「殺人課の刑事が何を調べているのか訊きたかったんだが、それが秘密だというなら——」

「言っただろ。偶然かどうかについてだって。それよりさっきの話だが、今朝きみがわたしにあんなことを頼んだのはなぜなんだい」

ウォーカーは肩をすくめた。「ああ、あのことか。おれは三人目の黒んぼのあとを尾《つ》けてたんだ。ふたりの黒んぼが殺されたとしたら——」

「さっきも言ったように、それは間違いない」

「誰がやったにせよ、そいつはこの三人目の黒んぼを殺そうとするにちがいない。そうしなきゃ、おさまりがつかない。だから、あとを尾けてたんだ。その黒んぼのためというより、おれ自身のために。もし殺人者が姿を現わしたら、その場でひっとらえようと思って。そいつがおれが思っている男だとしたら、顔を見ればすぐにわかる。

そいつをひっとらえることができたら、おれは自分の身の潔白を証明できる」

「ああ。そのことはわれわれも考えた。殺人者が姿を現わして、三人目の清掃員を手にかける可能性はたしかにある」

「でも、殺人課の刑事がやつのあとを尾けているとしたら、もうおれの出番はない」

「知りたいのなら教えてやるよ。われわれはまだそこまでのことはしていない。どうするか目下検討中だ」ブロックは探るような目をウォーカーに向けた。「今朝、彼が帰宅したときもあとを尾けていたのか」

「ああ。おれを見つけて、シュミット&シンドラー社の弁護士に連絡をとったにちがいない。たぶん窓の外を見たときに、おれの姿が目にとまったんだろう。それで、おれは大急ぎでダウンタウンに戻り、あんたを探した。でも、あんたはいなかった。それで、電話したんだ。署長からあんたに連絡が行くと思って」

「考えなきゃならないことが多くて大変だな」

「いったい何が言いたいんだ。おれは困ってるんだ。だから、考えなきゃならないんだ。なのに、あんたは皮肉しか言わない」

「わたしはきみを助けてやりたいんだよ」

「だったら、どうしてそのように振るまわないんだ」

てな」

「振るまってるさ。でも、きみがどうやってその男の部屋の窓を知ったのか気になっ

「あの野郎はおれが殺したと言ってるんだ。おれを殺人犯呼ばわりする者のことはなんでも知ってなきゃならない」

「なるほど。そこにその男の恋人のことも含まれるわけだな。それで、わたしは何をすればいいんだ。さっき電話をかけてきたとき、ほかにも頼みがあると言っていただろ」

「あの朝拾った娼婦を捜してもらいたい。そうすれば、店にはじめて入ったときのアリバイが成立する」

「彼女の住所を知っていると言ったと思っていたが」

「そんなことは言ってない」

ブロックはちょっと考えて、その点に関しては自分の思いちがいだったことを認めた。たしかにそうは言っていなかった。「彼女がアリバイを証明してくれると思うか」

「否《いや》が応《おう》でもそうせざるをえないだろう」

「わかった。それで、わたしは何をすればいいんだ」

「この界隈《かいわい》のポン引きどもにちょっと圧力をかけて、話を聞きだしてもらいたい。女

の住所を知っている者がいるかもしれない。連中はおれが停職中であることを知っている。荒っぽいまねはしたくない」

「停職期間はどれくらいなんだ」

「捜査が終了するまで」

「だったら、永遠にってことになるかもしれんな。殺人事件の捜査は裁判が始まるまで終わらない」

「言われなくてもわかってるよ」

「だったらいい。たぶん力になれると思う。われわれも彼女を探しているんだ」

ウォーカーは鋭く顔をあげて、怪訝《けげん》そうに訊いた。「なんのために？」

「単なる偶然だ。われわれもきみのアリバイを見つけたいと思っている。そのためにきみが知っていることをすべて教えてもらいたい」

ウォーカーは記憶をたどった。「教えられることはいくらもない。カーニバル・バーで最初に酒を飲んだとき以降の記憶がぽっかり抜け落ちているので」

「睡眠薬入りの酒を飲まされたのか？」

「いいや。ライウィスキーからペルノーに変えただけだ」

「くすねとられた金を取り戻しにいったと思ってたが」

「でも、見つからなかった。女はすでに店から出ていっていた」

「なるほど」

「その女は新入りで、タイムズ・スクェアの娼婦にしちゃあんまり擦れた感じはしなかった。小ぎれいな部屋でくつろがせてくれたよ。キャシーって名乗ってた。髪は染めたブロンド、目は茶色。身長は五フィート四インチか五インチ。体重は百二十ポンドか二十五ポンド。年は二十八歳から三十歳ってところ。出っ歯ぎみで、奥歯に銀の詰め物がいくつも入っていた。腹には帝王切開のあとがあった。特徴といえばそれくらいかな」

ブロックは好奇の目で見つめ、乾いた口調で言った。「よく見てたな。死体になって見つかったときには、その情報が大いに役立つだろう」

「おれはいつもそういった事態を想定して女を見ているんだよ」

「なるほど。通りに立つようになるまではどんな暮らしをしてたんだろう」

「けっこうまともな暮らしをしてたんじゃないかな。ニューヨークの生まれじゃない。たぶんロンドンだ。イギリス英語をしゃべってた」

「どんな住まいだった」

「そのことはよく考えるんだが、住まいについてはなんとも言えないんだ。商売女の部屋は頭のなかですぐにごっちゃになってしまう。ひとつずつ切り離して思いだすことはできない」

「ずいぶんいろんなところで遊んでるようだな」

「おれの持ち場がどんなだかはよく知ってるだろ」

「ああ。風俗課の刑事はみなタダでやってるそうだな。それで、彼女を見つけたら、どうすればいいんだ」

「まずおれと話をさせてくれ」

「わたしが見つけたら、そのようにしてやるよ」

「ありがとう、ブロック」ウォーカーはバーテンダーを呼んで、勘定を払った。「ジェニーはどうしてる？」

「ああ、元気にしているよ。ところで、車は見つかったのかい」

「聞いてると思ってたが。昨日見つかった。三十四番通りの連隊武器庫のビルの近くで。盗んだやつがその車を何かの目的のために使い、そのあとそこに乗り捨てたんだろう」

「律儀《りちぎ》な泥棒だな。盗んだ場所のすぐ近くに戻しにくるなんて」

ウォーカーは無頓着《むとんじゃく》に肩をすくめた。

「錠はかかってたのか」

「聞くのを忘れたよ」ウォーカーはそっけなく答えて立ち去りかけた。「ジェニーによろしく言っといてくれ」

「わかった」ブロックは冷ややかな目でウォーカーを見ながら考えた。おまえが義理の弟でなかったら、本当によかったのに。だが、実際にはこう言っただけだった。「気楽にかまえてればいい、マット。でも、偶然には気をつけるんだぞ」嫌悪感《けんおかん》を声に出さないようにするのは容易でなかった。

ウォーカーが立ち去ると、バーテンダーを手招きして言った。「胃薬を持ってないか」

14

ウォーカーが通りに出たのは九時十五分。本当なら、もう少しブロックといっしょにいようと思っていた。せめて十時くらいまでは。だが、ブロックの意味ありげな当てこすりにあれ以上は耐えられなかった。まあいい。気にすることはない。なんの問題もない。ブロックはお人よしの古参刑事だ。さっき自分が話したことを鵜呑《うの》みにするようなことはないにしても、もし裁判で精神障害の申し立てをしなければならなくなったら、いい証人になってくれるだろう。

タイムズ・スクエアはまばゆくライトアップされていて、光のひとつひとつが心地よい刺激を与えてくれる。ここには何千という人間がいる。そして、そのすべてがスリルを求めている。おまえがスリルを求めてるのはわかってるぜ、と歩きながら擦れちがうスカした女どもに心のなかで話しかける。それでいい。それが人生だ。

車は駐車禁止区域の通りの歩道わきにとまっていた。シルバーグレーの大型クーペだ。数年前の夏、ドイツで休暇を過ごしたとき、そこでは大きなアメリカ車が〝ランドクルーザー〟と呼ばれていることを知った。ドイツ野郎がこの車を見たら、やはりそう言って、うらやましがるにちがいない。ふとベイカー警部補が言っていたことを思いだした——〝ヒラの刑事にしてはいい車じゃないか〟。馬鹿野郎。給料で買ったと思っているのか。裏金ってものがあるんだよ。身体を売りたい女と、それを買いたい男がいれば、その筋の者に金を払わなければならない。それは当然のことだ。タダで売春や買春ができると思ったら大間違いだ。

フロントガラスのワイパーの下に交通違反切符がはさまれていた。それを引き抜いて、トレンチコートのポケットに突っこむ。そして、車に乗りこみ、ブロードウェイの北行きの車の流れに割ってはいる。

ブロードウェイをコロンバス・サークルまで進み、セントラルパーク・ウェスト街を通って百十番通りへ入る。そこからコンヴェント街を走り、母校であるニューヨーク市立大学のキャンパス前を通って百四十五番通りへ。そこでふたたびブロードウェイに入ったときには、なんとなく陰鬱《いんうつ》な気分になっていた。百五十番通りでUターンし、例の黒人の清掃員が住んでいる共同住宅の向かい側の歩道わきに車をとめる。

窓を見あげると、カーテンが閉まっていたが、その隙間《すきま》から細長い光が漏れているのがわかった。鳥は逃げていない。

車を降りて、通りの角のイタリア移民が経営しているバーに入る。髪を赤く染めた黒人の娼婦がふたりカウンター席にすわっているだけで、あとはすべて白人の男だ。店の奥に行って、電話帳をめくり、リンダ・ルー・コリンズの住所から電話番号を見つけると、コイン投入口に十セント玉を入れて、ダイヤルをまわす。

「もしもし……ジミー？」女の低い声には哀れに思うくらい不安げな響きがある。

ウォーカーは何も言わずに受話器を置いた。

外に出たとき、学生時代とは近辺のありさまがすっかり変わっていることに気づいた。黒人がどっと流れこんできて、まわりはなんとなくざわついている。通りの向こう側はすでにハーレム状態だ。通りの手前側からハドソン川まではいまのところ白人居住地区になっているが、有色人種が通りを横ぎってやってくるのは時間の問題だろう。

陰鬱な気分は強くなるばかりだった。貧しい黒人はまもなく川べりの舟で暮らすようになるはずだ。

ブロードウェイをゆっくり南へ向かう。百四十五番通りの南側は、プエルトリコ人が押し寄せてきて、それまでそこに住んでいたドイツ人やフランス人を追いだしつつある。まるでマンハッタン島に黒い雲がかかりつつあるようだ。でも、それは自分の問題ではない。そんなことは都市計画局のモーゼス長官とその部下にまかせておけばいい。

百二十五番通りで赤信号に引っかかった。右側には、フェリーボートが埠頭《ふとう》を離れ、ハドソン川をニュージャージーに向かっていくのが見える。左側には、ハーレムが島を横切ってトライボロー橋まで広がっている。黒人たちは貧しい。生きていくのは大変だ。死んだほうがましだってことを悟ったほうがいい。ヒトラーの考えは正しい。

信号が変わったので、考えるのをやめて、百二十九番通りで地上に出る地下鉄の鉄柱ぞいに南下する。

やつらは死んでいない、それが現実だ。

とつぜんの衝動に駆られ、百二十一番通りでブロードウェイを西に折れ、インターナショナル・ハウス前を通りすぎて坂道をあがる。くねくね曲がるリバーサイド・ドライブに入り、ギリシア語の名前を持つコロンビア大学の友愛会館の前を通り、少し行くと、石造りの古い豪壮な屋敷のあいだにモダンな集合住宅が点在する地区に出た。

これまで経験したことのないような悲しい気持ちになる。

だが、七十七番通りにあるヨットクラブの係留地の脇《わき》を通り過ぎると、悲しみは薄れはじめ、七十二番通りからブロードウェイに戻ったときには、すっかり消えていた。ポン引きや娼婦、たかり屋や競馬狂、役者くずれの男女、安っぽいホテルと安っぽい人間。タイムズ・スクエアの小型版。ここに来ると、お山の大将気分になる。

意志と自信が戻ってくる。

そのままブロードウェイをマディソン・スクエアまで南下し、二十三番通りで東に折れて一番街へ。そこからふたたび南下し、ピーター・クーパー・ヴィレッジの眺めのいい通りに入る。この地区によくある赤煉瓦《あかれんが》の集合住宅の前に車をとめて、なかに入る。

運が悪かったとしか言いようがない。そう思うと、自分を哀れまずにはいられなくなる。衝動的に引き金をひいてファット・サムを殺さなければ、今回の騒動はお笑いぐさですんだはずだ。それがいまや二重殺人になり、しかもそれだけではすみそうもない。

大きく静かなエレベーターで三階まであがり、ぴかぴかのパイン材のドアの錠をあけ、その奥の小部屋を抜けて、広々とした小ぎれいな居間に入る。外に面している壁には大きな一枚ガラスがはまり、鮮やかな黄色のカーテンが引かれている。磨きぬかれたパイン材の床には、手織りの絨毯《じゅうたん》が敷かれている。メープル材の家具はすべてオーダーメイドだ。

女がソファに寝そべり、造りつけのカラーテレビを見ている。その両側にはフランス語とドイツ語の本が並ぶモダンな本棚がしつらえられている。女の格好は男性用の紫色のシルクのガウンに、シャンパングラスのステムのようなヒールの赤いパンプス。羊皮紙のシェードがついた読書用ランプの柔らかい光が、女の肌に磨かれた象牙《ぞうげ》のような鈍い輝きを与えている。肩には長い黒髪がかかっていて、レースのスカーフのひだのように見える。

「どうかしたの？　むずかしい顔をして」ヨーロッパ風のアクセントで教科書にでてくるような英語だ。目には喜びの表情があるが、あえて動こうとはしない。

「ずいぶんしどけない格好だな、エヴァ」ウォーカーの目には欲望がむきだしになっている。

「かもね。でも、あなたはわたしの質問にまだ答えてくれていない」

「気が滅入《めい》って、げんなりしているんだ。ベッドに行こう」

「あらあら」グリーンの目は優しく笑っている。気だるげにゆっくり身体を起こす。

「あなたはわたしが生まれ育ったユーゴスラビアの男に似てるわ。いつだって悲しげで、情熱的で。でも、見かけは似ていない。ゲルマンっぽくて、ひどく気むずかしそうで。ワーグナーのオペラの登場人物みたい」

このたとえが気に食わなかったらしい。「おまえはしゃべりすぎだ」と、ウォーカーは語気鋭く言って、女の手をつかみ、乱暴に立ちあがらせた。「服を脱げ」

「あなたは荒っぽすぎる」

「知ったことか」そして、寝室に女を引っぱりこむ。「余計なことを言うな。おまえは娼婦のようにしてりゃいいんだ」

ウォーカーは乱暴に服を脱ぎ、床の上に放り投げた。女が気押されたように急いで服を脱ぐと、毛布の下に横になるやいなや、その身体をまさぐりはじめた。まるで腹の虫がおさまらないといったように猛《たけ》りたち、もつれあっているあいだ、ずっと歯を食いしばり、卑猥《ひわい》な言葉を口走っていた。まるで首を絞めて殺してしまうのではないかと思うほどの獰猛《どうもう》さだった。

その獰猛さに女は恐怖を覚えたようで、息をするのもやっとという感じだった。そのあと、ふたりは疲れはて、あえぎながら、しばらくのあいだベッドに横たわっていた。そこには情愛も親密さもない。

「愛しあうとき、あなたはわたしを憎んでいるように見える。どうしてなの」

ウォーカーは答えず、目を閉じ、女に背中を向けた。

「あなたは毎回わたしをレイプしている。わたしを殺そうとしているんじゃないかといつも思う」

見ると、ウォーカーは眠っていた。そっぽを向いた瞬間に、眠りに落ちたのだ。

女はため息をついて、起きあがり、寝室に隣接する広いバスルームに入った。浴槽に湯をはり、そこに身を横たえる。あいつとは別れたほうがいい。あきらかにどこかおかしい。まともな人間じゃない。

ウォーカーは十五分ほど眠って、とつぜん目を覚ました。気分はすっきりし、頭は冴《さ》えている。バスルームで湯がはじける音が聞こえた。自分もシャワーを浴びるため、裸のままベッドから出てバスルームに向かう。このときは上機嫌で、愉快で、感じがよく、茶目っけたっぷりでさえあった。

「髪を濡《ぬ》らさないようにしたほうがいい。キスするときおかしな感じがするから」

女は髪を頭のてっぺんで丸く結んだが、毛先はすでに濡れていた。

「あなたっておかしなひとね」

「どこが?」本当に驚いたような口調だった。

「どこか変わってる」

「そうなのか。でも、おれが好きなんだろ」

「ときどき」

ウォーカーは笑って、浴槽のあるところとガラスで仕切られたシャワールームに入った。湯を浴び、それから冷たい水を浴びる。そこから出たとき、肌の色はピンクになり、鳥肌が立っていた。女のほうは大きなバスタオルで身体を拭《ふ》いている。

「アメリカにビデはないの？　どの家にもついてないの？」

ウォーカーは笑いながら言った。「さあね。見たことはない」

「だったら、女性はどうするの」

「バスタブにつかるんじゃないか」

「毎回？」

「そんなにしょっちゅうってことはないだろ」

「でも、時間があんまりないときとか、男の部屋にいるときとかは？」

「避妊具を着けたらいい」

「そんなことは訊いてないわ。どうやって身体をきれいにするのかって訊いてるのよ」

ウォーカーは大笑いし、女もそれにつられて笑いはじめた。だがそのあと、ウォーカーが官給のリボルバーをおさめたホルスターを肩にかけるのを見て、真顔に戻った。

やはり怖い。

「拳銃《けんじゅう》を持つことは許されてないんでしょ。まずいんじゃないの」

「誰に聞いたんだ」ウォーカーは服を着ながらぶっきらぼうに言った。

「あなたはバッジも持っていない。自分でそう言ってたし、新聞にも書いてあった。停職処分をくらったって」

「復職したんだ」と、さらりと言ってのけ、ズボンのポケットに手を入れて、偽《にせ》のバッジを取りだす。「ほら、バッジもある」

女は訝しげな目でそれを見つめた。この男の言うことはかならずしも信じられない。どこまで本気なのかもわからない。いまの奇妙な陽気さも気持ちが悪い。自分はあきらかにこの男を恐れている。ぞっとする。

ウォーカーはトレンチコートを着ながら言った。「預けていたものを持ってきてくれ」

「いまからでいいの？　証拠品だと言ってたでしょ。もっとまえに必要だったんじゃないの」

ウォーカーは身をこわばらせ、思案顔で女を見つめた。薄青い瞳《ひとみ》はくすみ、高い頰骨の上には赤い斑点が浮きでている。「早くしろ。おれは夜の勤務だってことを忘れたのか」

「そうだったわね」女はそれ以上は何も言わず、隣の小さな化粧室に入った。

ウォーカーは居間に行って、所在なげに官給のリボルバーを抜く練習をしながら待った。だが、なかなか戻ってこない。それで、寝室のドアをそっとあけ、するりとなかに入った。

女は寝乱れたベッドの横に立っていた。浴槽につかったあとに着たガウン姿で、背中を丸め、首を少しかしげている。背後に気配を感じて、びくっとし、はじかれたようにに振り向いた。顔面は蒼白《そうはく》になり、大きく見開かれたグリーンの目にはまごうことのない恐怖の色が宿っている。頭のてっぺんから足の先までぶるぶると震えはじめる。

預けていたものは包装を解かれて、ベッドの上に置かれていた。三二口径のサイレンサー付きリボルバー。青いスティールが枕《まくら》もとのランプのほのかな明かりを鈍く反射させている。

ウォーカーは悲しそうに微笑《ほほえ》んだ。「見たんだな。ロトの妻のように」

女は奥の壁のほうにゆっくりと後ずさりしはじめる。

そして、小さな涙声で言う。「信じられない。あの人たちを殺したのはあなただったのね。この拳銃で撃ち殺したのね」

「見るべきじゃなかった」ウォーカーは言って、前に進みはじめた。女は逃げようとしたが、そこは部屋の角《すみ》で動くことはできない。悲鳴をあげようとして口を開いたが、唇がぴくぴく動いただけで声は出てこない。

「おまえは見てしまった。残念だ」

ウォーカーはゆっくりと左手をあげて、女のガウンの襟をつかんだ。女は抵抗しなかった。腕をあげる力もなかった。蛇に睨《にら》まれた鳥のように動くことができない。男の歪《ゆが》んだ邪悪な顔を見て、身体に力が入らなくなってしまっている。

ウォーカーは右手で女をひっぱたきはじめた。左の頬をてのひらで、右の頬を手の甲で。絶え間なく。まるで夢のなかの出来事のように、なんの関心もなさそうに。女のひきつった顔はスタンド付きのパンチングバッグのように左右に揺れている。目はあけたままだった。恐怖のあまり閉じることができない。徐々に感覚がなくなっていく。頭には途切れることなく轟音《ごうおん》が響き、顔の感覚は麻痺《まひ》している。平衡感覚がなくなり、部屋が揺れはじめる。それでもガウンの襟を持たれているので倒れることはできない。ウォーカーは自分が何をしているのか忘れたかのようにひっぱたきつづけている。

やっとのことで小さな声を出すことができた。「わたしを……わたしを殺すつもり？」

その言葉で、ウォーカーは我にかえった。ふいに手を放して後ろにさがる。「そんなつもりはない」

女は絨毯の上に崩れ落ちたが、目はウォーカーから離さなかった。視界のなかで、長身の男の姿が揺れ、身体《からだ》の下の床がうねっている。でも、そんなことはもう気にならない。

かぼそい声で言う。「あなたはわたしを殺そうとしている。あなたがあの人たちを殺したと言われると困るから」

ウォーカーは目を尖《とが》らせた。「そんなことをしたら、おまえがコミュニストのスパイだと言ってやる」

女は笑おうとしたが、笑えなかった。「警察はわたしがスパイでないことを知っているわ。何度も調べられたから。でも、あなたは殺人犯よ。わたしは黙っていない」

「だったら、おれはおまえの同胞にこう言ってやる。おまえはアメリカのスパイだってな。おまえは七か国語を話し、おれといっしょにいるところを多くの者に見られている。おれがおまえはアメリカのスパイだと言えば、やつらは信じる。おまえがアメリカのスパイだと信じさせるほうが、おれがふたりの黒んぼを殺したと信じさせるよりずっと簡単だ。ひとは信じたいことを信じるものだ。おまえはおれを信じたいか」

女は泣きだした。嗚咽《おえつ》にあわせて、床にうつぶせた身体が波打っている。「わたしを殺して。お願いだから、わたしを殺してちょうだい。そうすれば、あなたは安全よ。だから、わたしをスパイ呼ばわりするのはやめて。わたしのせいで多くのひとに迷惑がかかる」

「だろうな」

「お願い……誰にも言わないから。あなたの言うことはなんでも聞く。わたしは強い女じゃない。わたしをスパイ呼ばわりしないで。あなたのことは誰にも言わないから」

「そんなことはしないと最初からわかってたよ」ウォーカーは素っ気なく言い、腕時計に目をやった。

十二時。

ベッドからサイレンサー付きの拳銃を取り、銃弾が入っていることを確認すると、トレンチコートのポケットに無造作に突っこんだ。口もとには悲しげな笑みが浮かんでいる。

「見るべきじゃなかった」

女はすすり泣いているだけで、返事はない。

「あとでまた来る」

やはり返事はない。

居間と玄関ホールを抜けて、外に出ると、ウォーカーは廊下をエレベーターのほうに向かった。目の焦点がわずかにあっていないだけで、肉体的におかしなところは何もない。気持ちは高ぶっている。これから三人目の黒んぼを殺す。そうしたら、自分は罪を免れる。かりに精神障害を主張しなければならなくなったとしても、そのときは彼女が弁護側のもうひとりの証人になってくれるはずだ。だが、何よりの安心材料は、よほどのことがないかぎり、自分がこれからやろうとしていることの証拠はどこにも残らないということだ。疑惑は持たれるかもしれないが、誰もそれを証明することはできない。そして自分は何ごともなかったように警察に復帰する。有罪が証明できなければ、解雇されることはない。

15

ビッグ・バス・クラブはハーレムの心臓部である百二十五番通りの八番街寄りにあった。正面のタイル張りの壁にはめこまれたコントラバスの模型が看板がわりだ。正面のドアの横にしつらえられたガラスのショーケースには、出演者の魅力たっぷりのポートレートが掲げられている。リンダ・ルー・コリンズの写真は経営者の誠意を疑いたくなるくらいにパール・ベイリーに似せて撮られている。

入ったところには、誰でも利用できるラウンジがあり、片側にはカウンターがコントラバスの側面のような曲線を描き、その反対側の壁ぞいにはテーブル席が並んでいる。壁のいたるところにブルースのヒット曲が八小節ずつ描かれている。

通路の奥のカーテンの向こうは有料のナイトクラブで、入場料を払った者しか入れない。そこはハーレムに暮らす者たちのための極上の遊び場であり、文字どおり別世界だ。

官能と獣の世界。濃密な刺激臭と香水の匂《にお》い。男はみな女を連れている。みな飼いならされているように見えるが、決してヤワではない。みなナイフを持ち、喧嘩《けんか》で負った傷がある。女は巨大な乳房をこれ見よがしに揺らし、繁殖小屋の臭《にお》いをぷんぷんさせている。何度組み敷かれても、決して満足することはない。普段は囲いのなかに入れられた雌牛のようにお行儀よくしている。だが、紫煙とウィスキーの香りが充満したフロアは、つねに暴力の気配をはらんでいる。

客はポン引き、博打《ばくち》うち、たかり屋、売春宿のマダム、そして娼婦《しょうふ》。ミドルクラスの黒人でなければ、ここで遊べるのはそういった者たちしかいない。普通の労働者には高嶺《たかね》の花だ。ミドルクラスのビジネスマン、医師、弁護士、歯科医、葬儀屋なども、スラム見学をかねてやってくる。ステージはご機嫌だし、まわりには黒人しかいない。居心地が悪いわけはない。

客は席にすわって酒を飲み、音楽を聴き、腹が減ったらフライドチキンを食べ、ショーを楽しむ。ダンス・フロアはない。どうしても踊りたかったら、サヴォイ・ボールルームへ行けと支配人に言われる。

他人の連れにちょっかいを出す者はいない。ここはパートナーを交換したり、過去の情人と視線や脚を絡ませたりするような場所ではない。誰もがお行儀よく、分をわきまえている。だが、それでもなおこの場所を支配しているのはセックスだ。

ウォーカーが入口のカーテンを開いて入ってきたときには、リンダ・ルーが歌っていた。〝こっちに来て、わたしの憂鬱なベイビー、泣かないで、わたしに寄りかかって……〟

淡いブルーのスポットライトを浴びて立っている。その横には小型の白いグランドピアノがあり、縮れ毛を薬品でのばした褐色の肌の細身の男が雨だれのような優しい調べを奏《かな》でている。

リンダの声はソプラノとコントラアルトのあいだで、黒人女性特有の憂《うれ》いを帯びている。低音部はハスキーで、高音部は物悲しげだ。息づかいは色っぽく、どことなくせつない。

半透明のイブニングドレスは緋色《ひいろ》だが、淡いブルーのスポットライトのせいで紫色に染まっている。広い肩に、豊満な身体。強く抱きしめられているように揺れている。

その歌声の先には、いちばん前の席に陣どっているジミーがいる。同じテーブルには、ずんぐりむっくりの身体に焦《こ》げ茶色の肌のナンバー賭博《とばく》の胴元と、派手な身なりの〝ショーガール〟がいる。どちらもジミーとは一面識もない。

リンダは入口近くにいる白人の男にちらっと目をやった。はっきりとは見えないが、ステージには興味がなさそうだ。白人の客がここに来ること自体はそんなにめずらしくない。ミュージシャンやたかり屋とかもいれば、ただ単に刺激を求めにやってくる者もいる。通常なら見咎《みとが》められることはない。

大柄で筋骨たくましい警官あがりの黒人の支配人が、カーテンの前にいるウォーカーに近づいていった。パートナーを連れていない一見《いちげん》の白人はさすがに歓迎されない。

「女の子をお探しなら、ここで見つかるのはトラブルだけです。ブラドック・ホテルかアポロ・シアターのバーに行ったほうがよろしいかと」

ウォーカーはにやりと笑って、バッジを見せた。「ここは自由の国のはずだ」

支配人は刑事の顔をまじまじと見つめた。

「誰かをお探しですか」

「ショーが見たいだけだ、相棒。ここにお尋ね者がいるのか」

「まさか。では、お楽しみください。ただひとつだけ言っておきます。わたしのことを相棒と呼ぶのはおやめください」

ウォーカーは支配人の脇をすり抜けて、フロア全体を見渡せるところに立った。クロークから若い女が声をかける。「お帽子とコートをお預かりしましょうか」

ウォーカーは振り向いた。瘠《や》せた褐色の肩をむきだしにして、口紅を塗りたくっている。それがセクシーで、男好きがすると思いこんでいるにちがいない。客の反応は見越しているといった明るい目をしている。だが、返事はなく、相手がそっぽを向いてしまったので、目の明るさはすぐに消えた。

ウォーカーはジミーを見つけると、帽子とトレンチコート姿のままフロアの後ろに戻った。

そのとき、支配人は用心棒を呼び寄せていた。支配人よりさらに大きなガタイゆえに重宝されている黒人の男だ。

「あの男を見張っていろ」と、支配人は命じた。

「デカですか」

「ああ、市警の刑事だ。なんとなく悲しげな目をしていた。悲しげな目をしたおまわりは信用できない。何かなきゃ、おまわりがあんな目をすることはない」

「たしかに」

ふたりがひそひそ話をしているのに気づいて、ウォーカーはほくそ笑んだ。どんな話をしているのかはおおよそ察しがつく。フロアの後ろの壁にそって歩き、ほとんど照明が当たらないところへ行く。そこで壁にもたれかかり、トレンチコートのポケットに両手を突っこんで、片方の手でサイレンサー付きのリボルバーを指先で軽く叩《たた》く。

近くのテーブル席の客がちらっと顔を動かしただけで、興味を示す者はいない。

リンダは一部始終を見ていた。支配人が白人の男に声をかけているのも見たし、用心棒と何やら話しあっているのも見た。それで、その白人の男の動きを視界の端で追っていたのだ。ステージが終わると、まばらな拍手が起きた。だが、それは客に受けなかったということではない。この店で拍手は重要なものとは考えられていない。

休憩時間になったので、リンダはジミーの隣の席にすわった。ステージでは、ジャイブ・フィンガーズがノリのいい曲を歌っている。

ナンバー賭博の胴元が、同席する四人分のシャンパンを注文し、ずけずけと話しかけてきた。

「あんたの声にはしびれたよ、ミス・リンダ・ルー」

「いまも演奏中よ。聞いてあげて」リンダは突き放すような冷ややかな声で言った。

「ご機嫌なバンドよ」

「そいつは失礼。深い意味はないんだ」

それが謝罪なのか非難なのかはわからない。ジミーは何か言いかけたが、リンダは唇に人さし指を当て、それから身体を寄せて耳もとでささやいた。「おかしな白人の男が後ろの壁ぎわに立ってるの。ずっとこっちを見てる。少し間をおいてから振りかえってみて。もしかしたら、知ってるひとかもしれない」

胃が縮みあがる。喉《のど》に魚の骨が引っかかったみたいに声が出てこない。振りかえらなくても、その男が誰かはわかる。それでも無意識に首をまわしかけると、リンダに制された。「いまは駄目。こっちを見てるから」

「かまうことはないさ」ジミーは小さな、だが強い口調の声で言った。

リンダは直感を優先し、ジミーの腕をつかんだ。「駄目だってば。あなたが見たってことをあいつに知られちゃまずいでしょ」

「やれやれ」ジミーはしぶしぶ従った。

ナンバー賭博の胴元はふたりの会話に耳をそばだてていたが、それに気づいたリンダに睨みつけられ、あわててバンドのほうを向いた。

このとき、給仕がウォーカーに近づいて、着席するように促した。「お客さま、店の決まりでここに立つのはご遠慮いただいておりまして……」

ウォーカーが給仕のほうを向くのを見て、リンダは言った。「いまよ！」

ジミーはパニックに襲われそうになりながら暗がりに目をこらした。リンダに言われるままに動くのは癪《しゃく》だし、臆病者《おくびょうもの》と思われたくもなかった。だが、ウォーカーの横顔を見た次の瞬間には、目をそらしていた。絶望的な気分になり、なぜか緊張が解けた。

運命には逆らえないという思いのうちに、声を落とすのも忘れて言う。「あの男だ」ナンバー賭博の胴元はふたりの会話をまた盗み聞きしていて、そのなかで語られている人物を見るためにフロアの後ろに目をこらした。ジミーもリンダもそれに気づいていない。ジミーは肩を落として、下を向いている。ウォーカーが姿を現わすたびに、不安は募るばかりで、いまはもう諦《あきら》めの境地に近い。

抑揚のない声で繰りかえす。「あの男だ。間違いない。あのサイコ野郎だ」

リンダがこわばった声で言う。「わたしの言うとおりにして、ジミー」

「どういうことだい」

「あの男にまったく気がついていないふりをして立ちあがって、わたしにお別れのキスをする。そして、クロークで帽子とコートを受けとったら、ラウンジのカウンター席にすわって待っていて。そこなら安全だから心配ない。あの男があなたを追いかけるかどうかたしかめたいの」

ジミーはひとしきりリンダを見つめていた。「やっぱりぼくの言うことを信じてくれてないってことだな」

「ちがうってば。言い争いをしている場合じゃないでしょ。いい考えがあるの」

「わかったよ」ジミーは立ちあがり、腰をかがめてキスをした。「本当にいい考えだったらいいんだけど」そして、歩き去った。

そのとき、ナンバー賭博の胴元はウォーカーを見つけていた。リンダのほうを向いて言う。「余計なおせっかいかもしれんが、ミス・リンダ・ルー、後ろにいる白人があんたとあんたの友人を悩ませてるんなら、一肌脱いでやってもいいぜ」

リンダはジミーがクロークで帽子とコートを受けとるのを見ながら、頭のなかでいくつかの可能性について思案をめぐらせ、そして決めた。あの男に直談《じか》判して、この場で決着をつけてやろう。

「わたしのことを気にしてくれるのなら」と、胴元に向って言う。「しばらく席をはずしていてもらえないかしら」

胴元はすぐに立ちあがった。「いいとも。近くで待機しているよ」

「わたしはどこにすわってたらいいの？」連れのショーガールがむっとした顔で言った。

「自分の親指の上にすわってな」胴元は自分のジョークに自分で笑った。

ショーガールは目を尖らせながらも、立ちあがって男のあとについていった。「自分で思ってるほど面白いジョークじゃないよ」

次の瞬間、リンダは胴元たちのことをすっかり忘れていた。後ろを振りかえると、ウォーカーはステージが気にいらないふりをして、ゆっくり出口に向かっている。リンダはあたりを見まわして支配人を見つけると、目で合図を送った。支配人がテーブルにやってくる。

「いま出てった白人の男は誰かしら」

「デカだよ。いやなことでもあったのかい」

「わたしじゃなくて、わたしのボーイフレンドが追いかけまわされてるの。その男と話をしたいんだけど」

支配人はまわりを見まわした。ウォーカーの姿はない。「帰ったみたいだよ」

「いいえ、帰ってない。ラウンジにいるはず。ジミーが帰ったと思って出ていったけど、ジミーはまだラウンジにいる。ジミーにラウンジのカウンター席にすわっているようにと言ってあるから」

「わかった。だったら、連れてきてやる。でも、手に負えないようなら、迷わずわたしに知らせてくれ」

リンダは特別な友人のためにとってある笑みを浮かべた。「ありがとう、支配人」

カウンター席にすわっているジミーを見つけて、ウォーカーは一瞬戸惑った。カウンター席もテーブル席も満員で、通路のまんなかに立っていると、その脇を黒人たちがしきりに行ったり来たりしている。

支配人が奥から出てきて言った。「ご婦人があなたとお話しになりたいそうです」ウォーカーは酔っぱらったような気分になりはじめた。「ご婦人っていうと？」

「リンダ・ルー。さっき歌っていた女性です」

ジミーにも支配人の声が聞こえていたので、振りかえるのを我慢するのはありったけの意志の力を動員しなければならなかった。ウォーカーはジミーに一瞥《いちべつ》をくれ、それから即座に判断をくだした。

「わかった」

支配人のあとについてナイトクラブに戻り、リンダのテーブルに向かう。

「ここにかけて」と、リンダは命令口調で言った。

ウォーカーはすわって、リンダに人当たりのよさそうな視線を向けた。支配人はまだその近くをうろついている。ジャイブ・フィンガーズがオリジナル・ナンバーの〈ジョーを責めないで〉を歌いだすと、客が全員で足を踏み鳴らしはじめた。

さしあたって問題はなさそうだったので、支配人はその場から離れた。

「帽子を脱いで」リンダはやはり命令口調で言った。

ウォーカーはむっとしつつも黙って帽子を脱いだ。乱れたブロンドの髪のせいで、気どらない若者のように見える。

リンダの目には好奇心と嫌悪感がないまぜになっている。

怒りと緊張をはらんだ声で言う。「これ以上ジミーに付きまとうのはやめてちょうだい。たとえジミーが言っているとおりで、あなたが実際にそういったことをしたとしても、言い逃れるのはそんなにむずかしくないはずよ。だから、いい加減にしてほしいの」

「どういうことかさっぱりわからないね」

「しらばっくれないで。あなたはジミーのあとを追いかけまわしている。ジミーはあなたに殺されると思ってる」

「そんなに興奮するな」

リンダはかっとなって声を荒らげた。「わたしを脅すのもやめたほうがいいわ。わたしは守られてるのよ。まわりを見てごらんなさい。わたしやジミーを傷つけようとしたら、あなたは間違いなく殺される。ここにいる人たちは、あなたが誰であろうと何も気にしていない。わたしが助けてとひとこと言うだけで、あなたは喉を掻《か》き切られ、どこかの汚い溝《どぶ》のなかに捨てられる」息は荒く、目には挑むような光が宿っている。「わたしの言うことを信じられる？」

「信じられるよ」ウォーカーは悲しげに言った。「それが問題なんだ。誰が誰の話を信じるのか」

「だったら、わかるでしょ。ジミーを付けまわすのはやめなさい。ジミーを傷つけたりしたら――さっきなんて言ったの？」

「問題は誰が誰の話を信じるかだ、と言ったんだよ。きみはジミーの話を信じている。ジミーはおれに付け狙《ねら》われているときみに言った。それで、きみはその言葉を信じた。ジミーはきみのボーイフレンドだ。当然だろう。ボーイフレンドの言うことを信じない者はいない。でも、ジミーが嘘《うそ》をついている可能性は本当にないのか」

「嘘なんかついてないわ」

ウォーカーは答えずにリンダを見つめた。沈黙をジャイブ・フィンガーズの歌声が埋める。〝ひとりすわって書いてる手紙。それがきみからの手紙だと自分に信じこませながら……〟

「聞いたかい？　大事なのは信じるかどうかだ」

「馬鹿馬鹿《ばかばか》しい。ふたりの清掃員は自分たちが殺されたとみんなに信じさせようとしているだけだと言うつもり？」

「きみが気にしてるのは、誰がジミーを撃ったかってことだろ」

リンダは答えなかった。

「撃ったのはこのハーレムにいる誰かだよ」

思ってもみなかったことだが、リンダは同胞への身びいきから受けいれるのを拒否した。「信じられないわ」

ウォーカーは動揺を感じとり、さらに揺さぶりをかけた。「客観的に考えてごらんよ。ジミーが撃たれたあと意識を取り戻したときに、最初に目にしたのがおれだ。それで開口一番おれに撃たれたと言った。このおれに。でも、そのとき、おれは通りから建物に入ったばかりだった。用務員がドアの鍵《かぎ》をあけて、なかに入れてくれたんだ。そのとき、そこには掃除婦もいたし、そのあと建物の管理人もやってきた。それで、その建物の地下の一室に連れていかれた。その部屋に見知らぬ男が横たわり、血の海ができていた。そのときは気を失っていたが、意識を取り戻して目をあけたとたん、おれに撃たれたと言った。あれだけ大量の血を流していたんだ。目がちゃんと見えていたのかどうかも疑わしい。でも、きみはジミーの話を信じた。それって、道理にかなってると思うかい」

「そのまえにあなたはジミーを撃った。ジミーがそう言ってたわ」

「それは無理というものだ。ジミーが撃たれたとき、おれは女といっしょにいたんだ。そのことは警察も知っている。その女の証言も得られるはずだ。証人はほかにもいる。もしジミーの言ったことが本当なら、おれがいま野放しにされていると思うかい。警察はそこまで無能だと思うかい」

リンダの目に疑念がよぎる。「それなら、どうしてあなたはジミーのあとを追いかけまわすの」

「彼が誰かに命を狙われているかもしれないから」ウォーカーは神妙な顔で答えた。

リンダが困惑のていで顔をしかめたとき、支配人がやってきて、もうすぐ出番だと告げた。

「戻るまで待っていてちょうだい」と、リンダはウォーカーに言った。

支配人は楽屋までついていった。「面倒なことになってないか」

「さあ、わからない」

リンダはお気にいりの古い曲を歌いはじめた。〝愛がなくても、仕方がないから……〟

ラウンジにあるスピーカーからリンダの歌声が流れてきたので、ジミーはナイトクラブに戻った。だが、見ると、リンダのテーブル席にはウォーカーがひとりですわっている。それで、全身がしびれたようになり、クロークの前でつと立ちどまった。何がどうなっているのかさっぱりわからない。リンダはウォーカーになんの用があったのか。ウォーカーはリンダに何を言ったのか。脚ががくがくと震えているのがわかる。鼻にかかる歌声を聞き、小刻みに揺れる身体を見ることはできるが、目を合わせることはできない。リンダはフロアごしにジミーを見つめて、愛していると目で伝えようとした。だが、思いは届かなかった。ジミーはぷいと顔をそむけた。歌声に悲しみが滲《にじ》む。

クローク係の娘はジミーがふられたと思ったらしく哀れむような視線を向け、次の瞬間には、ウォーカーの骨ばった横顔を愛《いとお》しげな目で見つめていた。これが人生というものだ。

客席から〈ベッドのなかの悲しみ〉のリクエストがかかり、リンダはそれに応《こた》えた。出番を終えたときにも、ジミーのほうを向いたが、やはり目を合わせることはできず、ウォーカーの待つテーブルにゆっくりと向かった。

ジミーは後ろを向いて、ラウンジへ戻った。そこに支配人がやってきて、肩をぽんと叩いた。「しっかりしろ。リンダはあそこであんたのために骨折ってくれているんだぞ」

ジミーは決まりの悪さを感じた。リンダのせいで、個人の問題だったものがいつのまにか黒人コミュニティの問題になりつつある。

ナイトクラブでは、ウォーカーが席に戻ってきたリンダに話しかけていた。「教えてくれ、レディ、きみはジミーの何を知ってるんだ。本当のところ、何を知っているというんだ。ジミーはヘロインを売ったり、自動車泥棒の手引きをしたり、店のものを盗んだりしていないと、どうしてわかる。あの店で夜間ジミーが何をしているのか、どうしてわかる」

「なんにもしていない。ただ働いてるだけよ。わたしはジミーのことをよく知っている」

「いつから知ってるんだい」

一瞬のためらいのあと、リンダは挑むような口調で言った。「彼がニューヨークに出てきてすぐに」

「どれくらいの期間になるんだい」

「彼がこの街にやってきたのは七月一日」

「六カ月ちょっとだな。知りあって一年もたってない」

「でも、よく知っている。ひとりの男を知るのに時間はかからない。知る充分な機会があれば。わたしにはよくわかってる。ジミーは悪いことをする人間じゃない」

「そうかもしれない。でも、ほかのふたりは？　きみは彼らのことも知ってるのかい。彼らがヤバい仕事にかかわっていないと断言できるのかい」

「断言はできない。でも、そんなことは信じないわ」

「なるほど。きみはそんなことは信じないと言う。さっきおれが指摘したとおりだ。問題はきみが信じたいかどうかってことになる」

ウォーカーの物言いがいかにも生真面目《きまじめ》で、誠実そうに感じられたので、リンダは思わず好意的な感情を抱きかけたが、すぐにそれを否定した。ただ、ジミーに対する疑念はウォーカーの次の言葉によってさらに強まることになった。

「こういう可能性を考えたらどうだい。ふたりの男はなんらかの不正にかかわってい た。それで、何者かが口封じのためにやってきて、ふたりを撃ち殺した。きみの友人はその現場を目撃した。運悪くそこに姿を現わして……」

「どうしてそんなことがわかるの？」

「単なる想像だよ。とにかく、ふたりを撃った男は、目撃者であるきみの友人を殺さなきゃならなかった。でも、彼は逃げた。ふたりを殺した者が誰かはわかっている。だが、恐《こわ》くて名前を言うことはできない。名前を言ったら、助かる命も助からなく、なる。犯人は、もしかしたら、この店の客のひとりかもしれない」

ウォーカーの深刻ぶった口調につられて、リンダはまわりの見知った黒い顔を見まわした。ポン引き、ギャング、ナンバー賭博の胴元、盗《ぬす》っ人《と》……このなかに殺人犯がいるかもしれないというのか。たしかに、このうちの何人かには、ひとを殺したという噂《うわさ》がある。

胸のうちで疑念が強まっていくにつれて、いまここで自分と話をしている男の印象も少しずつ変わっていった。このような犯罪とセックスの気配の満ちたところだけに、少年のようにすがすがしく見える。屋外の匂いがする。この男が恋人といっしょにいるところが頭に浮かぶ。結婚を夢見るかわいらしい娘。優しい愛撫《あいぶ》。くしゃくしゃになった艶《つや》やかなブロンドの髪……惑わされてはいけないとわかってはいるが、この店の雰囲気のなかでは、そう自分に言い聞かせるのは容易ではない。

このときは、ピアノとベースとドラムのインストゥルメンタル・トリオが、昔の景気のいい曲を演奏していた。「イエス、イエス、イエス！」と、酔っぱらった年配の女が声をかける。フロアが揺れ、跳ね、よろめき、転がりだす……骨ばった顔に青い目をした白人の若い男。この男がジミーを殺そうとしているようには思えない。ふたりの黒人の清掃員を冷酷に殺害するなんてとても……演奏はさらに熱を帯び、別の酔っぱらった女がこらえきれなくなったように声を張りあげる。「最高よ、最高よ、最高よ！」やはり、そんなことをするとは思えない。

リンダはあらためて先ほどの疑問を持ちだした。「でも、どうしてあなたはジミーのあとを追いかけまわしてるの」

「さっき説明したとおりだ。誰かに命を狙われているかもしれないと思ったからだよ。もちろん、おれが嘘をついている可能性はある。おれにも立場というものがある。きみの友人はおれが犯人だと言った。おかげで、おれは容疑者扱いされ、停職処分をくらった。おれが天にましますキリストだとしても、ジミーを愛することはできないだろう。たしかにおれはジミーを憎んでる。だからといって、傷つけたいとは思わない。おれが望んでいるのは犯人をつかまえることだけだ。筋道を立てて考えてみようじゃないか。おれはなんとしても犯人をつかまえなきゃならない。犯人をつかまえるまで、おれはずっと容疑者のままだ。復職することもできない。おれが犯人だと考える者がいなくなることはない。だから、犯人が姿を現わすまで、おれはジミーのあとを追うつもりだ。犯人は殺害の最初のチャンスを決して逃さないだろう。きみは自分の幸《さち》多き人生をそこに賭《か》けてもいい」

リンダは性的な拷問《ごうもん》のような恐怖が下腹部にこみあげるのを感じた。その話が本当だとしたら、自分がジミーを守ることはできない。誰かに助けを求めないといけない。とつぜんウォーカーが友人のように思えてきた。

目に涙をためながら、すがるように言う。「わたしに何かできることはないの？このままだとジミーは殺されてしまう」

「そうならないためにできることはひとつしかない。ジミーが本当の犯人が誰か言うことだ」

リンダの顔が疑いと戸惑いでふたたび曇る。「ジミーはあなたがやったとしか言わない」

「だったら、殺されるしかない」

リンダは恐怖を隠すために両手で顔を覆《おお》った。「何を信じたらいいかわからなくなってきたわ」

まわりの客はわざと知らんぷりをしている。女は困っている。それは間違いない。白人の男に泣かされている。けれども、自分たちには関係のないことだ。黒人の女と白人の男のあいだのいさかいに口をはさんじゃいけない。逆に女の怒りを買いかねない。

ウォーカーが身を乗りだして、リンダの手をそっと顔から引き離した。そして、その目をじっと見つめ、強く真剣な口調で言った。「聞いてくれ、リンダ。ジミーを助けることができるのは、ジミー自身ときみだけなんだ。犯人が誰か聞きだしてくれ。必要なら、部外秘扱いにしてもいい。なんとかして犯人が誰か聞きだしてくれ。そして、それをおれに教えてくれ」

「そんなことできない」

ウォーカーは身体を起こした。「だったら仕方がない」

リンダは涙ながらに訊《き》いた。「それで、あなたはどうするの」

「なんとかする。きみは心配しなくていい」

「それがそんなに簡単なことなら、ジミーはとっくに話してるはずよ」

「きみにはこの一件の構図が見えてないんだ。ジミーは警察を頼りにしていない。たとえ犯人が逮捕されたとしても、ほかの誰かが殺しにくると思ってる。だから、本当のことは言わないでおこうと思ってる。そうすれば、そのうち向こうは諦めてくれるだろうとタカをくくっているんだ。おれが犯人だと言ってるかぎり、殺されることはない。彼は犯人を見たんだ。そのことを忘れちゃいけない」相手の心のなかに杭《くい》を打ちこんでいくような口調だ。「ジミーは警察に犯人の名前を告げるべきなんだ。犯人の姿を見なかったなんてことはありえない。その男に胸を撃たれたんだから。わかるね」

薄青い瞳。催眠術師のような話しぶり。リンダは魔法をかけられているような気になってきた。それで筋が通っているかどうか、自分の頭でしっかり考えなければならない。ただ、この男には大きな魅力がある。なぜか肌をあわせたくなる。悪い男には見えない。

「誰が犯人かわかったら、どうするつもり？」

ウォーカーはまた身を乗りだして、目と目を合わせた。「そいつを殺す」

リンダはぞくっと身震いをした。性的な欲望が満ちてくる。一方では拒絶しつつ、もう一方では惹《ひ》かれている。この男は平気でひとを殺すにちがいない。目を見つめかえしたときには、奇妙な戸惑いを覚えた。視線は絡《から》みあっている。あきらかに支配されている。自分は丸裸になり、抗《あらが》うことができないように感じる。

息をとめ、刺々《とげとげ》しさを抑えた口調で言う。「ジミーから聞きだせたとしたら、どうやってあなたに連絡をとればいいの」

「ここに電話してくれ」ウォーカーはスプリング電話局の番号を教えた。「もし忘れても、電話帳に載っている。マット・ウォーカー、ピーター・クーパー・ロード五番地。昼でも夜でもいつでもかまわない。すぐにきみの家に駆けつける」

リンダはため息をつき、自分に言い聞かせるかのように不安げにつぶやいた。「自分が間違ったことをしていなければいいんだけど」

「きみは友人の命を救おうとしているんだ。そうするよりほかに方法はない」

「そう願ってる」

ややあってウォーカーは尋ねた。「きみはどうやって家に帰るんだい、リンダ」

「ここの誰かに車で送ってもらうつもりよ。さっきまで同じテーブルにいたひととかに。彼はナンバー賭博の胴元なの。誰にもへたな手出しはできない」

「ナンバー賭博の胴元？　そいつが殺し屋でないとどうしてわかる」

リンダはぶるっと身体を震わせた。「やめてちょうだい。どうしてすべてのひとを疑わなきゃならないの」

「そりゃそうだな。じゃ、おれは自分の車できみたちのあとについていく。かりにおれが犯人だとまだ疑ってるとしても、その男といっしょなら心配することは何もないだろ」

リンダは泣き顔をまた両手で覆った。「お願い、やめて！」

「胴元がたまたま殺し屋であったとしても、おれが後ろにいるから心配することはない」

腕から力が抜けて、両手が膝《ひざ》の上に落ちる。その目は運命をウォーカーの手に委《ゆだ》ねたことを物語っている。

「あともうひとつ、リンダ。きみの友人もその車で帰るんだろ。彼はおれたちが何を話していたか、おれがきみになんと言ったか知りたがるはずだ。でも、黙っていろ。心から彼を信じているふりを続けるんだ。いいね」

リンダは素直にうなずいた。

「そして、彼を説得してくれ。そのためにどうすればいいのかはわかってるはずだ。きみのような女性なら、どんな男にでも秘密を打ちあけさせることができる。ジミーも例外じゃない。その素敵な身体を使えばいい。きみならできる。そのあいだ、おれは家の前のブロードウェイにとめた車のなかで待っている。彼の部屋に明かりがつくのが見えたら、きみの部屋に行くから、聞きだしたことを教えてくれ。わかったね」

部屋には来ないでとリンダは言いたかった。だが、気がついたときには意志に反してこう答えていた。「わかったわ」

ジャイブ・フィンガーズがふたたびステージにあがり、またノリのいい曲を歌いはじめた。〝いちばん大切なこと、それは何をするかじゃなくて、どうやってするか……〟

16

午前五時すぎ。安物の家具が詰めこまれた居間は狭く、しんとしていて、暑い。リンダは二人がけのソファにすわっていた。三番街のアンティーク・ショップで大枚をはたいて購入した、赤と白のシルク張りのロココ調のレプリカ家具だ。ステージ衣装を着替えておらず、シープスキンの毛皮のコートは、救世軍のリサイクル・ショップで買った張りぐるみの椅子《いす》に無造作にかけられている。

ジミーは力なく頭を垂れ、赤いカーペットが敷かれた床のまんなかに突っ立っていた。暖かい部屋のなかで、ダッフルコートを首までボタンをかけて着たままでいる。コートにかかっていた雪片が溶けて、きらきらと光りながら床に滴《したた》り落ちている。

「あんな人殺しと話をしてもらいたくなかったのに」ジミーはあらためて愚痴をこぼした。

リンダは椅子の上に脚をあげてすわり、弱々しげに背中を丸めていた。だが、その目には耐えがたいほどのいらだちの色がある。

「帰ってきてからそればっかり。まるでわたしがあいつと話をしたがってたみたいじゃない。わたしがあいつとの話を楽しんでたみたいじゃない」

「ぼくはきみの後ろに隠れてるみたいに思われてる」

「どう思われたっていいでしょ。あなたのためにしたことなのよ」

「それはわかってる」ジミーはしぶしぶといった感じで認めた。「ぼくのためだってことはわかってる」

と、ふいにリンダが愛《いとお》しくてならなくなった。その前に進みでて、床に膝をつく。女と香水の匂いにむせながら、両手をつかんで、そこにキスをする。

「ぼくにはきみしかいない。きみ以外にぼくを信じてくれる者はいない」

「そんなことはないでしょ。お母さんもいるし、お姉さんもいる。まるで家族がいないみたいな言い方じゃない」

「ぼくにとってはいないも同然なんだ。遠いところにいるからね」

愛しさはリンダの胸にもあふれていた。その手がジミーの縮れた髪を優しく撫《な》でる。

ジミーは身体に電気が走り、言葉では言い表せないような強い刺激を感じた。

しばらくのあいだ、ふたりは何も言わなかった。まるで墓穴のなかに閉じこめられているみたいだった。まわりはしんと静まりかえっていて、外から聞こえてくる音もない。奥の中庭に面した二重窓は閉じられていて、分厚い緑のカーテンが引かれている。

リンダは彼の髪を撫でながら言った。「わたしはあなたを信じてる。それが何よりも大事なことよ」

ジミーは急に立ちあがった。

「いいかい、リンダ。ここで語義論《セマンティックス》を戦わせるつもりはない。あの男はすでにふたりの男を殺している。そして、いまはぼくを殺そうとしているんだ」

リンダは大きなため息をついた。「悪かったわね。あなたほど学がなくて」

「やれやれ」ジミーはてのひらで顔をこすりながら言った。「まるでぼくが悪者みたいな口ぶりだな」

「あの男がああいったことをやりそうなタイプに見えたら、話は簡単だったのに。みんなにあなたの話を信じてもらえたはずなのに」

「ああいったことって、人殺しのことかい。人殺しがどんなふうに見えると言うんだ」

「いかにも残忍そうに。南部の黒人嫌いの保安官みたいな。それなら納得しやすい。

でも、あの男のふるまいにはなんの偏見も感じられなかった」

「まいったな。きみはあいつに丸めこまれて、ぼくが嘘をついてると思ってるんだろ」

「そうじゃない。あなたがそう思ってるだけよ。わたしはあなたに銃口を向けた男をどれだけちゃんと見ていたのかと訊いただけ」

「銃口を向けられただけじゃない。撃たれたんだ。あの男に間違いない。いまきみを見ているくらいにちゃんと見ていた」

「あなたがはじめてこの話をしたときの口ぶりだと、よく見ていなかったみたいだったけど」

ジミーは身体《からだ》の向きを変えてリンダを見つめた。

「ぼくが走って逃げていたから？」

「相手の男の姿を見るか見ないかのうちに、なんの警告もなくいきなり撃たれたと言ったでしょ。階段をあがっていったときに、誰かに狙われてるとわかって――」

「誰かじゃない。あの男だ。聞いてくれ、リンダ。きみはなんの警告もなく撃たれるってのがどういうことかわからないと思う。助けを求めたり、警察に通報しようとしたり、相手を説得して事情を聞こうとしたりする時間はない。正義や法の裁きや復讐《ふくしゅう》を考えることもしない。そのとき頭にあるのは、〝逃げろ。とにかく逃げろ。生きるために〟ということだけだ。でも、相手の顔を見ることはできる。頭に焼きついて離れることはない」

リンダは何も言わなかった。もう少しでまたジミーを信じられるようになりかけている。

「誰かに撃ち殺されようとしているときには、郡裁判所の建物に刻まれている〝真の司法行政は良き行政のもっとも堅牢《けんろう》な柱である〟なんて言葉は、なんの意味も持たない」

ウォーカーが言いそうなセリフだ、とリンダは考えながら、彼の少年のような風貌《ふうぼう》や、力強い声や、真剣なまなざしを思いだしていた。やはりありえない。誰が犯人かわかったら〝そいつを殺す〟と言いはしたが、ふたりの無防備な黒人を殺し、なんの警告もなしにジミーを撃ったとは思えない。

「その男は今夜あなたが見た男のような顔をしていた？　あなたを撃った男の顔に怒りやら何やらの感情はなかったと言ってたわね。そんなことありえる？　なんの理由もなくひとを殺そうとするなんて」

「白人の男は長いあいだ理不尽に黒人を殺してきた」

「南部ではね」

「そこもアメリカだ」

「それにしても、理由はあるはずよ。正当化はできないにしても、少なくとも白人の男のあいだでは納得できる理由が。でも、あの男が黒人を殺した理由は誰にもわからない」

「理由ならある。統合失調症だ。それがどんな病気かわかるかい」

「ふたつの人格を持つ人間ってことでしょ。ひとつは善人で、もうひとつは悪人」

「いいや、人格の問題じゃない。現実とのつながりを欠いたり、モラルのかけらも持っていなかったりする者のことだ。人殺しでもなんでも笑いながらやってのける」

リンダは身震いした。「そこまでのひとなら、警察内で問題になるはずよ。精神に異常がないかどうかを調べる検査はないの？　警察だって狂人を雇ったりしないでしょ」

「そんなことを知る必要はないと考えているんだろう。ひどい話さ。でなきゃ、検査に通ったってことだろう。そのときはまともだったのかもしれない。刑事になってから何かあったのかもしれない。警察官にも向き不向きがある。拳銃《けんじゅう》を持っているという力の感覚のせいで頭がおかしくなる者もいる。おまけにあいつは風俗課だ。犯罪者や娼婦と四六時中かかわっていたら、精神にどんな支障をきたしたとしてもおかしくない」

「そのことを誰にも気づかれなかったというの？　奥さんとか、結婚していないのなら恋人とかにも。親戚《しんせき》とかにも。誰にも」

「可能性はある。いかれたのはごく最近のことかもしれない」

「そんなふうには考えてなかった」

「ルークとファット・サムを殺した夜に、そうなったのかもしれない。何かの拍子にとつぜん頭の歯車が狂い、現実との接点を失ってしまったのかもしれない。ほんのちょっとしたきっかけで、そうなってしまったんだ。なにもそんなに大ごとである必要はない」

「そのことを地方検事に話さなかったの？　話したら、わかってくれたんじゃない」

「殺人課の刑事に話した。でも、小賢《こざか》しいやつだと思われただけだった」

「シュミット&シンドラー社がよこした弁護士はどうなの。大きな法律事務所なんでしょ。シュミット&シンドラー社の代理人として、それなりの影響力を行使できるはずよ。だから、いまわたしに話したことをその弁護士に話したらどうかしら。マットのことを……」

「マット！　きみはいまあの男をマットと呼んだな」

「そんなふうに名乗ったのよ。わたしは南部の人間じゃない。名前で呼んで何が悪いの。それより、わたしの言ってることをちゃんと聞いてちょうだい」

「聞いてるよ」

「その弁護士に頼んで、頭の検査を受けさせるの。そういった頭の検査をなんていうのかしら」

「精神鑑定。でも、本人の同意がないと、その種の検査を受けさせることはできない。なんらかの犯罪で起訴され、心神喪失の申し立てをした場合は別だけど」

「でも、頼むだけは頼んでみたら。弁護士に仕事を依頼するのよ。その法律事務所に所属する弁護士はみなそれぞれ有能で、シュミット&シンドラー社のために種々の問題解決にあたっている。あなたも言ってたでしょ。彼らは一日に五十万の案件を――」

「わかってる。でも、弁護士に頼んで、どんな答えがかえってくるかわかるかい」

「いいえ。あなたもわかってないでしょ」

「いいかい。きみはまえに白人の芸能エージェントの話をしていただろ。きみの希望は、セント・レジス・ホテルのキング・コール・バーか、少なくともグリニッチ・ヴィレッジにあるナイトクラブで歌うことだった。そこの聴衆に受けるのは間違いないと思っていた。自信まんまんだった。声もいいし、経験もある。ルックスもいいし、キャラも立っている。エージェントもそう考えていた。十パーセントのマージンで売りこんでもらえるはずだった」

「二十五パーセント。それがエージェントの取り分よ」

「だったら、なおのことだ。何も問題はなかったはずだった。けれども、かえってきた答えはノーだ。きみはしょせんブルース歌手でしかない。ブルース歌手は黒人のための店で黒人の前でしか歌えない。きみはリナ・ホーンの例を出して、そんなことはないと言う。すると、連中はこう答える。きみはリナじゃない。きみはブルース歌手だ。それから二年にわたってエージェントと粘り強く交渉を重ね、ようやくグリニッチ・ヴィレッジのナイトクラブで歌えるようになる。そんなに長い時間がかかったのは、ナイトクラブの支配人がオーディションを受けさせてくれなかったからじゃない。きみのエージェントが売りこみをしなかったからだ。だから、二年も待たなきゃならなかった。そして、そこに出演できるようになってからは、エージェントがきみの歌う曲目を決めるようになる。きみが歌いたい曲やきみが得意としている曲も、さらには客に受けそうな曲さえも歌わせてもらえない。黒人霊歌から始めて、次はゴスペル、そしてブルース。それからプロテスト・バラード、アンコールにまたブルース。そういったありがた迷惑な仲介の労の見返りに、連中はきみの身体を求める。なぜか？それはきみが黒人であって、黒人の歌手というのはそういうものだと思っているからだ。歌も身体も好きにできると思っているからだ。ぼくが弁護士にあの男の精神鑑定を頼んでも同じようにしかならない。連中は端《はな》からこう決めつける。分をわきまえていない。黒人のくせに小賢しいやつだ。どこかの白人に入れ知恵をされているんだろう。あるいは、何かを隠そうとしているんじゃないか。自分が犯した罪をまぬがれるためじゃないか。ぼくが何を言っているか理解できないと言う者さえいるかもしれない。ぼくの前では吹きだすのをこらえ、ランチの時間に笑いの種にする者もいるだろう。あの男は狂っているように見えないときみは言ったね。きみはぼくを信じてくれていない。あの男の見た目が……」

「そうじゃない」

「そうなんだよ。否定することはできない。そういうことなんだ。あの男は殺人犯のようには見えない。きみはぼくと同じ黒人だ。それが白人だったら、狂っているのはぼくのほうだと間違いなく考える。きみもあの男と話してからそんなふうに考えているんじゃないのかい」

「よしてちょうだい。一晩じゅう嫌味を言いつづけるつもり？　なんだか頭が痛くなってきたわ」

ジミーはとつぜん心を閉ざした。「だったら、帰るよ」

リンダはなんとか怒りをおさえた。「そんなにカッカしないで。わたしはあなたを助けたいの。助けられるとしたら。なんとかしてあなたを助けたいと思ってるの。一秒ごとにわたしを責めるのはやめてちょうだい」

「きみがぼくを信じるなら、きみはぼくを助けられる」

「またその話を持ちだす。わたしが何をしたらいいのか言って。言われたとおりにするから」

「何をしたらいいのかわかっていたら、ぼくがそうしている。でも、あの男の本性をあばく方法を見つけだすことは、もしかしたら可能かもしれない。統合失調症の症状のひとつは、共感してくれる者の前で自慢話をしたがるってことだ。きみならあの男に一部始終を話させることができるかもしれない。きみはあの男とずいぶん親しくなったみたいだから。やつの虚栄心に訴えかけるんだ。そのためにどうすればいいか、ぼくにはわからないけど、経験豊富なきみならわかるはずだ」

リンダの目には怒りが満ちている。「お願いだから、ジミー、本当のことを話してちょうだい」

ジミーはまた心を閉ざした。「つまり、きみはぼくが嘘をついてると思ってるってことなんだな」

これ以上はもう我慢できない。リンダは両手で顔を覆って涙をこらえた。「どんなふうに考えたらいいか、わからなくなってきたわ」

ジミーはサイドテーブルに近寄り、帽子を手に取った。その動きは老人のように鈍く、緩慢だった。裏切られた気分だった。

リンダは素早く立ちあがると、ジミーの腕をつかんで立ちどまらせ、目と目を合わせた。「ここにいてちょうだい、ハニー。わたしを抱きしめてちょうだい。あなたがわたしを必要としているように、わたしはあなたを必要としているのよ。だから、わたしを見捨てないで」

ジミーはかたくなで、よそよそしかった。「ぼくもきみを必要としている。でも、きみはぼくを見捨てている」

目に涙があふれでる。リンダはしゃくりあげ、喉《のど》を詰まらせながら言った。「あなたはわたしを買いかぶりすぎているのよ。わたしはそんなに強い人間じゃない。ただのブルース歌手よ」

「ぼくがきみに求めているのは、ぼくを信じてくれってことだけだ」

「わたしがどんな気持ちでいるかわかる？　わたしは心から感情を引っぱりだされて、棒でぶたれているみたいな気持ちでいるのよ」

「問題はどんな気持ちでいるかじゃない。何を信じるかだ」

「わたしはあなたを信じたいと思っている」リンダはジミーの腕から手を離して、てのひらで涙を拭《ぬぐ》った。「でも、ひとは信じたいことをいつも信じるとはかぎらない」

ジミーは心のなかで何かが崩れていくのを感じながら、彼女の手の届かないところまであとずさった。「きみがそんなふうに言うのを聞きたくなかった。ぼくを信じてくれないのなら、ぼくたちはこれでおしまいだ」

「信じられない話をどうやって信じたらいいというの？」

ジミーは背中を向けて、ドアのほうに歩きはじめた。「さよなら」

リンダはあとを追い、腰に腕をまわしてジミーを引きとめようとした。「駄目。そんな言い方をしちゃ。わたしもあなたの部屋に行く。そうしたほうが安全だから」

ジミーは乱暴に身体を離した。「ついてこなくていい。ぼくひとりでなんとかする」

17

三階にとまったエレベーターの天井のライトは消え、電源はオフになっていた。ドアをあけることはできるが、エレベーターを動かすことはできない。

暗いエレベーターのなかから、ウォーカーは外の暗い廊下の様子をうかがっていた。廊下のいちばん奥にあるリンダの部屋のドアを見張るためには、ダイアモンド型の小さな覗《のぞ》き窓のガラスに目をへばりつかせていなければならない。そうやって長いあいだ立っていた。だが、誰も現われない。

六時少しまえ、ジミーが廊下に出てきて、ドアをバタンと閉めた。ウォーカーはトレンチコートのポケットからサイレンサー付きのリボルバーを取りだし、右手で軽く銃把を握った。

ジミーはエレベーターのほうへ歩きはじめた。夢遊病者のような足どりで、自分の右側にも左側にも目をやることはない。このときには、去勢され、鞭打《むちう》たれたような感じがしていた。考えるのが怖かった。これから起きることが怖かった。感情を抑えて、冷静にならなければならない。身体の内側がこわばって木質化したような気がする。吸いこむ息が喉の奥まで届かない。無力感は大きい。リンダは自分ではなく白人の男を信じた。すでにふたりの黒人の男を殺害し、これから自分を殺そうとしている殺人鬼の側についた。

エレベーターの少し手前に、階段へ通じる緑色のドアがある。焦《あせ》りがジミーの足をそちらに向かわせた。朝のこの時間、エレベーターはいつも一階にとまっている。そこから三階まであがってくるのを待ってはいられない。

ドアの取っ手をつかみ、ヒンジがはずれそうになるくらいの勢いであける。小声で悪態をつく。頭のなかはいらだちとくやしさでいっぱいになっている。そのせいもあって、エレベーターのドアが開く音には気がつかなかった。

ウォーカーは忍び足で廊下を進み、階段に通じるドアの取っ手を油圧ヒンジが完全に閉まるまえにつかんだ。リボルバーの銃口を上に向けて肩の高さでかまえ、どんな方向にでも撃てる射撃の基本姿勢をとる。

けれども、ジミーは三段飛ばしで階段をあがり、踊り場で向きを変えていたので、その姿はすでに視界から消えていた。

ウォーカーはあわててあとを追った。階段の二段目に足をかけ、そこから次の三段を一気に駆けあがろうとしたとき、鉄の踏み板の上で足が滑った。踊り場に両手をつく。リボルバーの銃把がコンクリートの階段に当たり、金属音を立てる。

「糞ったれ！」と、小さな声で悪態をつく。

四階の踊り場で、ジミーは驚いた猫のように振り向き、階段の手すりごしに下を見おろした。時が一瞬とまり、恐怖におびえた目とウォーカーの薄青い目がおたがいを凝視しあう。狂暴そうな顔が九フィート上までのびてくるような気がした。何もかもが実際より大きく見える。目が眼窩《がんか》のなかで膨らみ、いまにも頭から飛びだしそうになっている。リボルバーの銃口があがるのが見えると、冷たい恐怖が波のようにどっと押し寄せる。

次の瞬間には走っていた。階段を駆けあがっていた。命がけで走っていた。

ウォーカーが立ちあがる音が聞こえたので、逃げ足がいっそう速くなる。力のかぎりを振りしぼる。にもかかわらず、これほどゆっくり走ったことはないように思える。一歩ごとに死に近づきつつある。

角を曲がったとき、その下でウォーカーも角を曲がった。ジミーは腰をかがめ、壁ぎわを走った。生存本能がパニックを抑えこんでいる。稲妻が光ったように頭は冴《さ》え、思考力は正常に戻っている。階段から廊下に出るべきではない。自分の部屋の前に着いて、ドアをあけるまえに、ウォーカーに追いつかれ、撃ち殺されてしまう。階段を走っているかぎり、射程外の距離を保ちつづけることができる。けれども、階段は屋上に通じる六階のドアで行きどまりになる。そのドアが開きさえすれば、チャンスはある。屋上に出て、手すりの陰に身を隠してもいい。隣の建物に入るドアに鍵がかかっていなければ、そこから階段をおりて、通りへ出ることもできる。もちろん、そこに錠がおりていなければの話だが。

五階まで駆けあがったとき、廊下側からドアが開き、黒人の男が出てきた。口のなかで何やらぶつくさつぶやいている。「今週はこれで四回目だ。朝からエレベーターがとまっていて――」目の前にとつぜんジミーが姿を現わしたので、ぎょっとして、目を大きく見開く。あきらかに怯《おび》えている。

だが、怯えているのはジミーも同じだった。足をとめることなく、男の腕をつかんで廊下に押し戻す。

男は身を守るために抗い、声を荒らげた。「な、なんだよ。いったいなんのつもりだ」

ジミーは怪しい者ではないとわかってもらうためにわざと大きな声で言った。「何もしない。あんたを傷つけるつもりはない」

ふたりが揉《も》みあっているうちに、ドアの油圧ヒンジがゆっくりと閉まっていく。そこへウォーカーがやってきた。廊下でふたりがやりあっている声を聞いて、立ちどまると、ドアが閉まるのを見ながら考えた。ふたりとも殺すべきか、それとも別の機会を待つべきか。

「手を放せ。その手を放すんだ。でないと、ナイフで喉を掻《か》き切るぞ」

「争うつもりはない。助けてほしいんだ」

男は聞く耳を持っていない。「わかってる。おれから金を奪うつもりなんだろ」

「そんなことはしない」

「だったら、手を放せ」

ジミーは男の身体を押して廊下を進み、自分の部屋の前まで歩いていった。あとは、ドアの鍵をあけるまで、どうやってこの男をここにつなぎとめておくかだ。

隣人が目を覚ましてくれることを期待して大声を張りあげる。「放すわけにはいかないんだ。ぼくといっしょに部屋に入ってくれ」

「あんたの部屋に?」男は言った。薄れつつあった戸惑いがここでまた大きくなった。

「おれにそんな趣味はない」

「勘ちがいしないでくれ。なかに入らなくてもいい。ここに立っていてほしいんだ」

「なんでそんなことをしなきゃいけないんだ」

「頼む。追われてるんだ。どうかわかってくれ。ここに立ってるだけでいいんだ。ぼくがなかに入るのを見ていてくれるだけでいいんだ」

「追われてる？　追われてるって？」男は廊下を見まわしたが、そこには誰の姿もない。ふたたびジミーに険しい視線を向け、ぎょろっと白目をむく。それから超人的な力で身をよじってジミーの手を振りほどき、階段のほうへ走っていった。

ジミーは大急ぎで部屋の鍵《かぎ》を取りだした。そこにある全部の錠をあけるのはとうてい不可能なような気がする。もしかしたら、内側からボルト錠がおりているかもしれない。そう思うと、冷や汗が噴きでてきた。いつウォーカーが姿を現わしてもおかしくない。だが、いまはいくつもある鍵をあけることに集中しなければならず、振り向くことはできない。ついつい家主を呪《のろ》ってしまう。このいまいましい錠のせいで、あいつらもドアの前でいつかは死ぬことになるだろう。恐怖を募らせながらそう思ったとき、最後の錠がカチッと音を立て、ドアが内側に開いた。急いでなかに入ると、すばやく回れ右をして、ふたたびすべての錠をおろす。

それから、壁にもたれかかる。吐き気を催し、冷たい汗が熱い身体を小さな虫のように伝いはじめる。

そのとき、ウォーカーは拳銃をトレンチコートのポケットに戻して、階段の壁に寄りかかっていた。落胆し、苦々しい思いを噛《か》みしめていた。まったくついてない。あの黒んぼ野郎は屍食いカラス《キャリオンクロウ》のような疫病神《やくびょうがみ》だ。

同じ場所で壁に寄りかかっていたとき、廊下に通じるドアが勢いよく開き、黒人の男が姿を現わした。目を大きく見開き、黒い肌は灰色の粉を噴いているように見える。ウォーカーを見ると、つと立ちどまった。階段をおりかけたが、途中で向きを変えて、今度は階段をあがりだす。

そして、六階で廊下に出る。それからしばらくして、ふたたびドアがそっと開く音がした。そこで聞き耳を立てているのだろう。手すりごしに下の様子をうかがっているのかもしれない。

ウォーカーは壁から離れ、ゆっくり階段をおりはじめた。これでさっきの男は安心して仕事に行ける。もう少ししたら、ここには誰もいなくなる。三階で廊下に出ると、そこからリンダ・ルーの部屋へ向かう。

ドアをあけたとき、リンダはジミーが戻ってきたものとばかり思っていた。薄手のキモノ姿で、その下には何も着けていない。このときは、拒まれてもいいからジミーにセックスを求めるつもりだった。だが、その思いはすぐに萎《な》えた。ウォーカーの姿を見て、戸惑い、神経が張りつめる。

「あら、あなただったの。悪党さん」

ウォーカーは一瞬身をこわばらせたが、リンダがくすっと笑ったので、冷静さを取り戻した。

口もとに悲しげな微笑《ほほえ》みを浮かべる。「おれはモンスターだよ」

ウォーカーは許可を求めることなく部屋に入り、後ろ手にドアを閉め、くすんだ青い目で散らかった部屋をざっと見まわした。

「気にしないで。いつもこんなだから。腰かけて楽にしてちょうだい」

軽い女だ、とウォーカーは思った。

リンダはソファに歩み寄り、その端に腰かけて、両手で顔を覆った。滑らかな褐色の太腿《ふともも》があらわになったが、本人は気づいていない。垂れた肩が急にひくひくと震えだす。

ウォーカーはそこへ歩いていって、震える肩をゆっくり優しく撫でた。薄手のナイロンのキモノの下から豊満な肉感が伝わってくる。

「きみは彼と言い争うべきじゃなかった」

「言い争ってなんかいないわ。冗談じゃない。口をはさむ余地もなかったのよ」

「そうなることは最初からわかっていたはずだ」ウォーカーは彼女の肩を撫でながら言った。「取り乱すことはない」

「取り乱すことはない？　恋人に見限られたのに？」

肩を撫でるたびに、トレンチコートのポケットのなかのサイレンサー付きのリボルバーがソファの肘《ひじ》かけに軽く当たっている。てのひらに電気が走る。

「きっと戻ってくるよ。ほかに行くところはないんだ」

そう言われて、リンダのしゃくりあげる声はさらに大きくなった。

締めきった部屋は暑く、ウォーカーはのぼせて、立っているのがつらくなってきた。腰をおろすところを探して周囲を見まわしたが、唯一《ゆいいつ》すわれそうな椅子にはシープスキンのコートがかかっている。テレビの横にくたびれたオットマンがあったので、それをソファの前に持ってきて、帽子を脱いでからそこに腰をかけた。そして、リンダの左手を指先から手首のほうへゆっくりさすりはじめた。

リンダはうつむき、そのとき太腿があらわになっていることに気づいて、キモノの裾《すそ》を直した。

「どんな話でもいい。何か聞きだせたかい」

「話？　あのひとからどんな話が聞きだせるというの」リンダはいらだたしげに笑いながら言った。

手がむきだしになった腕から肘のほうにのびていく。

「だったら、もういい。そのことはもう考えなくていい。なんとかして彼を助ける別の方法を見つけだそう」

このときになって、リンダは腕をさすられていることに気づいた。電気ショックを受けたように、身体に刺激が走る。痙攣《けいれん》を抑えるために、もう一方の手で頬をこすったが、セックスを歌でうたうときのように震えがとまることはない。

「あのひとは冷たすぎる」リンダは息苦しげにぽつりと言った。

「きみは熱い女だ」ウォーカーは気むずかしげな低い声で言って、リンダの二の腕と肩をさすりはじめた。「たいていの男にとって、きみは少しばかり熱すぎる」

このときふたりの身体は、汗ばんで乱れた男の髪の匂《にお》いがわかるほど接近していた。

リンダはその髪に無意識のうちに手を触れ、身体に衝撃が走るのを感じた。

とつぜん胸に手がのびる。

身体がひきつったように震えだす。

唇が重なる。熱く激しいキス。

リンダは両手を男の身体にまわし、胸をトレンチコートに押しつけた。欲望の波が押し寄せ、部屋が遠ざかっていく。

脚の下に腕をまわされ、抱えあげられ、寝室へ運ばれる。

赤子の手をひねるようなものだ、とウォーカーは思う。

リンダは官給のリボルバーをおさめたホルスターがはずされたことになんの注意も払わなかった。気がつくと、ウォーカーは裸になっていた。「やめて」とつぶやき、ウォーカーの身体が覆いかぶさると、「やめて」とまたつぶやいた。だが、受けいれ、より積極的に応じた。

ウォーカーが身支度を整えたとき、リンダは眠っていた。

そっと部屋を出て、オートロック式のドアを閉める。エレベーターは先ほどと同じところにとまっている。脚に力が入らない。これまで何百回となく見てきた夢のなかにいるような気がする。自分の感情の外にいるようで、なんとなく心もとない。

建物の外に出たとき、どこに車をとめたか思いだせなかった。自分がなんのためにアップタウンに来たかすっかり忘れていた。

坂道をアムステルダム街に向かって歩きだす。針のように細い雪がほてった顔に斜めに当たり、風でコートの前が開く。長い街区を半分ほど行ったところで、ブロードウェイに車をとめたことを思いだした。方向転換して後戻りする。先ほどの共同住宅の前をふたたび通りすぎたとき、アップタウンに来た理由をふいに思いだした。

　本当についてない。車に乗りこみ、ブロードウェイを南に走りはじめたときには、ひどく気が滅入《めい》っていた。二十三番通りを進み、ピーター・クーパー・ヴィレッジの自宅に向かったが、そこに近づいたとき、姉のジェニーのことを思いだして北に進路をとり、イースト川ぞいのルーズベルト・ドライブに入った。国連本部ビルの前を通りすぎると、百二十五番通りの手前でトライボロー橋の進入路へ。

　頭に鋼鉄の輪がはまっているような気がする。身体の左側が右側よりあきらかに重い。油断をしていると、車のハンドルを左に切って、反対車線に突っこんでいきそうになる。歯を食いしばり、力いっぱいハンドルを握りしめていなければならない。それでも、道路が左側に傾いているような感覚を拭うことはできず、ハンドルを鋭く右に切りつづけていなければ車が横に滑っていってしまいそうな気がしてならない。歯がうずき、口のなかに酸《す》っぱい味がしてくる。

　クローバー型の交差路をまわっているときには、ジェットコースターに乗っているように思った。そこからブロンクス・リバー・パークウェイ方面へ向かう。

　ブロンクス・リバー・パークウェイは広い中央分離帯のある高速道路で、ブロンクスを東西に二分しつつ、北へ向ってウェストチェスター郡までのびている。制限速度は時速五十マイルだが、この時間、北行き車線の交通量は少なく、ビュイックは九十マイルから百マイルまで速度をあげることができた。それで少し緊張がほぐれ、ブロンクスヴィルに入ったときには神経を逆撫でされるような感覚はなくなっていた。

車は住宅地の曲がりくねった道を進み、牧場《ランチ》様式の小ぶりな家の前でとまった。建物はガラスとパイン材でできていて、片側に自然石を組んでつくった大きな野外炉が備わっている。

呼び鈴を鳴らすと、ブロンドの髪に青い目の三十五歳くらいの女が出てきた。ウールの格子柄《こうしがら》のワンピースの上に、花柄のビニールのエプロンを着けている。姉のジェニーだ。ウォーカーを見ると、その目に愛しみの念があふれた。

「具合が悪いの、マット？」

「そうじゃない、ジェニー。ちょっと疲れただけだよ」ウォーカーは言って、玄関の間に入った。「一眠りさせてもらえないかな」

ふたりはキスもしなければ、親しげな挨拶《あいさつ》もしなかった。だが、そこには相互理解とまごうことのない親愛の情があった。姉は何か訊きたそうな顔をしていたが、控えめな性格ゆえにそれを口にすることはなかった。

「来客用の寝室を使ってちょうだい。シャワーを浴びるんだったら、そのあいだにトーストとコーヒーの用意をしておくわ。卵はどんな調理の仕方がいい？」

「何も食べたくない」ウォーカーはつっけんどんに答え、居間のカウンターに向かい、グラスにライウィスキーを注いだ。「ピーターとジーニーはどこにいるんだい」

「学校よ。決まってるでしょ」

「もうそんな時間だったのか」ウォーカーは酒をぐびぐび飲みながら言った。

「とにかく何かつくるわ」

「いらないって言っただろ」と、駄々っ子のように答える。「食べる気分じゃないんだ」それからふと思いついたように訊《き》く。「ブロックは？」

「まだ仕事から戻ってない。昨夜は泊りだったの。何かあったらしくて」

「聞いてくれ」ウォーカーは小さな男の子が恥ずかしい秘密を姉に打ちあけるようにゆっくり慎重に切りだした。「どうやらブロックはおれがふたりの黒人を殺したと思ってるようなんだ」

ジェニーの顔に動揺の色が浮かぶ。

「馬鹿《ばか》なこと言わないで。あのひとはあなたを復職させるために一生懸命になってるのよ」

ウォーカーは悲しげに微笑んだ。「でも、実際はそうじゃない」

「そんな話は聞きたくないわ。さっさと寝なさい。あなたは体調を崩しているので、頭がどうかしちゃったのよ」

答えるまえに、ジェニーは後ろを向き、すたすたとキッチンへ歩いていった。だが、言いたいことはすでに言った。ウォーカーはライウィスキーのボトルを手に取ると、居間を通りぬけ、その先にある客室に向かった。

そこでボトルをナイトテーブルの上に置き、トレンチコートを脱ぐ。そして、そのポケットからサイレンサー付きのリボルバーを取りだし、家人と共用のバスルームを抜けて主寝室へ入る。その部屋には帽子棚がついた大きなクローゼットがある。拳銃をハンカチで包み、めったにかぶらない帽子や夏用の小物類が置かれている棚の後ろに突っこむ。それから客室に戻って服を脱ぐ。

ジェニーが朝食のトレイを運んできたとき、ウォーカーはすでに眠っていた。身をよじったり、寝返りを打ったり、歯ぎしりをしたりしている。どうやら悪い夢を見ているようだ。バスルームから濡《ぬ》れたタオルを持ってきて、汗ばんだ額を拭ってやる。かわいそうなマット。警官になるべきではなかったのだ。

18

どうすれば拳銃を手に入れることができるか。

施錠《せじょう》したドアの内側に身震いしながら立った瞬間から、ジミーの頭のなかにあるのはそのことだけだった。

四時間が過ぎていた。服は脱いでいない。帽子もコートも身に着けたままだ。

立ちあがって、部屋を出る。向かったのは八番街にあるバー。そこは辻《つじ》強盗や武装強盗のたまり場になっていて、無登録の銃を手に入れることができるという話を聞いた覚えがある。バーはすぐに見つかった。店の奥に行って、スツールに腰かける。

大柄で太った黒人のバーテンダーがやってきた。ギョロ目で、何かに驚いたような顔をしている。ジミーの前でカウンターを拭《ふ》きはじめる。

「拳銃を買いたいんだ」ジミーは声をひそめて言った。

バーテンダーはナイフを突きつけられたようにびくっとし、大きな目をさらに大きくした。

「ここは銃砲店じゃないよ」両手を大きく振りながら厳しい口調で言う。「ここはバーだ。ここにあるのは、ジン、ウィスキー、ブランデー、テキーラ、ラム、ワイン、リキュール、ライトビール、黒ビール、エール。酒ならなんでもある。なんでも言ってくれ。すぐにお出しする。ご注文は？」

「コーク」

バーテンダーは困惑のていで腹立たしげに言った。「あんた、何かイチャモンをつけるつもりでここに来たのかい」

「何をそんなに怒ってるんだ。コークを頼んじゃいけないのか」

バーテンダーはむっつり顔で黙ってコークを出し、それから怒った雄鶏《おんどり》のようにカウンターの反対側にさっさと歩き去った。

ジミーは木のスツールの上で身体をよじり、拳銃を売ってくれそうな男を探した。長いマホガニーのカウンターの入口側では、みすぼらしい身なりの数人の酔っぱらいが立って、空のショットグラスをもてあそんでいる。カウンターの奥は店の上客のためにとってあるらしく、いまは誰もいない。小さなダイアモンド型のステンドグラスの下のテーブルには、ビジネスマン風のやくざ者ふたりがすわっていて、ニュース紙の朝刊を半分に折って読んでいる。壁ぞいのテーブル席には、酔っぱらって眠りこけている娼婦《しょうふ》。もうひとつのテーブル席には、コニャックをちびちび飲んでいる盲人。盲導犬がかたわらの床に伏せて、うとうとしている。拳銃の売人らしき人物は見当たらない。

カウンターの向こうに視線を移す。後ろに鏡がついた棚には、染《し》みだらけのボトルがずらりと並んでいる。中央の色褪《いろあ》せた表示板にはこう書いてある。

ツケはききません
命の保証なし

視界のはずれにバーテンダーの姿がちらっと映った。こちらの様子をさりげなくうかがっている。

時が過ぎていく。ジミーはコークをちびちびと飲んだ。バーテンダーがゆっくりと近づいてくる。わざと時間をかけて。実際にはいない客の前でカウンターを拭いたり、ボトルやグラスを磨いたり、シンクの蛇口から水が出ることをたしかめたり、タオルの匂いを嗅《か》いだり。コークを注文する客にはなんの関心もないかのように。人だかりのなかで狙《ねら》いをつけたカモに忍び寄る引ったくりのように、距離を少しずつ詰めてくる。そして、ジミーの前まで来ると、立ちどまって、意地悪そうな目でコークを覗きこむ。

「朝っぱらからそんなものを飲んじゃいけないよ。腹をこわす」

南部の教師の口調を思いだしながら、ジミーはグラスを軽くゆすった。

「だったら、朝は何を飲めばいいんだい」

「ジンだよ。胃もたれがおさまる」

「なるほど。それならジンを少し」

バーテンダーはゆっくりジンのボトルを手に取り、カウンターの上に置いた。

「コークのなかに入れるつもりじゃなかろうな」それは質問というより命令に近い。

「入れちゃいけないのかい」

「気つけ薬がわりに飲みたいんなら、混ぜちゃいけない。ジン・アンド・コークは食後酒だ。フランスのコニャックのような。お楽しみのまえにはストレートで飲むものさ」

「お楽しみっていうと？」

バーテンダーは眉《まゆ》を吊《つ》りあげた。「あのお楽しみさ」

「なるほど。女だね」

目に小馬鹿にしたような表情が浮かぶ。「ほかにどんなお楽しみがあるっていうんだい」

バーテンダーはジンのボトルを棚に戻して、話にならないとばかりにまた歩き去った。だが、このときは遠くまで行かなかった。少し先で、ビールサーバーのクロムメッキの注ぎ口から埃《ほこり》を拭きとっているふりをしている。しばらくして戻ってきたときには、尋問のような物言いになっていた。

「あんたはどうしてここに来たんだい」

「ここで拳銃が手に入るって話を聞いたもので」

「誰から？」

「覚えてない」

「ほかの店と勘違いしてるんじゃないか」

「そんなことはない。たしかにこの店だ。ここはブルー・ムーン・バーだろ」

「まあそうだ」バーテンダーはまたボトルを取ると、ショットグラスをふたつカウンターに置いて、縁までジンを注いだ。

「一杯でいい」ジミーは言った。

バーテンダーは目をぎょろりとさせた。「おれが見えないのかい。こんなにデカいのに」

「すまない」ジミーは言って、グラスをあげ、乾杯した。「健康を祝って！」

「乾杯」バーテンダーもグラスをあげ、一口で飲みほした。舌つづみを打ち、唇を嘗《な》める。「あんたはこの街に来たばっかりのようだな」

「まあね。六カ月ほどまえに来たばかりだ。ダーラムから」

ひとしきり間があった。「ノースカロライナの？」

「そう」

「アポロで面白いショーがかかっている。今日は昼興行だ」

「だから？」

「べつに。とにかく面白いショーだ。観《み》にいったほうがいい」

「なんのために？」

バーテンダーはじっとジミーを見すえた。「あんたのような山出しのあんちゃんにもってこいの演《だ》し物だ。きっと気にいるだろう。ふたりのコメディアンのかけあいでな。ひとりが〝どこで銃を買える〟って訊く。すると、もうひとりが〝アポロに行きな〟って答える。〝なんのために〟って訊くと、〝銃を買いたいんだろ〟と答える。

〝アポロで銃を売ってるのかい〟と訊くと、〝まさか。そこは劇場だ。いちばん後ろの桟敷席《さじきせき》にひとりですわっていればいい。そうすれば、誰にも邪魔されずにショーを楽しむことができる〟という答えがかえってくる。〝ショーを見るだけなのに、なんでまた？〟と訊くと、〝だって、あんたは銃を買いたいんだろ。ちがうか〟と言われる。〝そのとおりだよ〟と答えると、〝ショーはそんなふうにして楽しむものなんだよ〟という落ちがつく」

バーテンダーはジミーを見すえたまま、話を理解できたかどうか見定めようとした。

ジミーは理解していた。

「わかった。そのショーを観てみたい」

「そう来ると思ったよ。値段は二十ドル。適正価格だ」

「二十ドルだな。わかった」

「時間は三時半」

「わかった。三時半だな」

バーテンダーはジンのボトルをあげた。「大か？　小か？」

ジミーは戸惑った。グラスを見つめ、それからバーテンダーを見つめる。「このまえと同じでいい」

バーテンダーはボトルを置き、愛想をつかしたように歩き去りかけた。

そのとき、わかった。「ちょっと待ってくれ」

バーテンダーはいかにも渋々といった様子で戻ってきた。

「大きすぎず、小さすぎずのを」

「それでいいと思う。女なら、老《ふ》けすぎず、若すぎずってところだな。年でいうと三十二歳」

「そのくらいがいちばんいいね」ジミーは言って、空のグラスを指さした。「あんたにはいくら払えばいい」

バーテンダーはそれには答えず、ふたつのショットグラスにまたジンを満たした。

「乾杯《サリュ》」ジミーは酒を飲みほした。

バーテンダーはサリュの意味がわからなかったらしく、また眉を吊りあげた。

「乾杯《チアーズ》」と言って、グラスを空にし、唇を嘗めた。「一ドル二十セント」

ジミーは二ドル紙幣を渡し、釣銭を五十セントだけ受けとると、スツールからおりた。「ショーを観にいってくるよ」

バーテンダーは微笑んだ。「楽しんでおいで」

外に出ると、灰色の空に粉雪が舞い、ジミーの顔に吹きつけた。まだ十一時にもなっていない。待ちあわせの時間までだいぶある。だが、朝、家を出たときに心に決めたように、拳銃《けんじゅう》を入手するまで家に戻るつもりはない。

コートの襟を立てて、八番街から百二十五番通りに入る。七番街の角を曲がるまで気がつかなかったのだが、ビッグ・バス・クラブのある通りだ。六時間ほどまえにそこを出てからの悪夢のような恐ろしい記憶が突如よみがえる。だが、もうなすすべがないとは感じていない。拳銃が手に入るのだ。

天はみずから助くる者を助く。それは母の口ぐせだ。

靴磨き屋の前を通りかかったとき、ふと思い立って振りかえり、ずらりと並ぶ回転椅子《いす》のひとつに腰をおろす。壁には価格表がかかっている。

レギュラー——十五セント
スペシャル——二十セント
デラックス——二十五セント

ジミーは靴磨きの少年に言った。「レギュラーで」

しみったれた客へのもてなしとして、靴磨きの少年は沈黙を貫き、もっと楽しいことを考えていると思われる顔で、茶色い靴にリキッドクリーナーを塗りはじめた。

その先には、レコード店があり、瘠《や》せた褐色の肌の娘が仏頂面《ぶっちょうづら》で店番をしている。客が来るには早すぎる時間だ。カウンターのガラス天板の上に肘をつき、退屈しのぎに黒人向けの写真誌をめくっている。

靴を電気ブラシで磨いてもらっているときに、ふとリンダのことを思いだした。あのように喧嘩《けんか》別れしたのはまずかった。ひどく傷つき、寝つけないでいるにちがいない。あのあと、自分の部屋に来て、誰もいないことを知ったら、とても正常ではいられなかっただろう。どうしてあのとき抱いてやらなかったのか。抱いてやれば、あっさりと機嫌をなおしただろうに。そうなのだ。リンダはどんな厄介ごとでもベッドで解決できるとつねに考えている。

靴磨きの少年は最後に布で靴をポンとはたいた。

「終わった《セ・フィニ》よ」

「ご苦労さま《ブザベ・フェ・デュ・ボン・トラバイユ》」

靴磨きの少年の浅黒い顔がほころんだ。「あんたもあそこに配置されたのかい。愉しきパリ《ゲイ・パリー》に」

「いいや。ベルサイユだ」ジミーは嘘《うそ》をついた。国外に出たことは一度もない。

「それが軍隊のいいところだね。宮殿に駐屯することができたら文句なしなんだが」

たしかに。だが、宮殿は人さまのものだ。

ジミーは少年に二十五セントを渡し、釣りは取っておくようにと言った。今日は朝から何も食べておらず、すきっ腹にジンを二杯飲んだせいで、頭がクラクラしている。

通りの向こう側にフランクズ・レストランがあるが、昼食時間のウェイターはほとんどが白人だ。白人しか店に入れない黒人差別時代《ジム・クロウ》の遺物であり、黒人を見下すような連中の物腰には我慢ならない。そのまま七番街のほうへ歩きつづける。通りの片側には、食料品店、ドラッグストア、靴屋、帽子屋、肉屋、雑貨屋などが軒を連ねていて、その先にはアップタウン最大の百貨店ブラムスタインズもある。その反対側にはバーが並んでいて、品ぞろえはどこも同じだが、どの店も繁盛《はんじょう》している。劇場はふたつ。ひとつはアポロで、有名な黒人バンドの演奏や歌、それにミンストレル・ショーで客を呼び、その合間にB級映画を上映している。もうひとつはロウズで、こちらは西部劇とギャング映画の二本立てだ。どちらも閉まっていて、チケット売場にひとはいない。ロウズは十一時に開き、アポロは二時三十分に開く。

通りの角にはテレサ・ホテルがある。そこの一階の隅にチョック・フル・オブ・ナッツという軽食堂があったが、通りすぎた。その店の名前の意味はよくわからない。

盛りだくさん《チョック・フル》なのはナッツなのか食べ物なのか。それとも、客が食事をとったあとにナッツで腹いっぱいになったように感じるということなのか。ナッツだけで腹いっぱいになるのはご免こうむりたい。

ホテルの前をいったん通りすぎ、だが途中で向きを変えて後戻りし、ロビーに隣接するホテルのスナックに入った。カウンターの高いスツールに腰かけて、朝食をとる。フライド・ソーセージ、スクランブルエッグ、粗挽《あらび》きのトウモロコシ粉のバター漬け、トースト二枚、クリーム入りコーヒー。九十セントにしては食べでがあり、ウェイトレスはまだ寝ぼけまなこだったが、十セントのチップを置くことにした。

食事を終えたとき、カウンターの上の時計は十一時三十分をさしていた。まだ四時間ある。

外へ出ると、隣の本屋の前で足をとめて、ガラスケースに並べられた黒人作家の本を一冊一冊見ていった。ジョージ・スカイラーの『ブラック・ノー・モア』、アーナ・ボンタンの『黒い稲妻』、ウォレス・サーマンの『より黒いベリーは』、ホレス・R・ケイトンとセント・クレア・ドレイクの『ブラック・メトロポリス』、リチャード・ライトの『ブラック・ボーイ』、クロード・マッケイの『バナナ・ボトム』、ジェームズ・ウェルドン・ジョンソンの『元黒人の自伝』、ルドルフ・フィッシャーの

『占い師の死』、ラングストン・ヒューズの『笑いなきにあらず』。

ジミーはふいに心強さを覚えた。黒人コミュニティの中心にいると、身の安全を保証されているような気がする。ここでは自分と同じ言葉や考えを持つ者たちに囲まれ、黒人相手の商売をする黒人のもてなしを受け、黒人作家の文学作品を手に入れることができる。ハーレムでは〝ブラック〟は偉大な言葉だ。黒人が自分たちの居場所を求めるのは不思議なことではない。ここにいると安心できるのだ。寄らば大樹の陰というではないか。

白人の狂人に追いかけまわされていることが、昨夜の夢のような遠い出来事に思えてくる。もしこの場でウォーカーに出くわすことがあれば、向かっていって、歯をへし折ってやってもいい。

おかしな話だ。あの殺人について、自分は何人ものひとに本当のことを伝えた。ガールフレンドにも、地方検事にも、尋問した刑事にも、シュミット&シンドラー社のおかかえ弁護士にも。みんな信じてくれなかった。だが、ここにいる黒人なら誰でもいいから声をかけて、その話をしたら、きっと信じてくれる。

顔をあげると、ガラス窓に自分の姿が映っていることがわかった。髪が帽子の鍔《つば》から飛びだしていて、羊の耳の下に垂れている毛のように見える。

「髪を切らなかったら、それこそアンクル・トムだ」ジミーはひとりごちて、百二十四番通りの南側にある理髪店へ向かった。

広々とした店内、モダンな内装。新しいバーバーチェアが六脚並んでいて、最新式の理髪道具が備わっている。客に身構えさせるような店だが、満員で、待合席もほとんど全部埋まっている。ぱりっとした制服姿の理髪師はみなつやつやしたストレートヘア。ネイリストもふたりいて、椅子の肘かけに取りつけたトレイで施術《せじゅつ》している。

ガラス張りの受付にいた娘がてきぱきとした口調で訊いた。「予約されていますか」

「いいや。予約が必要なのかい」

受付嬢は冷ややかな笑みを浮かべたが、そのとき理髪師のひとりが順番待ちの次の客を呼んだので、予約なしで髪を切ってもらえることになった。

コートをハンガーにかけ、帽子を棚に置いて、待合席に腰かけ、エボニー誌をぱらぱらとめくる。そこに出ているのは功なり名とげた者ばかりだ。みな恐れるものなど何もないといった顔をしている。そのときとつぜん殺人者のことを思いだして、恐怖がよみがえった。それにしても、あの男は何が原因であんなことをしたのだろう。ファット・サムが何かおかしなことをしたか言ったかしたのか。それともルークのせいか。争った形跡はないと警察は言っていた。とすると、単純に口が災いをもたらしたということになる。けれども、何をどんなふうに言えば殺されるような結果になるのか。自分を殺そうとする理由はわかる。ただひとり真相を語ることができる者だからだ。だが、あのふたりはなぜ?

思案にふけっていたので、理髪師が歩いてきて、順番が来たことを伝えた。ナイロンの上衣《うわぎ》に袖《そで》を通させると、首のまわりにティッシュペーパーを巻く。

「カットだけでいい」

理髪師は電動バリカンで毛先を刈り、ハサミでうなじを整えた。

「てっぺんは少し短めに」

「思いきってストレートにしませんか。いいと思いますよ。お客さんの髪は太くて固いので」

「こんな頑固な縮れ毛をまっすぐにすることはできないよ」ジミーは笑いながら言った。

「だいじょうぶです。シルクのように柔らかく、白人の髪のようにまっすぐになります。ご希望ならウェーブをつけることもできます」

ジミーはストレートヘアのほかの男たちを見やった。なかには、女のように髪をカールさせている者もいる。このとき、ビッグ・バス・クラブでリンダに話しかけていた刑事の姿がふいに頭に浮かんだ。ふさふさしたブロンドの髪が薄明りの下で輝いていた。リンダが惑わされたのはあの髪のせいかもしれない。あの髪のせいで、なんの罪も犯していないと思ったのかもしれない。概して黒人の女はストレートヘアに弱い。

「値段は？」と、ジミーは訊いた。

「七ドルです。カットもコミで。一回で二カ月ほどもちます。毛先をそろえるために二週間おきに来店していただかなきゃいけませんが」

「わかった。じゃ、お願いしよう」

理髪師はジミーの首にバスタオルを巻くと、黄色いヴァセリンを髪のなかに塗りこみ、頭皮をマッサージしはじめた。

「皮膚の炎症を防ぐためです」大きな瓶から、どろっとした白い液剤を木べらで取りだして、「液状の火です。これで髪をまっすぐにするんです」

「何でできているんだい」

「よくは知りません」液剤をゆっくりとヴァセリンに練りこみながら、「片栗粉《かたくりこ》と苛《か》性《せい》アルカリ溶液を混ぜてつくったものだという話もあれば、ジャガイモと苛性アルカリ溶液を混ぜてつくったものだという話もあります。とにかく、苛性アルカリ溶液が入ってるのは間違いないでしょう」

ペースト状の練りものを木の柄がついた金属製の細歯の櫛《くし》で髪に根本までゆっくりと塗りつけていく。ヴァセリンの分厚いコーティングにもかかわらず、頭皮がひりひりしてくる。

そのあと、髪を何度も丁寧に梳《と》かす。髪は絹糸のようにまっすぐになっている。

その作業が終わると、店の奥に並ぶ洗面台のひとつにジミーを連れていって、熱い石鹸水《せっけんすい》で髪をきれいに洗う。これまでチリチリだった髪が、いまは額に垂れるくらいまっすぐになっている。それからバーバーチェアに戻ると、石油系のヘアオイルで髪に艶《つや》を出す。つづいて、念入りに髪を梳かし、大きくうねっている波のようなかたちにセットする。頭にネットをかぶせて、熱風乾燥機の下にすわらせ、待っているあいだに次の客の髪を切りはじめる。髪が乾き、ネットをはずすと、艶のあるストレートヘアが出来あがっていた。所要時間は二時間。

ジミーは立ちあがり、鏡を見た。奇妙な感じだ。見てくれはよくなったかもしれないが、なんとなく気恥ずかしい。黒人の同胞を裏切ったような気さえする。

理髪師は微笑みながら感謝の言葉を待っていたが、ジミーは目をそらした。感謝の言葉のかわりに一ドルのチップを渡すと、レジ台で支払いをすませ、急いで店をあとにする。

通りの角の宝石店の前の柱の上に大きな両面時計があったので、見ると、アポロが開くまでまだ一時間ある。百二十五番通りを横切り、ユナイテッド・シガー店で煙草《たばこ》を買い、それから七番街を北へ向かう。

また腹がへってきた。うまい南部の家庭料理が食べたい。豚足《トンソク》とひき割りトウモロコシ料理、ブタの胃とコラード、黒目豆と煮こんだ豚の腸、ローストしたオポッサムとサツマイモの砂糖煮、油かす入りのトウモロコシパン、ナマズのフライと豆料理。それにブラックベリーパイ。あるいは廃糖蜜《はいとうみつ》入りのプレイン・バターミルクビスケット。

ハーレムで手に入らないものはない。紫のキャデラックから無漂白の小麦粉袋でつくった下着まで。けれども、美味《おい》しい料理にありつけたためしはない。それはどんどん増えていく大手チェーン店のレストランでも、どんどん減っていく小さな食堂でも同じことだ。出てくるものは決まっている。グリルチョップとフライドポテト、ローストポークとマッシュポテト。サイドディッシュには、ホウレンソウのクリーム煮、ビーツのビネガーソース煮、サヤマメにライス。おざなりの各種サラダ——クラブサラダ、ツナサラダ、チキンサラダ、エッグサラダ。こういったサラダの流行はサラダドレッシングのメーカーがつくりだしたにちがいない。トマトとレタスのサラダにはサウザンアイランド・ドレッシング？　冗談じゃない。サラダ不要のサラダ・スプレッドというものまである。二枚のパンにそれを塗れば、サラダ・サンドイッチのできあがりってわけだ。

食べでがあり、満腹になって、元気が出るようなものを食べたい。シュミット＆シンドラーのような軽食堂タイプの料理には、いい加減飽きがきている。

少し行ったところに、汚れた厚板ガラスにカーテンが引かれ、実家から届いた手紙のような字で〝家庭料理〟と書かれた看板が出ている店があった。なかに入ると、青と白の格子柄の防水布をかけたテーブルが五卓あり、いずれも空いていた。そのひとつの席に腰かける。かたわらには、丸い大きな石炭ストーブがある。白人なら日焼けするくらい熱い。

注文したのはブタの胃にカブラ菜の煮込みに、スプラウトのサイドディッシュ。そこにチリペッパーの種からつくったソースをかける。アツアツの料理と激辛ソースは口を焦《こ》がし、飲みこむと食道を焼いた。汗が顔を伝い、顎《あご》から垂れる。だが、食べおえたあとの感想は満点だった。荒々しく、危険で、恐れを知らない男になったような気がした。殺人鬼の頭をつかんで、首からもぎとってやれそうに思った。

だらだら汗をたらし、悪魔も舌を巻くほど濃いコーヒーを何杯か飲むと、ようやくちょうどいい時間になった。

アポロのドアは開いていて、ジミーが着いたときにはふたりの黒人の制服警官がロビーに立っていた。

ショーのまえの映画を観にきている客はいくらもいなかった。前列で五人のティーンエイジャーがマリファナ煙草を吸っているだけで、桟敷席には誰もいない。

上映しているのは、飲んだくれが名作『犯罪王リコ』の墓荒らしをしてつくったようなギャング映画だ。

映画が終わりに近づいたころ、ひとりの若い黒人の男が入ってきて、桟敷席をゆっくりと移動し、ジミーの横に腰をおろした。トレンチコートのボタンをかけベルトをつけて着て、鍔広のソフト帽を目深《まぶか》にかぶっている。暗い桟敷席で黒いサングラスをかけていて、黒い肌にガラスがへばりついているように見える。上映中の映画から抜けてきたとしてもおかしくない。

しわがれた声で訊いてくる。「あんたが例の男だな」

ジミーは小声で答えた。「そうだ。ぼくがその男だ」

その筋の者のような口のきき方ではなかったので、男は一瞬身をこわばらせた。警官ではないかと思ったのだろう。

「あんたは女をほしがってるんだな」

ジミーはとまどった。ほしいのは女ではなく拳銃だ。いらだたしげに訊く。「女っていうと？」

今度は相手のほうがとまどった。「あんたは例の男なんだろ。ちがうのかい」

「女を斡旋《あっせん》しようとしてるんだったらちがう」

「だったら訊きなおす。女を買うとしたら、何歳くらいの女がいい？」

それでようやくわかった。「ええっと……三十二歳だ」

男はほっとしたように息を吐いた。「やっぱりあんたは例の男なんだな」

そして、茶色い紙でくるんだ包みをコートから取りだして、ジミーに渡した。

ジミーが財布を取りだそうとすると、男は言った。「包みをあけて、中身を確認しな」

包みをあけると、青焼きされた三二口径のリボルバーが薄闇《うすやみ》のなかで鈍く光っていた。銃把には波型のグリップ・パネルがついていて、片側にフクロウの頭の刻印がある。オウル・ヘッド・リボルバーの模造品だ。真鍮《しんちゅう》の薬莢《やっきょう》は、シリンダーの薬室から覗《のぞ》くと、死んだ鳥の目のように見える。薄暗がりのなかで、いかにもまがまがしい。

「いい感じだ」

「近づけば、岩だって吹っ飛ばせる」

ジミーは二十ドルを払った。男はトレンチコートの内側のポケットに金をしまうと、

「じゃあな」と言って、場内が明るくなるまえに立ち去った。

明かりがつくと、ジミーはあらためて拳銃を見つめた。それを見ている者はほかに誰もいない。にわかに安堵の念が湧き起こる。家に帰ったとき、玄関ホールにはあの男が待ち伏せているにちがいない。あのクソ野郎がサイレンサー付きの拳銃を抜くのを待って、撃ち殺してやる。恐れてもいなければ、興奮もしていない。その先に起きることを考えて尻《しり》ごみしたりはしない。いまはすべてを他人事《ひとごと》のように客観的に見ることができる。この手に持っている拳銃であのクソ野郎を殺してやる。そうしたら、みな自分が信じたいと思っていることを信じるようになる。

拳銃は手に入った。これでハンディはなくなった。拳銃をベルトにさしこみ、コートのボタンをかける。よし、家に戻ろう。

19

ジミーが家に戻ったとき、玄関ホールにリンダがいた。

腕をつかんで言う。「あんまり心配させないで」張りつめた声で、ぷりぷり怒っている。「ずっとここで待ってたのよ。何時間も。心配で心配で居ても立ってもいられなかったのよ」

「なんで？　ぼくが身の危険にさらされてると思ってないんだろ」

「馬鹿なことを言わないで」

ジミーは手を振りほどこうとした。だが、リンダは行かせようとしない。

「駄目。わたしといっしょに来て」

ふたりはおたがいに目を合わせようとせず、気まずい沈黙のうちにエレベーターに乗りこんだ。

エレベーターが三階でとまると、リンダは腕を引っぱったが、ジミーは動こうとしない。それで、ドアが閉まらないようにそこに背中を押しつけた。

「お願いだから。あなたは寝てないんでしょ。わたしが寝かしつけてあげる。わたしの腕のなかで、あなたは気持ちよく休める。目を覚ましたくないと思うくらいに安心して眠れる」

「馬鹿なことを言ってるのはきみのほうだ」ジミーは言いながらも、リンダに腕を引っぱられてエレベーターからおりた。

リンダは犯人を逮捕した警官のように腕をつかみ、ドアに鍵《かぎ》をさしこむまで離さなかった。

部屋は暗かった。リンダは天井の明かりをつけて、ドアを閉めた。そして振りかえり、ジミーの身体《からだ》を揺さぶろうとしているかのように両腕をつかんだ。

「いいこと、聞いてちょうだい。わたしは――」と言いはじめて、言葉を切り、訝《いぶか》しげな表情になった。「さっきからどことなく様子がおかしいと思ってたんだけど、髪を切ったのね。わたしは病気になりそうなほど心配してたのよ。なのに、あなたは――」また言葉を切り、それから目を大きく見開き、ジミーの頭から帽子を取る。

「あら。髪型まで変わってるじゃない」と驚嘆の声をあげ、ヘアオイルを塗った髪に指を通し、ウェーブをくしゃくしゃにする。「絹みたいに柔らかい」そして優しい笑顔でささやく。「素敵だわ、とっても」

その声も物腰も砂糖菓子のように甘い。大きな茶色の目は澄み、唇は濡れている。身体と身体が重なる。ジミーはふたりの分厚いコートごしにつんととがった乳房を感じた。

その身体を強く抱きしめる。ふたつの唇がひとつになって溶ける。いまのいま、自分が何より求めているのは、殺人鬼に追いかけられている事実と恐怖、そして不安から逃れることだ。コートを脱がせ、首に唇を押しつける。あえぎ声があがる。

身体を密着させながら、リンダはジミーのコートのボタンをはずし、それから上着の前を開いた。指を胸から下へ這《は》わせていく。指がベルトにさしこまれた三二口径のリボルバーの銃把に触れる。「なんなの、これは？」それから銃把を握って、「なんなの、これは？」と、ちがう口調で繰りかえす。

身体がこわばる。後ろにさがり、ジミーのコートの前を大きく開いて、ベルトから拳銃を引き抜く。

「いったいどういうことなの？」ショックが声に現われている。

「かえせ」ジミーは言って、手をのばした。

「いいえ、かえすわけにはいかないわ」リンダは拳銃を奪いとられないよう手を後ろにのばした。

「ふざけるな。かえせ」ジミーは突進してきて、リンダの手首をつかんだ。「それはオモチャじゃないんだ！」

「あなたは馬鹿よ！」

リンダは身体を回転させて横向きになり、拳銃を持った手を後ろにのばした。ジミーは肩をつかんで、その手を自分のほうに向けさせようとする。

「銃弾《タマ》が入ってるんだぞ」

リンダは身体をひねって手を振りほどき、尻を振ってジミーの身体にぶつけた。そして、走りだしたとき、溺《おぼ》れかけた者が丸太をつかむような感じで首をつかまれた。それでも足をとめず、ジミーを居間のなかばまで引きずっていく。だが、後ろからしがみつかれ、その重さのせいでよろけて、床に膝《ひざ》をつく。まだ拳銃を持っているので、手をついて身体を支えることはできない。ジミーの身体が背中に乗っかかってくる。

リンダはカーペットの上にうつぶせに倒れこんだ。

身悶《みもだ》えしながら言う。「こんなもの持ってちゃいけないわ」

ジミーは首に手をまわしたまま、リンダを立ちあがらせようとしたが、ふたりの分厚いコートが邪魔になって思うように動けない。閉めきられた狭い部屋のなかで、ふたりの身体から湯気が立ちはじめる。

　リンダは素早く身をよじり、身体を反転させた。ジミーはバランスを崩して、ソファをつかもうとしたが、そこまで手が届かなかった。リンダは身体を離して立ちあがろうとしたが、コートの袖を引っぱられて、また床に倒れる。そこで揉《も》みあっているうちに、サイドテーブルにぶつかった。細長い脚が一本ボキッと折れて、サイドテーブルが倒れる。アラバスターのランプが床に落ちる。

　それで揉みあいは終わった。

「あなたはわたしの部屋の家具を壊したのよ」

「知ったことか」ジミーは言って、水泳選手のように飛びかかった。

　動くまえに、リンダは両手をつかまれた。

「冗談じゃないわ。あなたはわたしのテーブルを壊したのよ」

　リンダはかっとなって、ジミーの顔を引っぱたこうとした。だが、手をつかまれているので、どうにもならない。身体をねじって、銛《もり》を打ちこまれた魚のように手足を激しくばたつかせる。だが、結局は両手を床に押しつけられ、仰向《あおむ》けに横たえさせられ、腹の上に馬乗りになられてしまう。リンダは抗《あらが》うのをやめ、ジミーの顔に唾《つば》を吐きかけた。

そして、噛《か》みしめた歯のあいだから声をしぼりだす。顔には怒りが満ちている。「きっと後悔するわよ」

「いいから拳銃を渡せ」

リンダは拳銃を握った手の力を緩めた。「わかった。取りたきゃ取ればいい。殺されても知らないから」

ジミーは拳銃を手が届かないところに放り投げて立ちあがりかけた。そのとき、床に横たわっているリンダの姿が、電気ショックのように情欲を刺激した。スカートは水色のナイロン・パンティが見えるまでめくれあがり、ストッキングの穿《は》き口の上にすべすべした茶色の肌が覗いている。大暴れしたせいで毛穴が開き、抗いがたい強烈な女の匂《にお》いが香水と混じりあって、アロマオイルのように立ちのぼっている。舌が口のなかいっぱいに広がり、胃が股間《こかん》に落ちていく気がする。

「取っていいのなら取る。何もかも」そして手をのばし、リンダの脚を広げる。

だが、力は必要なかった。手を触れるだけで開いた。

ふたりは汗だくになり、まるで殺しあっているかのように荒々しく愛しあった。出てくる声は喉《のど》にかかり、汚い言葉で罵《ののし》りあっているかのようだ。終わったあとは、どちらも動けなかった。あえぎながら、力が戻ってくるのを待つ。

しばらくしてジミーは立ちあがり、服のボタンをとめ、まくれあがったコートをまっすぐにした。リンダを見ずに拳銃を拾い、ベルトにさしこむ。部屋には濃密なまぐわいの匂いが満ちている。言葉が発せられることはない。

リンダも立ちあがり、めんどりが尾羽を振るようにスカートを揺すってのばした。それから、毛皮のコートを着たまま、壊れたサイドテーブルを起こそうとした。だが、三本の脚だけで自立することはできない。

「あなたはわたしのいちばんのお気にいりのアンティークを壊したのよ」と、責めるように言ったが、怒っているようには聞こえない。

「いまのほうがよりアンティークっぽく見えるよ」

リンダは咎《とが》めるような目で見たが、わだかまりは残っていない。ほっこりとした余韻が心地いい。

「修理してくれるわね」と言って、サイドテーブルを壁に立てかける。

「もちろん」

リンダはアラバスターのランプを拾いあげ、サイドテーブルの壁際《かべぎわ》に落っこちないように置いて、壊れていないかたしかめるためにスイッチを入れた。拳銃のことなどまったく忘れてしまったかのようだ。

明かりがつき、リンダの顔を照らし、柔らかい顔の造作と安堵《あんど》の表情を浮かびあがらせる。鼻の下に汗が吹きでている。

ため息をついて、冷ややかな口調で言う。「あなたはその拳銃を持っていって、あの男を撃ち殺すつもりなの？　それとも、これで少しは道理がわかるようになった？」

「やつは拳銃を持っている。ぼくも拳銃を手に入れた。これで互角にわたりあえる」

「ベッドに行きましょ。道理がわかるようになるまで、あなたを行かせるわけにはいかない」

「きみにとっては、ベッドだけが道理の通るところなんだろ」

「だって、そうじゃない？」

ジミーは答えない。

リンダはコートを脱ぎ、肘《ひじ》かけ椅子に無造作に放り投げた。「飲み物をつくるわ」と言って、キッチンに向かう。

「ここに長居するつもりはないよ」

リンダは振りかえり、不安そうにジミーを見つめた。それから、前に進みでて、その顔を両手で包み、下を向かせてキスをした。舌を入れる。

ジミーはリンダを押しやり、床から帽子を拾った。

「拳銃はここに置いていって」

「そんなことはできない」

リンダはまだジミーを説得できると思っている。「〝悪をもって悪に報いるべからず〟っていうでしょ」

だが、その言葉はジミーを怒らせただけだった。「道徳なんて糞食《くそ》らえだ。もちろん、一晩中ここに立って、何が正しくて何が間違ってるかを議論することはできる。きみはきみの意見を言い、ぼくはぼくの意見を言う。でも、きみはぼくを説得できないし、ぼくもきみを説得できない。正しいことと間違ってることについて、人間は何千年も議論してきた。でも、ぼくはご免こうむる。ぼくはあのサイコ野郎を殺して、自分は生きのびるつもりだ」

ほっこりした余韻は消え、下腹部が氷のように冷たくなる。

「頭のいかれた殺人鬼は彼じゃなくて、あなたのほうじゃないの？　あなたが彼に付きまとってるんじゃないの？　その逆じゃなくて」

「その減らず口を引っぱたいてやりたくなるよ」

「いいから引っぱたきなさい。なんなら、その拳銃を抜いて、わたしを撃てばいい。マザコン坊やはみんなにいじめられて、みんなに仕返しをしようと思っている。今度はわたしがあなたを殺そうとしてるとか言いだすんじゃないの」

ジミーは首筋を膨らませて怒りをこらえている。じっと目をこらし、思案顔で言う。

「きみが言うことは黒人が言うこととは思えない、リンダ。きみはあの男と話して以来、完全に白人の味方になってしまっている」

「わたしが黒人じゃないと言うつもり？」リンダは憤懣《ふんまん》やるかたなげにいきなり服を脱ぎはじめ、ストッキングとガーターベルトだけになった。「これが白人に見える？それとも、もっと見ないとわからない？」

敏感な情欲がまたたぎりはじめたが、どうにかそれを抑えこんだ。「いいかい。昨夜この部屋を出たとき、やつは同じ階で待ち伏せをしていた。ぼくは衝動的にエレベーターじゃなく階段で上にあがることにした。やつはエレベーターのなかに隠れていたにちがいない。もしあのときエレベーターに乗っていたら、ぼくは間違いなく撃ち殺されていただろう。でも、そうはならず、やつはぼくを追って階段をあがってきた。そこで足を滑らせて物音を立てていなかったら、ぼくはいま生きちゃいない」

リンダは服を着なおそうともせずに言った。「彼はあなたを尾行してたことを認めてるわ。犯人を罠《わな》にかけるためだと言っていた。そうじゃないんだったら、まだあんたを殺してない理由はなんなの」

「殺すチャンスがなかった。それが理由だ」

「だったら、昨夜、というか今朝、あなたを殺さなかった理由は？　あなたが言うように、ただ階段で足を滑らせ、あなたがそれに気づいたからといって、どうってことはないはずよ。あなたの話のとおりだとすれば、撃つところを見られたって、なんとも思わないはずでしょ」

「ぼくが逃げたから。それが理由だ。命からがら走って逃げたんだ。最初のときと同じように。やつの手にはサイレンサー付きの拳銃が握られていた。ルークとファット・サムを殺し、ぼくを殺そうとした拳銃だ。あのとき何が起きたのかありのままを話すから聞いてくれ」

話を聞きながら、リンダは全身が凍りつくような思いでいた。それが本当なら、ウォーカーがジミーを殺そうとした直後に、自分はあの男と寝たことになる。

「とても信じられない」と、怯《おび》えた声で言う。

ジミーは帽子をかぶった。「もう信じてもらおうとは思っていないさ。ぼくはもう逃げない。こんな馬鹿《ばか》げたことをこれ以上続けるつもりはない」

そして、部屋から出ていき、ドアをバタンと閉めた。

リンダは寝室に駆けこみ、ナイトテーブルの上の電話をコードをちぎるような勢いで手に取った。震える指で、ウォーカーの電話番号をダイヤルする。

「もしジミーの話が本当だとわかったら、わたしが自分の手であいつの心臓を突き刺してやる」と、ひとりで声に出して言う。

電話には誰も出なかった。

想像が膨らみはじめる。ウォーカーはいまもまだこの建物のどこかに潜んでいるかもしれない。ジミーが彼の姿を見たら、その場で撃ち殺してしまうかもしれない。ジミーが何をするかはわからない。ただ、ウォーカーはジミーよりも銃器の扱いに慣れている。撃ちあいになったら、ジミーより先に拳銃を抜くのは間違いない。階段で撃ちあうふたりの姿が目に浮かぶ。どちらかが階段を転がり落ちて死ぬことになる。どちらかが。

恐怖の波がどっと押し寄せ、たまらずトイレに駆けこむ。それからキッチンに行って、ジンをグラスに注いで飲む。椅子に腰をおろす。むきだしの肌が冷たいプラスティックの座面に触れても、何も感じない。パニックが嘔吐《おうと》のように喉にこみあげてくる。

はじかれたように立ちあがり、居間に走っていく。大急ぎで。ウォーカーがこの建物内に潜んでいるかどうかたしかめなければならない。廊下に出る。服を着ていないことは忘れている。ちょうどそのとき、向かいの部屋から男が出てきた。宝くじで百ドルを当てたかのように、目が飛びだしそうになる。その視線がリンダの身体の一点に向かう。

リンダはあわてて部屋に戻り、ドアをぴしゃりと閉めた。床に脱ぎ捨てた服をひっつかむ。焦《あせ》って、おろおろしている。服を着おえると、また部屋を出ようとしたが、途中で立ちどまって、毛皮のコートをひっかける。そのとき、どうでもいいことがふと頭に浮かぶ。こんな雑な扱いをしていたのでは、支払いがすむまでにこのコートはボロボロになってしまう。

廊下では、向かいの部屋の男がまだ立って待っていた。リンダは急ぎ足でエレベーターへ向かったが、男はそのあとをついてくる。最上階まで行って階段のほうへ向かいかけたときも、なおあとをついてくる。リンダが階段をおりかけたとき、そこに近づいてきて腕をつかんだ。

「おれの部屋へ来ないかい、ねえちゃん。そのほうがくつろげるぜ」

リンダは平手打ちを食わせた。

男は鼻から血を出しながらあとずさりし、止血のためにハンカチを取りだした。階段をおりていくリンダの背後からわめき声をあげる。「いかれたアマだ。おまえがいかれてるってことは最初からわかってたよ」

リンダは階段をおり、玄関ホールに出ると、廊下の奥に歩いていって、地下室に通じるドアをあけようとした。だが、錠がおりている。それで、廊下をとってかえし、玄関ドアの横に置かれた木のベンチに腰をおろした。

何人かが出ていき、何人かが入ってくる。みな目の端でちらっとリンダを見ていく。それが夫婦者だと、夫の目にはひそかな羨望が、妻の目にはひそかなうらやみがある。だが、どちらもそれを隠そうとしている。独身の女は嫉妬《しっと》の目を注ぐ。独身男のなかには、ちょっかいを出してくる者もいる。なかには隣にすわる者までいたが、そこはあまりに寒く、決して居心地のいいところではない。

しびれるような恐怖と混乱のなかで、リンダは一時間ほどそこにすわっていた。話しかけてくる者を相手にするつもりはない。相手にすべきはウォーカーただひとりだ。ふいに思い到った。ジミーは自分の部屋にいないかもしれない。ウォーカーを探しに外へ出ていったのかもしれない。

あわてて立ちあがり、エレベーターで部屋に戻って、ジミーの部屋に電話をかけた。家主の娘のシネッテが電話に出る。ジミーが部屋にいるかどうか見てくると言う。少しして返事があった。「今朝出ていったきり戻ってきてないみたい。コリンズさんね？」

「そう。帰ってきたら、すぐに電話するように伝えてちょうだい。お願い」

玄関ドアの横のベンチに戻って、ふたたび監視を始めたとき、ふと気がついた。こんなことをしても意味はない。たしかにいったんはふたりのあいだに割ってはいることができるかもしれない。だが、ジミーが拳銃を持ち、ウォーカーが彼を追いまわしているかぎり、どちらかがいずれ殺されるのは間違いない。

自分が内側から死んでいくような気がした。自室のキッチンに戻り、ジンを四杯たてつづけに飲む。それから寝室に行き、警察に電話した。

くたびれた声が応じる。「セントラル署です」

「殺人課の刑事さんと話をしたいんですが」

「どのような用件でしょう」

「シュミット&シンドラーで起きた殺人事件を捜査しているひとに話したいことがあるんです」

「軽食堂の一件ですね」声にかすかな興味が生じる。「少々お待ちください。殺人課におつなぎします」

殺人課からの返事がかえってきた。レナード署のピーター・ブロック部長刑事を訪ねるように、とのことだった。

20

ウォーカーが目を覚ましたとき、部屋は暗かった。シェードはおろされている。いま何時なのかわからない。

ふいに危険を感じた。すべての神経と筋肉を警戒のために動員する。息をとめて、耳をそばだてる。

けれども聞こえてくるのは、隣の居間にあるテレビのくぐもった音だけだ。ジーニーが甲高い声で笑い、ピーター・ジュニアが「シー！」と注意する。

客室でマットおじさんが寝ているから静かにするように、とジェニーが言ったのだろう。自分がここにいることを彼らがよく思っていないのはわかっている。だが、危険を感じるのはそのせいではない。もっとやっかいなものだ。大きなしっぺ返しが来るような気がしてならない。

ようやくのことで手を動かし、腕時計の明るい文字盤を見る。光る針は六時三十一分をさしている。一日中寝ていたのだ。貴重な時間を無駄にしたような気がする。

読書灯をつけ、床に手をのばし、ライウィスキーのボトルを探す。だが、手に触れるものは何もない。身体を横向きにし、首をのばして、ベッドの向こう側に目をやる。深緑色のカーペット以外には何もない。身を乗りだして、ベッドの下を覗きこむ。ボトルは消えてなくなっている。ジェニーのせいだ。

どうしてもいま飲みたい。だが、居間には子供たちがいるので、そこにあるリキュール・キャビネットには近づけない。ガキどもを呪《のろ》わずにはいられない。

ウォーカーはとつぜん立ちあがった。服は何も着ていない。椅子《いす》の背に洗濯ずみのパジャマとバスローブがかかっている。ブロックのものだろう。先の戦争でアメリカ軍が占領地に書いた落書きが頭に浮かぶ。〝我ここに足跡を残す〟。では、ここに足跡を残したのは？　ジェニー？

いや、そうとはかぎらない。

ローブを羽織ると、ぶかぶかだった。ブロックがこんなに大きいとはいままで思わなかった。

あらためて部屋を見まわす。第六感はさっきから警報を鳴らしつづけている。だが、危険の正体はわからない。

自分が着ていた服はクローゼットのなかだ。官給のリボルバーが入ったホルスターは、椅子の背にかけられている。どうもおかしい。ジェニーは拳銃《けんじゅう》を見るのも触るのも好きではないはずだ。なのに、自分が寝ているあいだに、ここに来て、散らかった部屋の片づけをしてくれたのか。

そうじゃない。

煙草とライターを出そうと思って、クローゼットを開き、コートのポケットに手を入れる。第六感が防犯ベルのように警報を鳴らす。身がこわばる。服を調べられている。なぜそう思ったかはわからない。だが、間違いない。服を調べた者がいる。ぷんぷん臭《にお》う。

「ブロックだ」と、自分に向かってささやく。「いったいなんのつもりだろう」

危険が迫っているのを感じる。天罰という猟犬に追いつめられつつあるような気がする。

今夜のうちにケリをつけなければならない。これ以上長びかせるわけにはいかない。最後の黒んぼを片づけて、拳銃を処分しなければならない。

あの拳銃は災難の元だ。あの拳銃のせいで首をくくられる羽目になりかねない。

急いでバスルームに行き、居間に面したドアに耳を押しつける。テレビのくぐもった音のほかには何も聞こえない。

もうすぐ食事になる。冬はたいてい六時半が夕食の時間だが、この日は客がいるので待ってくれているのだろう。ジェニーは間違いなくキッチンにいる。自分で食事を用意して、黒人の若いメイドに運ばせることになっている。ブロックはもう帰宅しているはずだ。ブロックのことを考えるときは、いつも苗字《みょうじ》で考える。おそらくいまは下の階の仕事部屋にいるのだろう。

ドアを軽くノックする。返事はない。もう少し強くノックする。返事を期待しているわけではない。念のためだ。音を立てずにノブをまわし、ドアを押す。動かない。もっと強く押し、そっと体重をかける。

向こう側から錠がかかっている。

知っているかぎりでは、バスルームのドアに鍵がかかっていたためしはない。

ふざけやがって。

ブロックはどこまで知っているのか。歯を食いしばると、顎に筋肉のこわばりが伝わってくる。パニックの波が押し寄せる。ブロックはあの拳銃を見つけたのか。それとも、ただ単に疑っているだけか。

客室の片側には居間に通じるドアがあり、別の片側には家人と共用のバスルームに通じるドアがある。主寝室は、居間とダイニングルームに面した廊下と、キッチンとガレージに面した別の短い廊下につながっている。バスルームのドアに錠がおりているとすれば、主寝室に行くには居間とダイニングルームを通り抜けるしかない。

「なめたことをしやがる」

全員が食卓に着くのを待ち、そのあとなんらかの理由をつけて席を立つしかない。ブロックが見ている以上、下手な言い訳はできない。とつぜん吐き気をもよおして、トイレに駆けこむというのはどうか。芸はないが、それでいけるだろう。

冷たいシャワーを時間をかけてゆっくり浴びる。緊張は解けなかったが、それでパニックはおさまった。タオルで身体を拭《ふ》いているとき、ドアが開く音がした。胃がさしこむ。

「マット？」

ジェニーの声だ。自分が息をとめていたことに気づく。

「なんだい、ジェニー」

「早くして。夕食の用意ができてるわよ」

「すぐに行く」

ジェニーが出ていって、ドアが閉まる音が聞こえた。

急いで服を着る。ブロックの目にどんな表情が浮かんでいるかと思うと気が気でない。

ダイニングルームに行く途中に通った居間には誰もいなかった。二脚のスツールの前のテレビの画面は消えている。義理の兄と向かいあう心の準備をしながら、ダイニングルームに向かう。

そこには全員が揃《そろ》っていた。ブロックはテーブルの片側に、ジェニーはその反対側にすわっている。ふたりの子供は並んですわり、その向かいに自分の席が用意されていた。

褐色の肌のメイドが半分に切ったグレープフルーツをテーブルに置いてまわっている。

子供たちの後ろを通って自分の席に向かう途中、ウォーカーはピーターの頭に手を置いて髪をくしゃくしゃにした。ピーターは九歳だ。いやがって頭を振っている。

「こんばんは、マットおじさん」

次はジーニーの頭。彼女は十一歳で、髪をおさげにしている。子猫のようなかわいい仕草と笑顔で応じる。

ウォーカーは椅子にすわり、ナプキンを広げた。ここでようやくブロックと目を合わせる。義理の兄の目に別段変わったところはない。

「ジェニーに聞いたんだが、ゆうべはずっと仕事だったそうだね」

「ああ。例の軽食堂の一件でちょっと忙しくしているんだ」

ジェニーの顔が不愉快そうに歪《ゆが》む。「夕食の席で、そんな話をする必要があるの？」

一同は沈黙のうちにグレープフルーツを食べおえた。メイドが皿を片づけ、メインディッシュを運んでくる。ラムのもも肉のロースト、グリーンピースとニンジン、マッシュポテト、それにソース。ブロックが肉を切り分け、ジェニーが野菜を皿に盛って、みんなにまわす。メイドがミント・ゼリー・サラダを運んでくる。ナプキンで覆《おお》われたバスケットのなかには、ケシの実入りのロールパンが入っている。子供はミルク、大人は水。

ウォーカーは無理やり肉を口に放りこんだ。

「気分はどう？」と、ジェニーが訊く。

「よくなったよ」ウォーカーは答え、ブロックのほうを向いて訊《き》く。「例の女から連絡はないかい」

「ない。別の女とは話した」

ウォーカーにはわかっていたが、訊くしかなかった。「別の女というと？」

子供たちは好奇の目で黙って見つめている。

「エヴァ・モジェスカ」

「外国人だね」と、ピーター。

「子供は関係ないの」と、ジェニーがぴしゃりと言う。

ウォーカーは心のなかで緊張が高まるのを感じ、なんとか息を整えようとした。

「その女とどこでどんなふうに出会ったんだい」

「偶然さ。女が殺されているという通報が殺人課に入ったんだ」

ウォーカーの胸のなかで息が石のように固くなる。

「まだそういう話を続けるつもりなら、どこか別のところへ行ってちょうだい」と、ジェニー。その声には怒りがこもっている。

ブロックは黙っていたが、ウォーカーは黙っていられなかった。「死んでたのか」

「いいや。こっぴどく殴られていただけだ。誰にやられたのかは言おうとしなかった」

ジェニーは嚙みつくように言う。「やめてちょうだい。本気で言ってるのよ」

「マットおじさんが追いだされるぞ」と、ピーターが囃《はや》す。

「それ以上何か言ったら、いますぐベッドに行かせるわよ」

ウォーカーは作り笑いをして立ちあがった。クローゼットから拳銃を回収するのはいまをおいてない。「ちょっと失礼するよ。腹具合がおかしくてね」

「すわれよ、マット」とブロック。穏やかな口調だが、それは命令に近かった。とつぜんブロックに対する怒りがこみあげてくる。ふたりの視線が一瞬絡《から》みあう。だが、ブロックの目に何かを感じとることはできない。

ジェニーが口をはさむ。「いいから、すわって食事をすませてちょうだい。あなたたちは分別ってものを知らないの？　子供たちの前でそんな話をしちゃ駄目だってことくらいわかってるでしょ」

にっちもさっちもいかなくなってしまった。ウォーカーの顔は真っ赤になっている。もちろん、それは腹具合がおかしいからではない。しぶしぶ腰をおろし、料理に視線を落とす。自分の目に宿っている怒りをブロックに見られたくない。

みんなが気まずさから解放されたのは、電話が鳴ったときだった。

ブロックは立ちあがりかけたが、ジェニーにとめられた。

「メイドに取ってもらえばいいわ」

メイドがキッチンを通り抜けて、奥の廊下にある電話台に向かう。

「はい、ピーター・ブロック宅です」礼儀正しく応答する声が聞こえてくる。少し間があって、「少々お待ちください」

ブロックは立ちあがり、電話のほうへ向かった。「そうだ……わかった……待たせておいてくれ。すぐに行く」

そしてダイニングルームに戻ってきたが、すわろうとはしない。「すまない、ジェニー。出かけなきゃならない。急ぎの用だ」

「夕食をすませてからじゃ駄目なの？」

「駄目だ。時間がない」

ウォーカーは一瞬ひるんだ。残された時間はもういくらもない。息をのんで言う。「いっしょに行こうか」

「きみはここにいたほうがいい」ブロックは電話の内容について訊く隙《すき》を与えなかった。

ウォーカーは車がバックで私道から出ていくのを待った。ジェニーが何か話しているが、耳には入ってこない。「ちょっと失礼する」と言って、立ちあがる。

「デザートが残ってるわよ」

「いまはいい」

廊下に出て、主寝室へ向かう。ジェニーが足音を聞いているのはわかっている。客室に戻るためにどうしてそっちへ行かなければならないのだろうと訝っていることもわかっている。だが、なんと思われようと、もう知ったことではない。追いかけてくるようなことはないだろうし、たとえ追いかけてきたとしても、やはり知ったことではない。

拳銃を回収して、先に進まなければならない。ここですっきりと片をつけなければならない。ブロックは正しい。急がなきゃ。

21

ステンレスの表札の名前――マシュー・ウォーカー。

ジミーが呼び鈴を押すと、奥でチャイムが鳴る小さな音が聞こえた。ベルトにさした拳銃が腹に押しつけられているのがわかる。心強い。だが、いまそれを抜く必要はない。

少し待つ。返事はない。ドアに覗き穴はついていない。なかからこっちを見ることはできないはずだ。もう一度呼び鈴を押す。

これからやるべきことはわかっている。オタついているわけではないが、手は震えている。息は短く、浅い。

やはり返事はない。

ドアに背を向け、明るく照らしだされた赤い石材張りの廊下を後戻りする。淡いブルーの壁には、艶《つや》のあるパイン材のドアが並んでいる。気が張っているので、膝に力が入らない。

大事なのは冷静さを保つことだ。なにもビビることはない。ウォーカーが家にいて、秘密の覗き穴から見ていたとしても、気にすることはない。自分の住まいがある建物のなかで背後から銃を撃つようなことはしないだろう。

ドアのひとつから女が出てきた。そこに黒人がいたことに興味をひかれたらしく、その目には好奇の色が宿っている。ふたりでエレベーターを待っているあいだも、じっと目をこらしている。

黒い髪、骨ばったクセのある顔、黒い瞳《ひとみ》、真っ赤な口紅を塗りたくった大きな口。白いニットのマフラーで頭を覆い、裾《すそ》の広がった黒いコートに身を包んでいる。年の頃は三十五あたりか。なかなかに色っぽい。

エレベーターにはほかに誰も乗りこんでこなかった。女は微笑《ほほえ》んでいる。

「誰か探してるの？」

ジミーはふと思いついて言った。「いいかい。もしぼくがここで殺されたとしたら、犯人はマシュー・ウォーカーという刑事だ。覚えておいてくれ」

女は目に恐怖の色を浮かべてあとずさりし、エレベーターの隅にへばりついた。エレベーターが一階でとまると、飛んで出て、恐る恐るといった感じで一度振りかえってから建物の外に消えた。

ジミーは外に出なかった。そこの廊下は表の通りと平行に走っている。玄関ホールの脇《わき》には、パイン材張りの待合室があり、テーブルが置かれている。

そこの椅子にすわっていれば、建物に出入りする者を見逃すことはない。シェード付きのウォールランプが、部屋にくつろぎ感を与えている。イギリス風の暖炉には作りものの火がちろちろと燃えている。かたわらのソファには一組の男女がすわって、小さな声で何やら語りあっている。静かで、おっとりしていて、いかにも品がいい。

こんな光景のなかにウォーカーのような殺人鬼が入りこむ余地はあるのか。いや、そんなことを考える必要はない。何も考える必要はない。自分がこれから何をするかはわかっている。それ以上のことを考える必要はない。

その日の朝、きちんとした身ごしらえで仕事に出かけた住人たちが、顔に疲労の皺《しわ》を刻み、けだるげな表情を浮かべて、ひとりで、あるいは連れといっしょに帰ってくる。ジミーには目もくれない。

ジミーは待った。脚がぶるぶる震えている。リボルバーの銃把が腹を突いている。そこにあったペンナイフで爪《つめ》の汚れをとる。時が過ぎていく。いくつもの白い顔が視界を横切る。いつもなら、場ちがいな感じがして居心地が悪くなっていただろう。だが、いまは何も感じない。

ウォーカーがあわただしい足どりで入ってきた。帽子は頭の後ろにずれ、両手はトレンチコートのポケットに突っこまれている。高い頬骨の上には赤い斑点《はんてん》が浮きでていて、ぞっとするような厳しい表情をしている。

ジミーを見て、はっとし、二度見する。くすんだ青い目に、驚きの色が浮かぶ。それが脅《おび》えの色に変わる。だが、次の瞬間にはくすんだ青い目の奥に消える。ウォーカーは暖炉の向かい側の椅子にすわった。悲しそうな目で作りものの火を見つめている。まるで時間がとまっているかのようにだらりと脚をのばし、両手をポケットに突っこんだままでいる。

ジミーは思った。あのポケットには拳銃が入っている。椅子の奥にたたみこんだ足が緊張のためにぶるぶる震えはじめる。立ちあがり、出口に向かっていく。脚の関節はこわばり、肩は高く聳《そび》え、背筋は板のようにぴんとのびている。

ウォーカーはおもむろに立ちあがり、あとを追いはじめた。

ジミーは玄関口で立ちどまり、通りの左右を見渡した。草むらは雪に覆われ、周囲の建物の窓には明りが点々とともっている。計画では、ウォーカーにアップタウンまで追ってこさせ、自分の家に着いたら、そこの廊下で撃ち殺すことになっている。だが、そのためにはバスに乗るまで、なんとか身の安全を確保しなければならない。いちばん近い停留所は四ブロック先、一番街と二十三番通りの交差点にある。

男女の二人連れが建物から姿を現わし、玄関前の階段をおりて、一番街のほうへ歩いていった。ジミーは階段を駆けおりて、ふたりを追い越し、その数歩前で歩調を緩めた。

ウォーカーも歩道に出て、二人連れの数歩あとを歩きはじめる。

二人連れは通りを横切った。その前で、ジミーも同じように通りを横切る。ウォーカーがそのあとを追う。しばらく行ったところに、車の通れない細い脇道があった。二人連れはそこに入っていき、ジミーは誰もいない通りにひとり取り残された。心臓が口から飛びだしそうになる。背後から撃たれるのを防ぐにはどうすればいいか。まわりには、見ている者も聞いている者もいない。

ジミーはくるりと後ろを向き、脇道をはさんでウォーカーと向かいあうと、すぐさま二人組のほうへ駆けはじめた。近づいてくる足音を聞いて、男が何ごとかといった顔で振りかえる。

「すみません。ウィリアムソンというひとの家を探してるんです」と、ジミーは息を切らしながら言った。

男は訝しげな目をしている。

「仕事があるから会いにきてくれと言われてるんですがね。さっきからずっと探してるんだけど、見つからないんです」

ふたりは中年のカップルで、急いでいる様子はない。「そのひとの住所は？」

「ピーター・クーパー・ロードの最初の脇道に入って、いちばん手前にある建物だって聞いたんですが、どこかわからなくて」

男は穏やかに微笑んだ。「これが最初の脇道だから、あそこの向かいあってる二軒の建物のどちらかじゃないか」

ウォーカーは後ろの通りの向かい側にある建物の前をうろついている。

「ありがとうございます。とりあえず、こっちの建物を見てみます」

ジミーはその建物に入っていった。玄関ホールには誰もいない。郵便受けの表札を見るふりをする。ガラスドアごしに二人連れが立ち去るのが見えた。と同時に、ウォーカーがゆっくりと後ろの通りを横切りはじめる。コートのボタンをはずして、リボルバーの銃把を握っている。

まずいことになってしまった。ここでウォーカーを撃って、やつが犯行に使った拳銃が発見されなかったら、裁判で自分を守る手立てはない。一方、ここでウォーカーに撃たれたら、見ている者が誰もいないのだから、やつがやったことを証明するものは何もない。

そのとき、ショッピングバッグを持った女が玄関ホールに入ってきた。ジミーはその女の前を足早に歩いてエレベーターに向かった。そして、いっしょに空のエレベーターに乗りこんだ。女は警戒の色をあらわにして、ハンドバッグを強く握りしめている。彼女は四階でおりた。エレベーターには八つのボタンがついている。最上階のボタンを押す。そこに着いてドアが開き、そして閉まると、二階のボタンを押す。もし誰も乗ってこなければ、二階でエレベーターを降りて、この建物から抜けだす別の方法を見つけださなければならない。だが、実際にはどの階からもひとが乗ってきて、一階に着いたときにはぎっしりになっていた。

ドアが開く。ウォーカーがエレベーターを待っているふりをして立っている。一瞬、目が合う。ジミーの茶色い目は大きく見開かれ、激しい怒りに満ちている。ウォーカーの薄青い目にはなんの感情も浮かんでいない。

みんな一斉に出口に向かう。ジミーも遅れをとらないよう急ぎ足になる。

玄関前の階段の下で、派手なツイードのアルスターコートを着た大柄な男が立ちどまり、毛皮のコートを着た若い女に向かって鍔広《つばひろ》のソフト帽をあげた。

「どこか別の場所であらためてお会いできればいいんですが、マダム。よろしければ、食事でもごいっしょに」

女は媚《こ》びをはらんだ笑みを浮かべた。「電話番号はご存じですわね、ミスター・デイヴィス。明日の午後にでもお電話くださいな」

「喜んで」

「明日の午後ですよ、ミスター・デイヴィス」

「ジムと呼んでください、マダム。ジム・デイヴィス。それがわたしの名前です。堅苦しいのは苦手なもので」

「わかりました、ジム」女の声は甘ったるい。

「では、そのときに」

男はピーター・クーパー・ロードのほうに向かい、女は逆の方向へ向かった。

ジミーは男のほうに歩み寄った。「すみません。バス停がどこか教えてもらえないでしょうか」

男は立ちどまり、振り向いた。「きみは、おのぼりさんかね」

「ええ。先週、ニューヨークに来たばかりなんです。仕事の話でひとに会うために。でも、ここで道に迷っちゃって」

「ニューヨークは気にいったかい」

ジミーは肩をすぼめ、わざとらしく震えてみせた。「ちょいと寒すぎです、ここは」アンクル・トムを演じるのは不本意だが、仕方がない。

男は笑った。「わたしはテキサス出身だ。きみは？ 南部のどこだね」

「ジョージアです」正直に答える必要はない。「ジョージアのコロンバスです」

「ジョージアとはずいぶんちがうだろうね」

「そりゃもう。早く帰りたいです」

男はくすっと笑った。「ついておいで。バス停まで連れていってやるよ」

ふたりは並んで一番街に向かった。

「わたしがこの街で勘弁してくれと思うのは、外国人の多さだ。わたしの生まれ故郷には、白人と黒人、あとはメキシコ人が少しいただけだ。みなアメリカ人だ。でも、ここはまるでヨーロッパのどこかの街みたいじゃないか」

通りには小さな商店が軒を連ね、一番街は明るく照らしだされている。一ブロック歩いたところで、ジミーは言った。「どうやら、ぼくたち、誰かに尾《つ》けられてるみたいです」

男はつと足をとめて後ろを向いた。ウォーカーの姿はすぐに見つかった。「ああ、トレンチコートを着て、デリカテッセンを覗《のぞ》きこんでる男だな。家を出たときも見かけた」

「ええ、ぼくも見ました。玄関ホールに立ってましたね」

男は思案顔でジミーを見つめた。「どっちを尾けてるんだろう。わたしかきみか」

「ぼくが尾けられなきゃならない理由はなんにもありません。おかしなことは何もしてないんですから」

男はまたくすっと笑った。「たぶんオカマ野郎だろう」

そして、しばらくのあいだ後ろを向いたままでいた。ウォーカーのほうはロースト・ターキーから目を離すことができないように見える。

「気にすることはないさ。わたしは故郷の町で保安官だったんだ。その種の手合いの扱いには慣れている」

「だったら安心ですね」

バス停までやってくると、男はジミーの背中を軽く叩《たた》いた。「さあ、着いたぞ。ここからどうやって帰るかわかるかい」

「ええ。ありがとうございます」

男は通りを横切ってタクシー乗り場に行き、そこにとまっていたタクシーに乗りこんだ。二十三番通りのバス停では、数人が列をつくって待っていた。ウォーカーの姿はいつの間にか視界から消えている。

だが、バスがやってくると、通りの反対側のタバコ屋からとつぜん姿を現わした。ジミーは三番目に乗りこみ、ウォーカーはいちばんあとに乗りこんだ。そこは始発のバス・ターミナルのすぐそばなので、車内はがらがらだった。ジミーはまんなかあたりの席を選んだ。ウォーカーは通路をはさんでその横の席にすわった。たがいに目をあわせようとはしない。ほどなくバスは満員になった。

ジミーはマディソン・スクェアでブロードウェイ線のバスに乗りかえた。ウォーカーもそれにならった。

ふたりともしばらく立っていたが、コロンバス・サークルでようやく席があいた。どちらもすわろうとはしない。

ジミーは百四十五番通りでバスを降り、ウォーカーがあとを追う。

交差点の角のひとつにドラッグストアのチェーン店があり、もうひとつの角にビックフォードのカフェテリアがあった。四つの角すべてに地下鉄の出入口がある。交差点は明るく、あらゆる人種の通行人でごったがえしている。

ジミーはブロードウェイをゆっくり北に向かい、ウールワースのまばゆい店先とR

ＫＯの映画館のロビーの前を通り過ぎた。このあたりは自分の庭みたいなものだ。緊張はしているが、怯えてはいない。ウォーカーは部屋の前まで尾けてきて、そこで片をつけようと思っているのだろうが、おたおたすることはない。そのまえにこっちが片をつけてやる。

ウォーカーの拳銃と自分とのあいだにいつも誰かがいるように人ごみにまぎれて歩く。

百四十八番通りと百四十九番通りのあいだあたりまで来ると、人通りが急に少なくなった。大柄な黒人のカップルの前に出て、そのすぐ前を歩いていく。百四十九番通りが近づくにつれて、胃にさしこみを覚えだす。まるで原子爆弾の爆発までのカウントダウンをしている映画を観《み》ているようだ。その瞬間に向かって、時計の針がカチカチと秒を刻んでいく。ここで百四十九番通りを横切り、そこから三十歩進んだら、自分の住まいがある共同住宅の前に着く。計算はできている。玄関ホールに入ったら、銃弾《タマ》が飛んでこないところに身を隠し、ドアのほうを向いて立っていれば、先手を打てる。

黒人のカップルから離れて歩道わきへ歩いていき、そこでウォーカーがいるところをたしかめるために後ろを向く。手は拳銃を握りしめ、ベルトから引き抜きかけている。

だが、そこにウォーカーの姿はなかった。衝撃が走る。どうしたらいいかわからず、一瞬惚《ほう》けたようにその場に立ちつくす。通りは一時的に空っぽになっていて、どの方向にも誰もいない。これでは格好の標的になってしまう。とつぜんのパニックのせいで、反射的に身体《からだ》が動く。

通りの角のブロードウェイ側に、ベルズ・バー&グリルがあった。カーテンが引かれた窓の向こうに円形のカウンターがあり、そこに黒人の客が群れているのが見える。ジュークボックスのくぐもった音が通りに流れでている。店の前の歩道わきには、何台もの車がとまっている。

ジミーはその店の入口へ突進した。そのとき銃弾が左肩に当たった。走りながら本能的に身をかがめていなければ、心臓に当たっていただろう。身体がくるっとまわる。バランスが崩れ、不格好によろめき、倒れそうになる。二発目の銃弾は背中から右の肩甲骨《けんこうこつ》の下に当たり、二本の肋骨《ろっこつ》のあいだを通って肺を突き抜けた。銃声は聞こえなかったし、どの方角から撃たれたのかもわからない。身体に穴があいているのはわかる。助けを呼ぼうとしたが、息ができない。口から血があふれでている。残っている力を振りしぼって拳銃を抜き、引き金をひく。銃弾は歩道にしか当たらない。

この一発にウォーカーは泡を食った。そのときは路駐している二台の車のあいだに立ち、その一台のボンネットをあけ、エンジンルームを見るふりをして身をかがめていた。頭と肩はどの方角からも見えない。サイレンサー付きのリボルバーもボンネットの陰に隠れている。ふらふらと揺れるジミーの頭を狙《ねら》って素早く発砲したが、銃弾は当たらなかった。

ジミーはベルズ・バー&グリルのガラスドアにぶつかって倒れた。そのときにはもう意識を失っていた。

店のドアが勢いよく開き、客がどやどやと飛びだしてくる。いちばん先に出てきた男が、路上に倒れているジミーを三段跳びでよける。

ひとりの女がジミーの姿を見て叫ぶ。「ああ、神さま！」

大勢の野次馬が先の発砲音を聞きつけて集まってきつつある。バーのジュークボックスからは、低い歌声が鳴り響いている。

ウォーカーはトレンチコートのポケットに拳銃をしまうと、ゆっくりとした足どりでブロードウェイの北向き車線を横切り、中央分離帯のへりをまわり、それから南向きの車線を横切った。一度も後ろを振りかえることはなかった。

殺人現場のことはよく知っている。そこから立ち去ろうとしている自分に注意を払っている者はいない。犯行のあとには、その場にいあわせた者たちの注意が被害者だけに集まる時間が一分から五分くらいある。そのあいだは気が動転しているので、怪しい者がいないかどうかまわりを見まわしている余裕などない。

ウォーカーはブロードウェイを南に向かい、何食わぬ顔で地下鉄の出入口のほうに歩いていった。拳銃はさっきの車のエンジンルームに置いていったほうがよかったかもしれない。そうすれば、三人を殺したのはアップタウンのどこかのチンピラだということになる。でも、やはりまだ拳銃を手放すわけにはいかない。行かなければならないところがもうひとつある。

あの女に拳銃を預けたのは間違いだった。女の好奇心を甘く見ていた。けれども、いまさら悔やんでも仕方がない。いずれにせよ、自分に不利な証言ができるのは彼女だけだ。その口を封じたら、それですべて片づく。拳銃はそのあと処分すればいい。

シュミット＆シンドラー軽食堂の清掃員三人を殺した拳銃を使うのはまずいということは百も承知している。そこから自分に疑惑の目が向けられる恐れは充分にある。その女といっしょにいるところは多くの者に見られている。少なくともブロックには絶対にばれる。でも、それは決め手にならない。証言できる者がいないのだから、拳銃が出てこないかぎり、有罪にはならない。警察は好きなように筋書きを考えればいい。

ウォーカーが地下鉄の出入口の階段をおりかけたとき、数台のパトカーがサイレンを鳴らしながら百四十五番通りから交差点を曲がってブロードウェイに入っていった。

22

ブロックは机ごしに思案顔でリンダを見つめている。手に九十八セントのプラスティックのペンを持っているが、机の上に置かれたメモ用紙には何も書かれていない。

「ほかに何か隠していることは？」と、ブロックは訊いた。

リンダはジミーから聞いたことを思いだせるかぎり正確に包み隠さず話していた。話さなかったのはジミーが拳銃を持っているということだけだった。

「どうしてわたしが何か隠しているというの？　どうしてあなたたち警官は誰もが罪を犯していると決めつけるの？　あなたはわたしが何か悪いことをしたかのように話している」

「そのとおり。きみのような若くて寄るべのない女性に正義を守ってほしいと言われるたびに、わたしは食事を中断しなければならない」

リンダは膨れてみせたが、ブロックと目を合わすことはできない。

机の後ろには、金網が張られた窓がある。その向こうには、川に面した集合住宅の大きな窓が見える。窓には明かりがついている。室内には人影があり、せわしなげに動きまわったり、本を読んだり、テレビを見たりしている。みな白人だ。みな安全で、心地よく、守られているように見える。

「あそこのような立派な家に住んでるマダムが、夫を殺そうとしている刑事がいるって言ったらどうするの」

「腹をかかえて笑うだろうね」

「そんなふうに笑えるのは、上流の白人男性にそういったことは起こらないとわかってるからでしょ。でも、ジミーは撃たれた。それは実際にあったことよ。同じ店で働いてたふたりの清掃員は殺された。それも現実にあったことよ。なのに、警察は何もしてくれないの？」

「そのとおり。われわれはただここにすわって、きみのボーイフレンドが殺されるのを待つだけだ」

「それだけじゃないでしょ。あなたはわたしが隠しごとをしていると思っている。わたしが何を隠してるというの。ジミーがふたりの仲間を殺して、そのあと自分で自分を撃ったと思ってるの？　銃を飲みこんでしまったと思ってるの？」

「そのとおり。銃は何者かが飲みこんでしまった。それが現実にあったことだ」

「どうしてあなたはわたしが言ったことを何も信じないの？　ふたりの清掃員が殺されたってことも信じないの？」

「ふたりが殺されたのは事実だ。いまきみがした話は、ジミーが話したこととほぼ同じといっていい。きみはこれまでずっとあわてふためいたりすることはなかった。彫刻か何かのように落ち着いていた。なのに、どうしていまとつぜん怯《おび》えだしたんだね」

リンダは思わず身震いした。「ジミーから今朝の話を聞いたからよ。その話が本当なら、殺されずにすんだのは神のお導きというしかない」

「かもしれない。その話が本当だとすれば」

「本当かどうかたしかめようとしないの？」

「ジミーの話を信じたとしよう。ふたりの清掃員が殺された時間に、ジミーが言ったとおりのことが起きたとしよう。犯人は待ち伏せし、拳銃をかまえて階段を追いかけてきた。ふたりの清掃員が殺されたときと場所以外はすべて同じだ。きみのボーイフレンドはよほど融通がきかないにちがいない。それとも、殺人犯のほうが融通がきかないということかな」

「わかったわ。笑いたきゃ笑えばいい。ジミーが殺されたらもっと笑えるはずよ」

「かもしれない。でも、わたしが知りたいのは、きみが急に怯えだしたのはなぜかってことだ」

「ここに来てやっとジミーの言うことを信じる気になったからよ。それだけ」

ブロックの眼光は鋭い。「なるほど。信じる気になるまでずいぶん時間がかかったわけだな」

リンダの褐色の頬に銅色《あかがねいろ》の赤みがさす。

「最初は信じられなかった。でも、今朝ウォーカー刑事があの建物のなかにいたのはたしかよ」

「わかっている。ウォーカーが言うには、きみの友人のジミー・ジョンソンを追っているのは殺人犯を見つけるためらしい。一方にはそういう言い分があり、もう一方には別の言い分がある。われわれは裁判官じゃない。誰が本当のことを言っているか、誰が嘘《うそ》をついているかを判断することはできない。われわれは警察官だ。実際のところ、われわれに何ができるというのか」

「ウォーカーをとめることはできる」

「どうやって」

「適当に理由をつけて身柄を拘束すればいい。アップタウンでは怪しいというだけで捕まってる黒人がいっぱいいる」

「ああ。たしかに弁護士が到着するまで拘束しておくことはできる。一時間くらいかな」

「ひどい話ね」リンダは涙声になっている。「みんなあの男が何をするか黙って見ているだけ。ネコがネズミを追いかけているのを見ているみたいに」

「ジミーがなんらかの容疑で告発されていればいいんだが。としたら、それで少しは時間稼ぎができる」

「身柄を保護するために拘置することはできないの？　黒人はなんの罪もおかしていないのにすぐに引っぱられる」

「本人が望まなければそんなことはできない。無理やり拘束したとしても、ウォーカーの場合と同じだ。シュミット＆シンドラー社の弁護士が令状を持ってやってくるまでしか拘置できない」

「それじゃ意味がないわね」

「残念ながら。ただし、きみが何もかも包み隠さず話してくれたら、なんらかの手立てが見つかるかもしれない」

「また始まった。何も隠してないって言ってるでしょ」

「まったく、女ってやつは……きみたちは何が悲しくてウォーカーのようなやつを守ろうとするんだろう」

「わたしは守ろうなんて思っちゃいない」

「きみ以外にも……」と言ったところで、ブロックは何かを思いついたらしく言葉を切り、つと立ちあがった。「いい考えがある。きみをある女性に引きあわせたい。いっしょに来てくれ」

ブロックはリンダといっしょに部屋から出ていき、別のふたりの刑事がそれぞれの机から好奇の目で見つめた。

ふたりはブロックの車でピーター・クーパー・ヴィレッジに向かった。ピーター・クーパー・ロード五番地の建物の前で車をとめ、玄関ホールに入り、イギリス風の暖炉がしつらえられた待合室の前を通り過ぎる。一時間前にジミーがウォーカーを待っていたところだ。大きく静かなエレベーターで三階にあがる。

表札には〝エヴァ・モジェスカ〟とある。

呼び鈴を押すと、ドアの向こうからチャイムのくぐもった音が聞こえた。しばらく待つ。返事はない。もう一度呼鈴を押す。やはり返事はない。

ブロックは普通の大きさの声で言った。「ミス・モジェスカ、殺人課のブロック刑事だ。今朝も話したが、あらためて訊きたいことがある」

ドアの向こう側から、低くしわがれた外国訛《なま》りのある女の声が聞こえた。「いい加減にしてちょうだい。しつこいわよ」

「あけてくれないなら、管理人を呼んでドアをあけさせる」

カチッという音がしてドアが開く。その奥の小部屋に明かりはついていない。暗がりのなかから声がした。「入ってちょうだい」

リンダはためらった。

「怖がることはないさ」ブロックは言って、ずんずん廊下を進んでいく。角を曲がったところに広い居間があった。ドアが閉まり、後ろからエヴァが部屋に入ってくる。

「どうぞ。おかけになって」

正面の大きな窓は厚手のカーテンに覆われ、その反対側の隅に置かれた小さなテーブルの上で、ナイトランプが柔らかい光を放っている。

「じゃ、すわらせてもらおう」ブロックは言ったが、無視された。三人とも立ったままだ。

エヴァはリンダに見つめられているのに気づいて、顔をそむけた。赤い厚手のウールのローブを、首もとまでボタンをとめて着ている。肩まで垂れた髪は、もつれてもじゃもじゃになっている。顔は腫《は》れあがり、目はほぼ完全にふさがっている。唇はどこにあるかわからない。肌の色は濃い紫と明るいオレンジでまだらになっている。

「言ったでしょ。誰のしわざかわからないって」エヴァは投げやりな口調で言った。「強盗よ。家に帰ってきたとき、この部屋で鉢合わせしたの。顔は見ていない。いきなり襲ってきたので……」

「なるほど」ブロックは言って、椅子《いす》をソファの向かいに持ってきた。「すわりたまえ」

エヴァはそこにすわった。命令に従うことに慣れているようだ。

「きみもすわれ」と、今度はリンダに言う。

リンダはゆっくりソファの端に腰かけ、自分の手を見つめた。恐怖が好奇心を上まわりつつあるのはあきらかだ。

「ミス・モジェスカ、こちらはミス・リンダ・コリンズ。ボーイフレンドはシュミット&シンドラー軽食堂で働いている」

エヴァの顔に恐怖の色が広がる。ブロックは何も気がつかないふりをしている。

「先週、そのボーイフレンドが銃撃された。同僚のふたりの夜間清掃員は殺された。そのことは新聞で読んで知ってるはずだ」

エヴァはぶるぶる震えだし、怯えた声で言った。「わたしは何も知らない」

「わかっている。だからミス・コリンズに来てもらったんだ。彼女のほうから何があったかを説明してもらうために」

「どうしても聞かなきゃいけないの?」

「どうしても」ブロックは言い、それからリンダのほうを向いた。「さっきわたしに話したことをここでもう一度繰りかえしてくれ。省略なしで」

リンダが話しているあいだ、エヴァはうなだれ、ときおりひきつったように身を震わせながら聞いていた。ブロックはソファの肘《ひじ》かけに腰をおろして、エヴァの顔をじっと見つめていた。

そして、リンダが話し終えると、言った。「これでわかったと思う。やつはきわめて危険だ」

「仕方がないわ。あのひとは病気なんだから」

「そうなんだろう。だから、きみは彼にやられたと言わなかったんだろう」

エヴァは思いつめたような顔で身を乗りだした。「だとしたら、とめなきゃ。あのひとがもうひとり殺そうとしているとは思わなかった」

「なるほど。じゃ、きみはやつがふたりの男を殺したことを知っていたんだな」

エヴァは両手で顔を覆い、くぐもった声で言った。「昨日の夜、知ったの」

「ああ。きみは昨日の夜そのことを知った。なのに、今朝わたしと話したときにはそう言わなかった」

「言うつもりだったのよ」エヴァはしゃくりあげはじめた。「ここで女のひとが殺されていると警察に通報したのはわたしよ。そのときは言うつもりだったの。でも、途中で怖くなって……」

「きみは恐れていた。やつが戻ってきて、殺されると思った。だから、警察に電話したってわけだな。それでどうなんだ。なぜやつがふたりの清掃員を殺したとわかったんだ」

「拳銃《けんじゅう》を見たの。事件のことは新聞で知っていた。ふたりともサイレンサー付きの拳銃で殺されたって書いてあった。だから、拳銃にサイレンサーが付いてるのを見て、あのひとがやったと……」

「震えてないで、話を続けてくれ。その拳銃はどこで見た？」

「あのひとが預かってくれと言って持ってきたの。事件があった日に。そのときは別になんとも思わなかった。包みにくるまれてたから。あけるなって言われていた。中身は殺人事件の証拠物で、自分の家には捜索が入るかもしれないから置いておけないって。わたしは国連に勤めていて、まったくの部外者だから、ここなら安心だって。そして、昨日の夜、それを取りにきた。そのときの様子がなんだか変だったので、怪しいと思って包みをあけてみたの」エヴァは自分を抑えられずにまた震えだした。「そのとき拳銃を見て、あのひとが殺したんだとわかった」

リンダは困惑の色を隠せなかった。「なんてことなの！　じゃ、やっぱり本当だったのね。まさかと思ってたのに」

「やれやれ。困ったもんだ」ブロックは言い、それからエヴァのほうを向いた。「きみはやつに半殺しにされた。そして、ここに置き去りにされた。やつが戻ってきたら、殺されると思った。なのに、警察に電話をかけて、誰が何をしたのか話そうとしなかった。ただここにすわって、もうひとり殺されるのを黙って見ていようとしていた」

「そんな言い方はやめて。話したかったけど、怖かったのよ。しゃべったらスパイ容疑で訴えるって脅されてたから。拳銃が見つかることはないし、わたしが何を言っても、言うだけじゃなんの証拠にもならない。要はひとが何を信じたがっているかだ、とあのひとは言ってたわ。わたしの故国には、わたしがスパイだと信じたがっているひとが大勢いる」

リンダはいきなり立ちあがった。「彼をとめなきゃ。いますぐ誰かをジミーの部屋に行かせなきゃ。急いで、お願いだから」ブロックが動こうとしないので、リンダはさらに言い募った。「いまもアップタウンのどこかでジミーを待ち伏せしてるかもしれないわ」

「すわりなさい。アップタウンにはいない。居場所はわかってる」それからエヴァのほうを向いて、「電話はどこにある」

エヴァは寝室のほうへ顔を向けた。「ベッドの脇よ」

女たちは緊張の面持ちで向きあってすわり、ゆっくりと部屋から出ていくブロックの背中を見つめた。おたがいに目を合わせようとはしない。沈黙のなかからダイヤルをまわす音が聞こえてくる。

それから、ブロックの声。「ジェニー？……それで？……いや、なんの問題もない。マットにかわってくれないか……なんだって。それはいつのことだ……行き先は言わなかった？……いいや、ちがう。家を出るまえにどこかへ行かなかったか……わかった……いいや、なんの問題もない……だいじょうぶ。たいしたことじゃない……ちょっと気になっただけだ……いいや、待ってなくていい。たぶん遅くなるから……わかった。それじゃ」

　リンダは電話の途中で寝室に入ってきていた。「彼がどこにいるかわからないのね」と、怯えた声で咎《とが》めだてるように訊《き》く。

「そんなに心配することはない。遠くには行っていないはずだ。一時間もあれば見つけられる。アップタウンにも誰かをやって、きみのボーイフレンドの警護にあたらせる」

「お願いだから急いで。ジミーも拳銃を持っているの。今日買ったのよ。ウォーカーが建物に入ってきたら、撃ち殺すつもりでいる」

　ほんの一瞬、ブロックは凍りついたように身をこわばらせたが、次の瞬間には慣れた手つきでダイヤルをまわしていた。「なるほど、そういうことだったのか」電話がつながるのを待ちながら、リンダに向かって小声で言う。「それであんなに怯えていたんだな。まったく女ってやつは。それでわれわれにあんなふうに――あ、もしもし」と、受話器に向かって話しはじめる。「ブロック部長刑事だ。ベイカー警部補にかわってくれ……ベイカー警部補ですか。ブロックです……ええ、確認がとれました。ウォーカーの逮捕状を……いいえ、例の軽食堂の一件で……えっ……本当に？　いつです？……容態は？……もちろんです。でも、あのときはまだ……」

ブロックは無意識のうちにリンダに目をやった。

リンダはブロックの腕をつかみ、ヒステリックに叫んだ。「ジミーのことね！　撃たれたの？　殺されたの？」

ブロックは受話器に向かって言った。「ちょっと待ってもらえますか」

そして、素早く振り向いて、受話器を持っていないほうの手でリンダの頬をひっぱたいた。

「痛い！」と、リンダは言っただけで、おとなしくなった。

「落ち着け。きみのボーイフレンドは生きている」そして、また受話器に向かって話しはじめる。「いいえ、ジミー・ジョンソンのガールフレンドです。彼が殺されたと思ったようで……ええ、生きていると伝えました……いいえ、いまはエヴァ・モジェスカ宅にいます。ピーター・クーパー・ロードの――ええ、そうです……ふたりの身柄を確保するために誰かここによこしてください……ええ、ふたりともです。容疑はなんでもかまいません。共犯の疑いがあるとかなんとか……ええ、そうです。とにかく急いで……」

23

ピーター・クーパー・ヴィレッジの建物はすべて地下通路でつながっている。

ウォーカーは自宅とエヴァの住まいがある建物に入るのに、そこから三ブロック離れたボイラー室から地下通路を抜け、作業用の階段をあがるという方法を使った。そして、エヴァのアパートメントの裏口にまわると、そこで立ちどまり、ドアに耳を当てた。室内からはなんの物音も聞こえてこない。

エヴァから預かっているキーを使って、音を立てないように解錠する。ドアノブを左手で後ろに強く引きながらまわす。ドアノブを持ったまま、右手でサイレンサー付きの拳銃を抜いて、撃鉄を起こす。ドアを勢いよく押し、拳銃を正面にかまえて、なかに入る。あけたときと同じように、ドアを素早く静かに閉める。

漆黒の闇《やみ》のなかで、息をつめて耳をすませる。やはりなんの物音もしない。

そこはアパートメントの裏側にある狭い洗濯室だ。空いているほうの左手を前にのばして、忍び足で前に進む。キッチンのドアに耳を当てて、ふたたび様子をうかがう。エヴァが出かけているとは思えない。眠っているとも考えにくい。暗がりのなかにすわって、うじうじと思い悩んでいるはずだ。

ドアをそっとあけ、手探りでキッチンを横切る。その先に、ダイニングを兼ねた居間の側面に通じるドアがある。そのドアの下の隙間《すきま》から光は漏れていない。窓のカーテンが閉めきられているか、街灯の明かりが届いていないということだろう。

もう一度ドアに耳を当てる。このときは誰かの息づかいの音が聞こえたが、自分が息をとめると、何も聞こえなくなった。

糞《くそ》ったれ。暗闇のなかで拳銃をぶっぱなしたい。

暗闇のなかに息をころして立って、第六感で危険を察知しようとしたが、特に異常は感じない。

そっとドアをあけ、左手をのばして照明のスイッチを探す。その手がスイッチに触れるまえに、ソファの脇に置かれた大きなフロアランプの明かりがついた。

ブロックがソファのまんなかにすわり、官給の三八口径リボルバーをかまえている。

「拳銃を捨てろ、マット」と、抑揚のない声で言う。

ウォーカーは筋肉が石になったように身をこわばらせた。指からゆっくりと力を抜く。拳銃が絨毯《じゅうたん》の上に鈍い音を立てて落ちる。口もとに悲しげな子供のような笑みが浮かぶ。

「やってくれるじゃないか」

「まあな。おかしなまねをしたら、その場で撃ち殺す」

「おれは官給のリボルバーも持っている。それも捨てたほうがいいか」

ブロックは首を振った。「いいや。きみが官給のリボルバーを使うとは思わない」

「思いこみはよくないぞ」

「危険は承知のうえだ」ブロックは言って、自分の拳銃をホルスターに戻した。「すわれ」

ウォーカーはテーブルから椅子を引きだし、ブロックのほうを向いて、そこにまたがるようにすわった。口もとにはまだ悲しげな笑みが残っている。

「エヴァがしゃべったのか」

「そうだ。永遠に口をつぐんでいると思っていたのか」

「いつかはしゃべると思ってたよ。でも、これほど早いとは思わなかった。そのまえに、厄介な問題はきれいに片づいているはずだった」

「ああ。そのあとエヴァを永遠に黙らせるつもりだったんだな」

「そうするしかなかっただろうな。そうすれば、本当のことを知っている者はひとりもいなくなる」

「いいや。わたしはエヴァの話を聞くまえから知っていたよ」

ウォーカーは思案顔でブロックを見つめた。「このまえのおれの話のせいだな。あんたが信じてないってことはわかってた。でも、エヴァの話を聞かなかったら、確信は持てなかったはずだ」

「いや、あのときの話のせいじゃない。地方検事が調書を受けとったときから疑っていた。リンディーズで話したときには、全部わかっていた」

ウォーカーの顔に好奇の色があらわになる。「利口なやつだ。どのあたりで確信したんだ」

「娼婦《しょうふ》を見つけたときだ。きみがあの夜買った女だ」

「本当に？　ずっとまえから知ってたんだな」傷ついたような、責めるような口調だ。

「ああ。彼女まで殺させたくなかったから」

「でも、黙っていたんだな」

「どんな話を聞いたんだ」

「きみが拳銃を持ってるという話を。自分もその拳銃で脅されたと言っていた。それはどこで手に入れたものなんだ」

「証拠物の保管室だ。ベビー・フェイスがジュー・マイクを殺したときに使った拳銃だ」

「なるほど。凶器の出どころの問題はこれで解決した」

「それもわかってたと思ってたよ」ウォーカーは言い、それから付け加えた。「あの夜は頭がどうかなっちまってたんだ。ほかにもおれに脅された者がいるだろうか」

「それは後日わかるはずだ」

「そうだな。裁判ですべてあきらかになる」小さな悲しげな声だった。「どうやってあの女を見つけたんだ」

「ベルビュー病院にかつぎこまれていた。顔に大怪我《おおけが》を負って。拳銃で殴られたんだ。あれはいったいどういうことだったんだ」

「わからない。飲みすぎたんだろう」

「いいや、それだけじゃないはずだ」

「女遊びがすぎたってことかもしれない」

「いや、それもちがうだろう。病気じゃないのか」

一瞬きょとんとした顔になる。「精神を病んでると言いたいのか」

「いいや、身体の病《やまい》だ。梅毒とか癌《がん》とか」

ウォーカーはとつぜん少年のように笑いだした。「おれの知るかぎりでは、ちがうと思うね。まあ、脳が梅毒にやられていたとしたら、その可能性もなくはないが」

「ありえない話じゃないな」

「おれはどうなると思う？」

「ふたりの女にひどい怪我をさせたんだ。たぶん精神科の病院に収容ってことになるだろう」

「ああ。みんな正気じゃないと思うだろうな。ジェニーは知ってるのか」

「いいや、まだ何も知らない」

ウォーカーは大きなため息をついた。「どうしてこうなるまえにとめてくれなかったんだ、ブロック」

「拳銃を処分するチャンスを与えたかったんだよ」

「最後のひとりを殺してからってことか」

「そうじゃない。わたしに勘づかれているとわかったら、その時点で動くと思っていた。わたしが勘づいているってことは、口にこそしなかったが、何度もきみに伝えようとしたんだ。わたしが拳銃を捨てろと言っているとわかってくれると思っていた。

そのことに気づくくらいの分別はまだあると思っていた」

「あんたはおれをはめようとしているんだと思ってた。おれのためを思ってくれているとは知らなかった」

「きみのためじゃない。ジェニーのためだ」

「それで見逃そうとしたのか」

「そうだ。きみには妻も子供もいない。弟や叔父が人殺しだってわかるのがどれほど耐えがたいことか、きみには想像もできないだろう」

「あのふたりに知られずにすますことはできないだろうか」

「それはわたしがどうにかできることじゃない」しばしの沈黙のあと、ブロックは訊いた。「ところで、どうしてきみはあのときふたりの清掃員を殺したんだ、マット」

「話しても、あんたは信じないだろう。誰も信じないだろう。でも、一人目は事故といってもいいようなものだ。拳銃をかまえて、気がついたら撃っていた。引き金があんなに軽いとは思わなかった。相手よりおれのほうが驚いたくらいだ。でも、そんなことは誰も信じてくれないだろう。それくらいはよくわかっていた。だからとどめをさしたんだ」

「なるほど。でも、何がきっかけで、そんなふうになってしまったんだ」

「やつらに車を盗まれたと思ったんだ。酔っぱらっていて、どこに車をとめたかわからなくなっちまってな。そのとき、あいつらの姿が目に入り、反射的にそう思ったんだ」

「黒人だから？」

「あんなに酔っぱらってたんだ。仕方がない」

「かもしれん。でも、もうひとりはどうなんだ」

「さあ、どうだろう。ひとり殺《や》ったら、とまらなくなったってことかな。顔を見られたからには、生かしておくわけにはいかなかった。三人目も、階段をあがってきておれの顔を見てなきゃ、殺そうとは思わなかったはずだ」本当にそう思っているような口ぶりだった。

「同情するよ」

「おれもあんたに同情する」

「ああ。家族はつらい思いをすることになるが、こんなふうになってしまったからには仕方がない」

「そうともかぎらない。あんたはおれの官給のリボルバーを取りあげなかった。そうしようと思えばできたはずなのに。拳銃の早撃ちにかけては、おれのほうが一枚上だ」

長い沈黙があり、ふたりはどちらもぴくりとも動かなかった。催眠術にかかったように、おたがいの目をじっと見つめあっている。

ウォーカーは椅子の背もたれを抱えこむようにして腕を組んでいる。ブロックは右手をソファの座面に、左手を腿《もも》の上にさりげなく置いている。

沈黙を破ったのはブロックだった。「そうかもしれない。でも、きみは逃げられない。狂犬のように駆除される」

「わかってるさ。でも、始めちまったものをここでやめるわけにはいかない」

ブロックには、自分の手がホルスターに届いて拳銃を抜くまでの時間が一万年にも思えた。そのまえに、ウォーカーの手に握られた拳銃が見え、銃声が聞こえていた。

驚いたのは、二回目の銃声が自分の拳銃から聞こえたことだった。信じられないのは、ウォーカーのふたつの青い目のあいだにとつぜん小さな穴があいたことだった。そこから銃弾が脳に入ったのだ。ブロックはソファにすわったまま茫然《ぼうぜん》として動くことができなかった。ウォーカーは椅子の背もたれに突っ伏し、椅子といっしょに床に倒れた。

ブロックはゆっくりと立ちあがり、そして後ろを向いた。ウォーカーが撃った銃弾はソファの背もたれに穴をあけていた。

「五発ぜんぶ命中させることもできたはずなのに。哀れな男だ。でも、こうするしかなかったんだろう」

ブロックは重い足どりで部屋を横切り、寝室に入って、そこから電話をかけた。

24

「あなたはいったい何をしたかったの？　わたしをショック死させたかったの？」リンダは言って、毛皮のコートを脱ぎ、面会者用の椅子に腰かけた。

ジミーは病室の白いベッドから顔をあげ、ばつの悪そうな笑みを浮かべた。

撃たれたのは九日前のことで、リンダははじめての面会人だった。九日間ジミーは死のふちをさまよい、リンダはカウンセリングに通った。とてもつらい時間だった。どちらの顔にも疲労の色が滲《にじ》みでていた。

ジミーは乾いた唇から声をしぼりだした。「あのクソ野郎を殺し、自分は生き残りたかったんだよ」

リンダは目を細めた。異論があるときの表情だ。

「ぼくが殺されないかぎり、信じてくれる者はひとりもいなかった」

リンダは手をのばして、ジミーの乾いた唇に当てた。その手から、催淫《さいいん》効果のある香水のほのかな香りが漂っている。

「地方検事は信じていたわ」

「馬鹿馬鹿《ばかばか》しい」

「ブロック刑事も」

「リンダ、頼むから――」

「それに、わたしも」

「いいや、ちがう」

リンダは罪悪感に喉《のど》を詰まらせた。「じゃ、わたしはどうすればよかったの？　あなたはどうしてわたしに助けを求めなかったの？　わたしがあの男を自分の家におびき寄せたら、あなたはそこまでの危険を背負わなくてすんだはずよ」

ジミーは動揺し、肘をついて身体を起こした。胸に痛みが走ったが気にせず、うめくような口調で言った。「きみを信じてなかったからだ」

リンダは顔に火がついたようなほてりを感じた。「そうね。マルコムXでなくてもそれくらいはわかるわ」

「でも、ぼくにはぼくなりの算段があった」

リンダはその言葉を無視して、ジミーをベッドに押し戻した。「少し静かにしてなさい。ここでわたしに説明する必要はない」

「でも、説明したい。きみにわかってもらいたいんだ。ぼくはやつを殺すつもりだった。やつが拳銃を持っているときに。問答無用で。ルークとファット・サムが殺されたときと同じように」

　リンダは理解し、同意を示そうとした。でも、笑顔にはなれなかった。その目には憐《あわ》れみがあり、困惑さえあった。やれやれ、と思わずにはいられなかった。ウォーカーにとって、ジミーはいくらの脅威でもなかったにちがいない。赤ん坊のようなものだ。死なずにすんだのはラッキーというしかない。でも、そんなことはどうだっていい。大事なのは、これでもう怖い思いをしないですむということだ。

　ジミーはようやくリンダの厳しい表情に気づいた。「いったいどうすればよかったんだ。逃げまわるだけなんて人生を送ることは、ぼくにはできない」

「シッー！」リンダはかがみこんで、唇でジミーの口をふさいだ。熱く、湿ったキスで、息をすることもできない。「あなたはわたしを死ぬほど怯えさせた」そして、すぐに付け加える。「でも、わたしはそういうあなたが好きよ」

　ジミーが自分の感情を表せる唯一《ゆいいつ》の場所である目に明るさがきざす。「じゃ、ぼくたちはいまも婚約者ってことかい」

リンダはぷいと怒ったような顔をした。「馬鹿ね。わたしがいまあなたを手放すと思ったの？　せっかくここまで来たのに」

解説

小野家由佳

『逃げろ逃げろ逃げろ！』は、僕らの住んでいるこの世界が真っ当で正常なものではなかったことを思い知らされる小説です。

崩れることのない確かな地面だと信じていた足元に広がっているのは実は薄氷で、とっくのとうにひび割れて、向こうにいる恐ろしい何かが顔を覗《のぞ》かせている。今すぐ逃げろ！　大急ぎで！

＊

本書は原題を*Run Man Run*といい、アメリカでは一九六六年にハードカバーの単行本で刊行されました。一九六六年に発表、ではない妙な言い回しをした理由については後述します。シリーズものではない単発の長篇犯罪小説です。

作者であるチェスター・ハイムズ（１９０９－１９８４）はミズーリ州ジェファー

ソン・シティ生まれのアフリカ系アメリカ人の作家です。代表作は『イマベルへの愛』から始まる〈墓掘りジョーンズと棺桶《かんおけ》エド〉シリーズ。

ジョーンズとエドはニューヨーク市警の警察官で、主にハーレム地区で発生した事件を担当しています。三八口径のリヴォルバーを振り回す気性の荒いコンビですが、根底には街の平和を守ろうとする使命感を持っていて、実は中々の人情派です。

そんな二人の活躍するシリーズは読み味としては警察小説というよりもクライム・ノヴェルに近い。多くの作品で、ジョーンズとエド視点の捜査パートと同程度、ともすれば超える分量でハーレム地区の人々を視点人物にした章が存在しており、そちらで展開される犯罪喜劇の方が印象に残ってしまうこともしばしば。

シリーズは長篇が九つ刊行されており（※1）、今も根強い人気があります。有難いことに日本ではほぼ全作が訳されています。

作者であるハイムズについても作家として評価は高く何冊もの評伝が出ているくらいですが、その人生は決して順風満帆と言えるものではありませんでした。

ハイムズは、獄中作家として小説家のキャリアをスタートさせています。武装強盗の罪で服役中の一九三一年、《The Bronzeman》という雑誌に寄せた短篇がデビュー作にあたりますが、掲載誌が現存せず、短篇自体も確認できていないようで詳細は不明です。その後、幾つかの雑誌や新聞に寄稿した他、一九三四年には、高級誌《Esquire》にも短篇を二つ売っています（※2）。二篇とも刑務所を舞台にした小説で、寄稿者紹介の頁《ページ》ではハイムズは59623という別名でも知られていると、少しユニークな書き方がされています。59623というのは、彼の囚人番号です（※3）。

出所後、一九四五年に*If He Hollers Let Him Go*で長篇デビューを果たし注目されますが、続く作品の評判は芳《かんば》しくなく、結局アメリカでは作家として成功できないまま一九五三年に渡欧します。

この時期までに書かれたハイムズの作品は一般に普通小説と分類されています（※4）。転機が訪れたのは一九五七年でした。フランスにてガリマール社のセリ・ノワール叢書《そうしょ》の監修者マルセル・デュアメルに依頼されて書いた初めてのミステリーである『イマベルへの愛』が高く評価されたのです。この小説は、フランス推理小説大賞まで受賞するベストセラーとなりました。ハイムズのミステリーは逆輸入されるような形でアメリカでも刊行されましたが、基本的にはフランスでの人気に支えられて続いたようです。

本書についても、実はアメリカよりも先にフランスで発表されています。その際のタイトルは*Dare-Dare*で、一九五九年の刊行でした。

Dare-Dare とはフランス語で、大急ぎで、直ちに、といった意味のようです。*Run Man Run* にも、『逃げろ逃げろ逃げろ!』にも急《せ》かすような響きがあります。ただ、誰が、とか、何から、は示されていない。果たして、この小説は具体的にどのような話なのでしょうか。ここで粗筋を確認してみましょう。

*

物語は、新たな年を迎える直前、十二月二十八日の未明に始まります。ほとんどの住人が寝静まったニューヨークを男が一人、歩いている。彼の名前はマット・ウォーカー、白人警官です。職務中ということになっていますが、酒を飲んでいて、すっかり酔っ払っている。

三十七番通りまで戻ってきたところで、ウォーカーは違和感を覚えます。とめたはずのところに車がない、気がする。そこで軽食堂の前にいる清掃員が目に入り、ウォーカーは、この黒人どもに車を盗まれてしまったと直感的に詰め寄りました。

軽食堂には三人の夜間清掃員が残っていました。ウォーカーは半ば脅しのつもりで銃を取り出す。身に覚えがない清掃員たちは銃に怯《ひる》みながらも、どうにかあしらう。それがウォーカーには気に入らない。撃ってしまった。中にいた一人、続けて、何も知らずに店に戻ってきた、もう一人。

唯一《ゆいいつ》生き残った清掃員、ジミー・ジョンソンには何が起こったかすらよく分かりません。一つだけ確かなのは、逃げないといけないこと。さもないと殺される！

一方、ウォーカーも、なんでこんな大それたことをしてしまったのか自分自身よく分かっていない。ジミーと同じく一つだけはっきりしていることがある。逃げたあいつも、殺さなければならない。

かくして二人の追いかけっこが始まる、というのが本書の大まかな導入部となります。

善悪のはっきりした単純な構図の物語だ、と多くの人が感じるのではないでしょうか。本書の発表が公民権運動の真《ま》っ只中《ただなか》であることを踏まえ、アフリカ系アメリカ人のことを人とも思わない白人によるヘイトクライムを語った告発小説と捉える向きもあるでしょう。

決して誤りではないと思います。ただ、そう言い切ってしまうと、抜け落ちてしまうものがあると個人的には感じます。この小説には、上記のシンプルな構図を正面からではなく斜めから見る視点があり、その部分によって普遍的な鋭さを獲得しているからです。

人種差別はいけないと作中人物の誰しもがはっきり認識していることによって、その視点が示されています。

＊

ジミーや、物語の中で善玉の位置に居続けるピーター・ブロック部長刑事は勿論《もちろん》、ウォーカーもそうなのです。確かに南部の州では白人は黒人に何をしたって許されるのかもしれない。そういう差別が残っている。だが、ここ、ニューヨークは違う。先進的で、誰でも平等に扱われる都市なのだ。彼ら彼女らはそう考えている。なのに、白人であるウォーカーが恐ろしく軽率に黒人を殺してしまった。

ここがポイントなのです。

地元の学校を優秀な成績で卒業し、ここニューヨークでは、軽食堂で夜間清掃員として働きながらコロンビア大学のロースクールに通っていたジミーは、それまでずっと安心して日々を過ごしてきていた。それが、途端に何もかも信じられなくなってしまった。

ウォーカーにとっても衝撃的です。生粋のニューヨーカーであるウォーカーは、少なくとも表向きは差別意識なんてないフリをして生きてきた。死体を見ながら、こいつも好人物だったのかもしれない、同じ食卓に楽しくつけたような人だったかもしれないと後悔する。

張本人の二人がそうなのですから、他の関係者はただただ困惑しているだけです。ジミーはウォーカーが清掃員二人を殺し自分の命も狙《ねら》っていると言う。だが、何のためにそんなことをしたというんだ？　白人が黒人を意味もなく殺すなんて、ここはミシシッピではないんだぞ。

差別なんてなくなりつつあるとされている中、そんなことは絵空事だと思い知らされる。本書の核にあるのはそういう構造です。ジミーもウォーカーも本来そうしたステレオタイプ的な人間ではなかったはずなのに「自分の居場所は黒人社会にしかない。白人はみんな敵なのだから」「殺したのはたかが黒人だ。何も問題ないじゃないか」とそれぞれ考えるようになる。無知ゆえではなく「事実」を自覚してしまったが故《ゆえ》に致命的な分断が発生する。この視線のシニカルさ！

この世界はまともになってきていると信じることができなくなってしまうような亀《き》裂《れっ》を描いた物語が『逃げろ逃げろ逃げろ！』なのです。

＊

人種差別は二〇二〇年代の今なお、今日的な問題であり続けてしまっています。

個人的には、チェスター・ハイムズ作品の内容をそのまま現代の情勢へ援用しようとは思いません。公民権運動の時代であるハイムズの感覚を、Black Lives Matter 以後の現在に適用させるのは（かつ、それを日本人である僕が軽々しく行うのは）少し違うのではないかと感じます。

これはハイムズの影響を受けていると公言している現代作家の作品についてもそうです。たとえば二〇二四年に扶桑社ミステリーから出されたジェイク・ラマーの『ヴァイパーズ・ドリーム』は、それこそ〈墓掘りジョーンズと棺桶エド〉シリーズの時代のハーレムを舞台にした犯罪小説でしたが、作中の世界観はＢＬＭ運動以降のものと読み解くべきでしょう。

ただ、ハイムズが本書で見せたような、僕らが立っている場所そのものを揺るがすような醒《さ》めた視点については、新刊を読んでいて「この作品にも通じるな」と感じる時はある。

やはり二〇二四年に訳出されたＳ・Ａ・コスビーの『すべての罪は血を流す』（ハーパーＢＯＯＫＳ）がそうでした。ヴァージニア州を舞台にしたこの作品では、主人公と読者に一つの問いかけがなされます。「南部は変わらないのか？」です。差別なんてなくなって然《しか》るべき時代じゃないか。なのに目の前にヘイトとしか言いようがない構造の犯罪が起こっている。どうしてなんだ。ここには『逃げろ逃げろ逃げろ！』が世界に生じさせた亀裂と同じものがある。

本書は普遍的な鋭さを獲得していると述べたのは、そういう意味合いです。

僕にもあなたにも刃先は向けられている。多分、本当はここから逃げてはならない。

（※1）第九作 *Plan B* は未完。Michel Fabre と Robert E. Skinner がハイムズの残した梗概《こうがい》を元に完成させたバージョンが存在しているが未訳。

（※2）“Crazy in the Stir”（August 1934）、“To What Red Hell?”（October 1934）。ハイムズはその後、出所した一九三六年以降も《Esquire》誌上に何度も顔を出しています。

（※3）資料によっては囚人番号である59623というペンネームで掲載されたとなっているのですが、現在《Esquire》のサイト（https://classic.esquire.com/）上で確認できるアーカイヴを見ると、目次でも作品の掲載頁でもちゃんと Chester B. Himes と記載されているようです。

（※4）とはいえ、粗筋を拾い読む限りでも、どの作品も犯罪の影は色濃いように見えます。たとえば「夜に哭《な》く」は《Esquire》誌へ発表された最初期の短篇ですが、ある夜に起こった衝動的な暴力事件を綴《つづ》ったクライム・ストーリーで、はっきりノワール的と言ってしまっていい。《Black Mask》誌に載っていたダシール・ハメットの作品を愛読していたことが小説を書き始める下地だったという、そもそもの経緯もあったとは思いますが、それ以上にハイムズが見てきた世界が犯罪や暴力と不可分のものだったから自然と内容もそうなっていっただけ、という感じがします。

（令和七年一月、書評家）

チェスター・ハイムズ著作リスト

【長篇小説】

If He Hollers Let Him Go（1945）※一九六八年にチャールズ・マーティン監督により映画化

Lonely Crusade（1947）

Cast the First Stone（1952）※執筆順では初の長篇

The Third Generation（1954）

The End of Primitive（1955）

For Love of Imabelle*（1957）『イマベルへの愛』尾坂力訳（ハヤカワ・ミステリ）※別題 *A Rage in Harlem*、一九五八年フランス推理小説大賞受賞、一九九一年にビル・デューク監督により映画化（邦題「レイジ・イン・ハーレム」）

Il pleut des coups durs（1958）『リアルでクールな殺し屋』村社伸訳（ハヤカワ・ミステリ）※一九五九年に *The Real Cool Killers* *として英訳版刊行

The Crazy Kill ＊（1959）『狂った殺し』工藤政司訳（ハヤカワ・ミステリ）

Dare-Dare（1959）※本書、フランスで刊行後、一九六六年に*Run Man Run*として英訳版刊行

The Big Gold Dream ＊（1960）『金色のでかい夢』大井良純訳（ハヤカワ・ミステリ）

All Shot Up ＊（1960）『黒の殺人鬼』片岡義男訳（ハヤカワ・ミステリ）

Pinktoes（1961）『黒い肉体』清水正二郎訳（浪速書房）→『ピンク・トウ』（前掲書を改題）→『ピンク・トウ』植草甚一訳（河出書房新社）

Une Affaire de Viol（1963）※フランスで刊行後、一九八〇年に*A Case of Rape*として英訳版刊行

Cotton Comes to Harlem ＊（1965）『ロールスロイスに銀の銃』篠原慎訳（角川文庫）→『聖者が街にやってくる』篠原慎訳（角川書店）※一九七〇年にオシー・デイヴィス監督により映画化（邦題「ロールスロイスに銀の銃」）

The Heat's On ＊（1966）『夜の熱気の中で』篠原慎訳（角川文庫→角川書店）※一九七〇年に*Come Back, Charleston Blue*と改題され、一九七二年にマーク・ウォーレン監督により映画化（邦題「ハーレム愚連隊」）

Blind Man with a Pistol ＊（1969）『暑い日暑い夜』篠原慎訳（角川文庫→角川書店）※一九七〇年に*Hot Day, Hot Night*と改題

Plan B *（1983）※未完
（*は〈墓掘りジョーンズと棺桶エド〉のシリーズ）

【短篇集】

Black on Black : Baby Sister and Selected Writings（1973）
The Collected Stories of Chester Himes（1990）

【邦訳短篇小説】

"The Night's for Cryin'"（Esquire, 1937）「夜に哭《な》く」高橋徹訳（早川書房『黒人文学全集8／黒人作家短篇集』所収）
"Marihuana and a Pistol"（Esquire, 1940）「マリファナと拳銃《けんじゅう》」高橋和子訳（「ミステリマガジン」二〇〇四年七月号掲載）
"Money Don't Spend in the Stir"（Esquire, 1944）「相続人は檻《おり》の中」大谷豪見訳（「ミステリマガジン」一九九四年十一月号掲載）
"The Song Says 'Keep on Smiling'"（Crisis, 1945）「〝笑っていろ〟と歌は言う」高橋和子訳（「ミステリマガジン」二〇〇五年七月号掲載）
"Mama's Missionary Money"（Crisis, 1949）「ママの伝道寄付金」赤松光雄訳（新潮社

『黒人作家短篇集』所収）
“The Snake”（Esquire, 1959）「へび」小鷹信光訳（『奇想天外』一九七四年一月号掲載
→番町書房『続・世界怪奇ミステリ傑作選』所収）
“Tang”（1967）「ハーレム八番街に届いたもの」大谷豪見訳（「ミステリマガジン」一九九三年十一月号掲載）
“On Dreams and Reality”（発表年不詳）「夢にうつつに」高橋和子訳（「ミステリマガジン」二〇〇五年五月号掲載）

【自伝】
The Quality of Hurt（1972）※自伝の第一部
My Life of Absurdity（1972）※自伝の第二部

本書は、本邦初訳の新潮文庫オリジナル作品です。

本作品中には、今日の観点からは差別的表現ともとれる箇所がありますが、作品の時代背景に鑑み、原書に忠実な翻訳をしたことをお断りいたします。

（新潮文庫編集部）

L・ホワイト
矢口　誠訳

気狂いピエロ

運命の女にとり憑かれ転落していく一人の男の妄執を描いた傑作犯罪ノワール。あまりに有名なゴダール監督映画の原作、本邦初訳。

D・E・ウェストレイク
木村二郎訳

ギャンブラーが多すぎる

ギャンブル好きのタクシー運転手が殺人の容疑者に。ギャングにまで追われながら美女とともに奔走する犯人探し——巨匠幻の逸品。

D・E・ウェストレイク
木村二郎訳

うしろにご用心！

不運な泥棒ドートマンダーと仲間たちが企む美術品強奪。思いもよらぬ邪魔立てが次々入り……大人気ユーモア・ミステリー、降臨！

P・ベンジャミン
田口俊樹訳

スクイズ・プレー

探偵マックスに調査を依頼したのは脅迫された元大リーガー。オースターが別名義で発表したデビュー作にして私立探偵小説の名篇。

W・グレアム
三角和代訳

罪の壁

善悪のモラル、恋愛、サスペンス、さまざまな要素を孕み展開する重厚な人間ドラマ。第1回英国推理作家協会最優秀長篇賞受賞作！

D・ヒッチェンズ
矢口　誠訳

はなればなれに

前科者の青年二人が孤独な少女と出会ったとき、底なしの闇が彼らを待ち受けていた——。ゴダール映画原作となった傑作青春犯罪小説。

D・R・ポロック
熊谷千寿訳

悪魔はいつもそこに

狂信的だった亡父の記憶に苦しむ青年の運命は、邪《よこしま》な者たちに歪められ、暴力の連鎖へ巻き込まれていく……文学ノワールの完成形！

R・トーマス
松本剛史訳

愚者の街（上・下）

腐敗した街をさらに腐敗させろ――突拍子もない都市再興計画を引き受けた元諜報員。手練手管の騙し合いを描いた巨匠の最高傑作！

R・トーマス
松本剛史訳

狂った宴

楽園を舞台にした放埒な選挙戦は、美女に酒に金にと制御不能な様相を呈していく……。政治的カオスが過熱する悪党どもの騙し合い。

H・マッコイ
田口俊樹訳

屍衣《しい》にポケットはない

ただ真実のみを追い求める記者魂――。疾駆する人間像を活写した、ケイン、チャンドラーと並ぶ伝説の作家の名作が、ここに甦る！

E・アンダースン
矢口　誠訳

夜の人々

脱獄した強盗犯の若者とその恋人の、ひりつくような愛と逃亡の物語。R・チャンドラーが激賞した作家によるノワール小説の名品。

M・ラフ
浜野アキオ訳

魂に秩序を

〝26歳で生まれたぼく〟は、はたして自分を虐待していた継父を殺したのだろうか？　多重人格障害を題材に描かれた物語の万華鏡！

玖《ジウ》月《ユエ》晞《シー》
泉 京鹿訳

少年の君

優等生と不良少年。二人の孤独な魂が惹かれ合うなか、不穏な殺人事件が発生する。中国でベストセラーを記録した慟哭の純愛小説。

C・R・ハワード
高山祥子訳

ナッシング・マン

連続殺人犯逮捕への執念で綴られた一冊の本が、犯人をあぶり出す！ 作中作と凶悪犯の視点から描かれる、圧巻の報復サスペンス。

C・ニエル
田中裕子訳

悪なき殺人

吹雪の夜、フランス山間の町で失踪した女性をめぐる悲恋の連鎖は、ラスト1行で思わぬ結末を迎える――。圧巻の心理サスペンス。

M・ロウレイロ
宮﨑真紀訳

生贄の門

息子の命を救うため小村に移り住んだ女性捜査官を待ち受ける恐るべき儀式犯罪。〈スパニッシュ・ホラー〉の傑作、ついに日本上陸。

J・バブリッツ
宮脇裕子訳

わたしの名前を消さないで

殺された少女と発見者の女性。交わりえないはずの二人の孤独な日々を死んだ少女の視点から描く、深遠なサスペンス・ストーリー。

S・ボルトン
川副智子訳

身代りの女

母娘3人を死に至らしめた優等生6人。ひとり罪をかぶったメーガンが、20年後、5人の前に現れる……。予測不能のサスペンス。

T・ハリス
高見浩訳

羊たちの沈黙（上・下）

FBI訓練生クラリスは、連続女性誘拐殺人犯を特定すべく稀代の連続殺人犯レクター博士に助言を請う。歴史に輝く〝悪の金字塔〟。

T・ハリス
高見浩訳

ハンニバル（上・下）

怪物は「沈黙」を破る……。血みどろの逃亡劇から7年。FBI特別捜査官となったクラリスとレクター博士の運命が凄絶に交錯する！

T・ハリス
高見浩訳

ハンニバル・ライジング（上・下）

稀代の怪物はいかにして誕生したのか――。第二次大戦の東部戦線からフランスを舞台に展開する、若きハンニバルの壮絶な愛と復讐。

フリーマントル
稲葉明雄訳

消されかけた男

KGBの大物カレーニン将軍が、西側に亡命を希望しているという情報が英国情報部に入った！ ニュータイプのエスピオナージュ。

B・シュリンク
松永美穂訳

朗読者

毎日出版文化賞特別賞受賞

15歳の僕と36歳のハンナ。人知れず始まった愛には、終わったはずの戦争が影を落していた。世界中を感動させた大ベストセラー。

G・D・グリーン
棚橋志行訳

サヴァナの王国

CWA賞最優秀長篇賞受賞

サヴァナに〝王国〟は実在したのか？ 謎の鍵を握る女性が拉致されるが……。歴史の闇を抉る米南部ゴシック・ミステリーの怪作！

J・ノックス
池田真紀子訳

堕落刑事
—マンチェスター市警 エイダン・ウェイツ—

ドラッグで停職になった刑事が麻薬組織に潜入捜査。悲劇の連鎖の果てに炙りだした悪の正体とは……大型新人衝撃のデビュー作！

J・ノックス
池田真紀子訳

笑う死体
—マンチェスター市警 エイダン・ウェイツ—

身元不明、指紋無し、なぜか笑顔——謎の死体〈笑う男《スマイリー》〉事件を追うエイダンに迫る狂気の罠。読者を底無き闇に誘《いざな》うシリーズ第二弾！

J・ノックス
池田真紀子訳

スリープウォーカー
—マンチェスター市警 エイダン・ウェイツ—

癌で余命宣告された一家惨殺事件の犯人が病室内で殺害された……。ついに本格ミステリーの謎解きを超えた警察ノワールの完成型。

J・ノックス
池田真紀子訳

トゥルー・クライム・ストーリー

作者すら信用できない——。女子学生失踪事件を取材したノンフィクションに隠された驚愕の真実とは？　最先端ノワール問題作。

T・R・スミス
田口俊樹訳

チャイルド44（上・下）
CWA賞最優秀スリラー賞受賞

連続殺人の存在を認めない国家。ゆえに自由に凶行を重ねる犯人。それに独り立ち向かう男——。世界を震撼させた戦慄のデビュー作。

W・C・ライアン
土屋　晃訳

真冬の訪問者

内乱下のアイルランドを舞台に、かつて愛した女性の死の真相を探る男が暴いたものとは……？　胸しめつける歴史ミステリーの至品。

H・P・ラヴクラフト
南條竹則編訳

インスマスの影
―クトゥルー神話傑作選―

頽廃した港町インスマスを訪れた私は魚類を思わせる人々の容貌の秘密を知る――。暗黒神話の開祖ラヴクラフトの傑作が全一冊に！

H・P・ラヴクラフト
南條竹則編訳

狂気の山脈にて
―クトゥルー神話傑作選―

古き墓所で、凍てつく南極大陸で、時空の狭間で、彼らが遭遇した恐るべきものとは。闇の巨匠ラヴクラフトの遺した傑作暗黒神話。

H・P・ラヴクラフト
南條竹則編訳

アウトサイダー
―クトゥルー神話傑作選―

廃墟のような古城に、魔都アーカムに、この世ならざる者どもが蠢いていた――。作家ラヴクラフトの真髄、漆黒の十五編を収録。

G・ルルー
村松　潔訳

オペラ座の怪人

19世紀末パリ、オペラ座。夜ごと流麗な舞台が繰り広げられるが、地下には魔物が棲んでいるのだった。世紀の名作の画期的新訳。

E・レナード
村上春樹訳

オンブレ

「男《オンブレ》」の異名を持つ荒野の男ジョン・ラッセル。駅馬車強盗との息詰まる死闘を描いた傑作西部《ウェスタン》小説を、村上春樹が痛快に翻訳！

D・ラニアン
田口俊樹訳

ガイズ&ドールズ

ブロードウェイを舞台に数々の人間喜劇を綴った作家ラニアン。ジャズ・エイジを代表する名手のデビュー短篇集をオリジナル版で。

J・アーチャー
永井 淳 訳

百万ドルをとり返せ！

株式詐欺にあって無一文になった四人の男たちが、オクスフォード大学の天才的数学教授を中心に、頭脳の限りを尽す絶妙の奪回作戦。

J・アーチャー
永井 淳 訳

ケインとアベル（上・下）

私生児のホテル王と名門出の大銀行家。典型的なふたりのアメリカ人の、皮肉な出会いと成功とを通して描く〈小説アメリカ現代史〉。

J・アーチャー
戸田裕之訳

15のわけあり小説

面白いのには〝わけ〟がある――。時にはくすっと笑い、騙され、涙する。巨匠が腕によりをかけた、ウィットに富んだ極上短編集。

J・アーチャー
戸田裕之訳

嘘ばっかり

人生は、逆転だらけのゲーム――巨万の富を摑むか、破滅に転げ落ちるか。最後の一行まで油断できない、スリリングすぎる短篇集！

J・アーチャー
戸田裕之訳

レンブラントをとり返せ
―ロンドン警視庁美術骨董捜査班―

大物名画窃盗犯を追え！ 新・警察小説始動!! 手に汗握る美術ミステリーは、緊迫の法廷劇へ。名ストーリーテラーの快作！

J・グリシャム
白石 朗 訳

告発者（上・下）

内部告発者の正体をマフィアに知られる前に、調査官レイシーは真相にたどり着けるか!? 全米を夢中にさせた緊迫の司法サスペンス。

ガラスの街
P・オースター
柴田元幸訳

透明感あふれる音楽的な文章と意表をつくストーリー——オースター翻訳の第一人者によるデビュー小説の新訳、待望の文庫化！

幽霊たち
P・オースター
柴田元幸訳

探偵ブルーが、ホワイトから依頼された、ブラックという男の、奇妙な見張り。探偵小説？　哲学小説？　'80年代アメリカ文学の代表作。

孤独の発明
P・オースター
柴田元幸訳

父が遺した夥しい写真に導かれ、私は曖昧な記憶を探り始めた。見えない父の実像を求めて……。父子関係をめぐる著者の原点的作品。

偶然の音楽
P・オースター
柴田元幸訳

〈望みのないものにしか興味の持てない〉ナッシュと、博打の天才が辿る数奇な運命。現代米文学の旗手が送る理不尽な衝撃と虚脱感。

リヴァイアサン
P・オースター
柴田元幸訳

全米各地の自由の女神を爆破したテロリストは、何に絶望し何を破壊したかったのか。そして彼が追い続けた怪物リヴァイアサンとは。

ブルックリン・フォリーズ
P・オースター
柴田元幸訳

「愚行《フォリーズ》の書」を綴り、静かに人生を終えるはずだった主人公ネイサンの思いもかけない冒険の日々——愛すべき再生の物語。

Title : RUN MAN RUN
Author : Chester Himes

逃《に》げろ逃《に》げろ逃《に》げろ！

新潮文庫　ハ-62-1

Published 2025 in Japan
by Shinchosha Company

令和七年四月一日発行

訳者　田《た》村《むら》義《よし》進《のぶ》
発行者　佐藤隆信
発行所　株式会社新潮社

郵便番号　一六二―八七一一
東京都新宿区矢来町七一
電話　編集部(〇三)三二六六―五四四〇
　　　読者係(〇三)三二六六―五一一一
https://www.shinchosha.co.jp

価格はカバーに表示してあります。

乱丁・落丁本は、ご面倒ですが小社読者係宛ご送付ください。送料小社負担にてお取替えいたします。

印刷・三晃印刷株式会社　製本・株式会社植木製本所

ISBN978-4-10-240761-5 C0197